KB207066

어느 영국 여인의 일기, 1930

어느 영국 여인의 일기, 1930

초판 1쇄 발행 2022년 8월 23일   2쇄 인쇄 2022년 10월 12일

지은이   E. M. 델라필드
옮긴이   박아람
일러스트   정호진
디자인   김정환
펴낸곳   이터널북스
전자우편   eternalbooks@naver.com

ISBN   979-11-979168-9-2

Diary of a Provincial Lady

어느 영국 여인의 일기, 1930

E. M. 델라필드

박아람 옮김

ETERNAL
BOOKS

이 작품이 처음 발표된

〈시간과 조수〉의 편집장과 이사진에게 바칩니다.

11월 7일

실내용 구근 식물을 심었다. 한참 열중하고 있을 때 레이디*복스가 찾아온다. 반갑지 않지만 어머, 잘 오셨어요, 하고는 구근 식물을 마저 심어야 하니 잠깐 앉아서 기다리라고 이른다. 레이디 복스는 굳이 구근 식물 화분 두 개와 숯 봉지가 놓인 팔걸이의자에 앉으려다가 막판에 돌아서서 소파에 앉는다.

그러곤 실내용 구근 식물 심기에는 너무 늦었는데 몰랐냐고 묻는다. 9월이나 10월이 좋다면서. 히아신스는 하를렘 어쩌고 하는 상사의 물건 말고는 믿을 수 없다는 걸 혹시 아느냐고 또 묻는다. 네덜란드 이름이라 못 알아들었지만 건성으로 대꾸한다. 당연히 알고 있지만 국산을 사야 할 것 같았다고. 어찌나 통쾌하던지. 지금 생각해도 참으로 통쾌한 대답이다. 그런데 안타깝게도 잠시 후 비키가 응접실로 들어와서 종알거리길, "엄마, 우리 그 식물들, 울워스 마트**에서 사온 거지?"

- 영국에서 귀족이나 작위를 받은 남성의 부인 또는 딸. 작위를 받은 여성에게 붙이는 경칭.
- 지금은 폐업한 영국의 소매업 회사로 당시에는 미국 기업이 소유했다.

레이디 복스는 차 마시는 시간까지 가지 않는다. ^{메모} 버터 바른 빵이 너무 뻑뻑함. 에설에게 얘기할 것. 우리는 구근 식물에 대해 좀 더 얘기를 나눈 뒤 네덜란드파 미술과 교구 목사님의 아내, 좌골신경통, 《서부 전선 이상 없다》로 화제를 옮겨 간다.

^{의문} 사시사철 지방에 살면서 대화의 기술을 쌓는 게 가능할까?

레이디 복스가 아이들의 안부를 묻는다. 로빈은(아들 바보라고 할까 봐 일부러 이름 대신 "사내아이"라고 지칭한다) 학교생활을 꽤 잘하고 있고 비키는 마드무아젤* 말로는 감기 기운이 있는 것 같다고 대꾸한다.

레이디 복스는 감기에 자주 걸리게 두면 안 된다고, 매일 아침 식사 전에 소금물로 비강 세척을 해주면 얼마든지 피할 수 있다고 떠들어 댄다. 재치 있게 한 방 먹일 방법을 몇 가지 떠올리지만 애석하게도 레이디 복스는 이미 벤틀리를 타고 떠나 버린 뒤다.

정성스레 심은 구근 식물들을 지하실에 내려놓는다. 그러고 보니 지하실에 외풍이 있을 것 같아서 다락에 올려놓는다.

요리사가 화덕에 문제가 생긴 것 같다고 한다.

---

* 미혼 여성의 프랑스 경칭으로 영국에서 프랑스인 가정교사를 지칭하는 말로도 사용되었다.

11월 8일

남편 로버트가 화덕을 보더니 멀쩡하다며 통풍 조절판을 꺼내보라는 뻔한 제안을 한다. 요리사는 몹시 화가 나서 당장이라도 사직서를 낼 것 같다. 나는 어떻게든 그녀를 달래려 애쓴다. 곧 로빈의 중간 방학이니 우리 부부는 그 애가 있는 본머스*에 갈 테고, 그럼 모두가 편히 쉴 수 있을 거라면서. 요리사는 그렇다면 오랜만에 다 함께 대청소나 해야겠다고 근엄하게 대꾸한다. 그 말을 믿을 수 있다면 좋으련만.

본머스에 갈 준비를 하던 중 남편이 다락에서 여행 가방을 꺼내다 구근 식물 화분 세 개를 깨뜨렸다는 사실을 알게 된다. 지하실에 내려놓은 줄 알았다나. 어쨌든 거기 있을 줄 전혀 몰랐단다.

---

* 잉글랜드 남부 도싯주의 해안 도시.

11월 11일, 본머스

늘 그렇듯 역사는 되풀이된다는 사실을 깨닫는다. 늘 같은 호텔에 묵고, 똑같이 로빈을 찾아 학교를 돌아다니고, 같은 부모들을 만나고, 그중 대부분은 역시 같은 호텔에 묵고 있다. 다른 학부모들과의 대화도 대부분 지난해와 똑같다. 남편에게 얘기하자 아무 말도 하지 않는다. 자기도 같은 말을 되풀이할까 봐 그러나? 문득 궁금해진다. 남편은 대꾸하지 않을 때도 내 말을 듣고 있기는 할까?

로빈이 조금 마른 것 같아서 양호교사에게 얘기하자 그녀가 밝게 대꾸하길, 어머, 아니에요. 제가 보기엔 이번 학기에 오히려 살이 쪘는걸요. 그러곤 새 건물을 짓는다고 떠들어 댄다. 의문: 왜 모든 학교가 6개월에 한 번씩 새 건물을 지어야 할까?

로빈을 밖으로 데리고 나간다. 녀석은 식사를 몇 차례나 하고 단것을 왕창 먹어 댄다. 그런 뒤 우리는 로빈과 녀석의 친구를 코프 성에 데려간다. 두 녀석은 성에 올라가고 남편은 말없이 담배를 피우고 나는 돌 틈에 앉는다. 한 여자가 수백 년을 견딘 탑의 중간 부분을 올려다보며 말하는 소리가 들린다. **연약해** 보인다고. 독특한 어휘 선택이다. 여자는 단단한 돌무더기를 넘으며 이것도 어딘가에서 떨어진 게 틀림없다고 지적한다.

저녁을 먹기 위해 아이들을 다시 호텔로 데려온다. 로빈은 친구에게 들리지 않게 살짝 떨어져서 이렇게 말한다. "윌리엄스를 데리고 나가서 참 좋았죠?" 나는 황급히 그런 특권을 허락해 줘서 고맙다고 대꾸한다.

식사가 끝나고 로버트가 다시 아이들을 데려가자 나는 다른 엄마들과 함께 호텔 라운지에 둘러앉는다. 우리는 저마다 자기 자식 흉을 보고 남의 자식 칭찬을 하느라 바쁘다.

누군가가 소설 《해리엇 흄》*에 대해 어떻게 생각하느냐고 묻지만 아직 못 읽은 터라 대답하지 못한다. 어쩐지 《올랜도》와 똑같은 수순을 밟을 것 같다는 우울한 예감이 든다. 《올랜도》도 읽기 전에는 제법 지적인 견해를 지껄여 댔는데 막상 읽어 보니 이해할 수 없어서 어찌나 막막했는지 모른다.

남편 로버트는 아주 늦은 시각이 돼서야 침대로 와서는 〈타임스〉지를 읽다가 깜빡 잠이 든 모양이라고 한다. 의문 대체 본머스까지 와서 왜 그럴까?

마지막 우편배달로 레이디 복스의 엽서가 도착했다. 14일에 여성회 모임이 있는 것을 기억하느냐고. 답장은 꿈도 꾸지 말 것.

● 영국의 작가이자 문학비평가인 레베카 웨스트의 소설.

11월 12일

어제 집에 돌아왔다. 자주 그랬듯 얼마간 집을 비웠다가 돌아오면 잔뜩 쌓여 있는 문제에 기가 질린다. 부엌 화덕이 말썽이라 뜨거운 물을 쓸 수 없고, 요리사는 양고기가 떨어졌으니 정육점에 얘기해 달라고 한다. 이런 날씨에는 어떤 핑계도 통하지 않는다면서. 양고기와 달리 비키의 감기는 떨어지지 않았다. 마드무아젤 왈, "아, 세트 프리트! 엘 느 스라 푀테트르 파 롱탕 푸르 스 바 몽드, 마담.●" 부디 프랑스인 특유의 호들갑이기를.

저녁 식사 후 로버트는 〈타임스〉를 읽다가 잠이 든다.

11월 13일

흥미롭지만 다소 불편한 생각이 머릿속을 떠나지 않는다. 특정 장소의 존재 여부를 놓고 비키와 긴 설전을 벌인 탓이다. 비키는 그 특정 장소를 "지 그리고 옥"이라고 부른다. 현대적인 부모인 나는 그런 곳은 없다고, 지금까지도 없었고 앞으로도 없을 거라고

● 아, 가엾은 것! 아무래도 오래 살지 못할 것 같아요, 부인.

단언한다. 비키는 **있다**고 우기며 성경을 들이댄다. 나는 어느 때보다도 현대적인 태도를 고수하며 영원한 천벌을 받는다는 이론은 사람들을 겁주기 위해 지어낸 거라고 타이른다. 그러자 비키가 바락바락 대든다. 자기는 그런 얘기를 들어도 전혀 겁나지 않는다고. 오히려 지옥을 계속 생각하고 **싶다**고. 교착 상태에 이른 것 같다. 제멋대로 생각하라고 내버려두는 수밖에.

의문 현대의 아이들은 현대인이 되기 싫은 걸까? 그렇다면 현대의 부모들은 어떻게 반응해야 할까?

　은행에서 내 계좌의 당좌대월을 알리는 편지가 와서 걱정이다. 초과 인출된 액수는 8파운드 4실링 4페니. 이해할 수 없다. 내가 계산한 바로는 분명 잔고가 2파운드 7실링 6페니였는데. 계좌들과 금고의 현금, 수표책 부본 사이의 계산이 맞지 않아서 골머리를 앓고 있다. 메모 본머스 경비를 적어놓은 봉투와 현금 지출을 적어놓은 종이쪽지를 찾을 것. 식료품 주문 장부의 마지막 장일 텐데, 그걸 찾으면 의문이 풀릴 것 같다.

　여행 가방을 다시 다락에 올려놓으면서 구근 식물들을 들여다본다. 아무래도 고양이가 올라왔던 모양이라고 생각하고 싶다. 그 정도면 결정타가 될 수 있을 듯. 레이디 복스에게는 양로원에 있는 아픈 친구에게 구근 식물들을 다 보냈다고 말하련다.

11월 14일

'이달의 책'을 받고 몹시 실망했다. 내가 좋아하지 않는 저자가 딱히 관심 없는 지역의 역사에 관해 쓴 책이다. 다시 봉투에 넣어놓고 추천 목록에서 다른 책을 고른다. 소포에 동봉된 얇은 추천서 목록을 훑어보다가 이런 과정이 이미 예측된 것이라는 사실을 깨닫는다. 그들은 이것을 "일생일대의 실수"라고 묘사한다. 속이 부글거린다. 하지만 일생일대의 실수를(실제로 그런 듯) 저질러서라기보다는 지적인 저술가들이 우리의 행동을 정확하게 예측할 만큼 모든 인간이 고만고만하다는 우울한 생각이 들어서다.

레이디 복스에게는 절대 얘기하지 않을 생각이다. 자기는 이달의 책 따위는 신경 쓰지 않으며 자기가 읽을 책을 남에게 추천받을 이유가 전혀 없다는 태도로 일관하는 사람이니까. (이럴 때 재치 있게 받아칠 말을 생각해 놓아야겠다.)

두 번째 우편배달로 나의 옛 학교 친구 시시 크래브의 편지가 도착한다. 노리치에 가는 길에 우리 집에서 이틀쯤 묵어가도 되느냐고 묻는다. 의문 노리치엔 왜? 노리치에 가거나 살거나 그곳에서 오는 사람이 있다는 사실이 놀랍지만 이런 생각이 얼마나 어리석은지 잘 알고 있다. 자기가 사는 나라에 관해 참으로 무지하다는 걸 새삼 깨닫는다. 그러고 보니 어디선가 그런 글귀를 읽은 것 같지만 끝내 떠오르지 않는다.

시시는 우리가 대체 몇 년 만에 만나는지 모르겠다고, 둘 다 많이 **변했을** 거라고 썼다. 저 옛날 **연못**과 스패니시 애로루트* 사건을 기억하느냐는 추신과 함께. 얼마간 기억을 더듬어 보니 어렴풋이 떠오른다. 시시의 집 정원 한구석에 있던 저 옛날 연못. 하지만 스패니시 애로루트는 도무지 기억나지 않는다. ^{의문} 셜록 홈스 시리즈의 소재가 될 수도 있지 않을까? 어쩐지 어울릴 것 같다.

나는 답장을 쓴다. 만나면 정말 반가울 거야. 수년 동안 못 만났으니 얼마나 할 얘기가 많겠니! (지금 생각해 보니 딱히 그럴 것 같지 않지만 그렇다고 편지를 다시 쓸 수는 없을 듯.) 스패니시 애로루트 얘기는 조용히 묻어 두기로 한다.

남편은 옛 학교 친구가 온다고 하자 못마땅한 눈치다. 우리가 그 친구랑 **무얼** 하겠느냐고 묻는다. 정원을 보여 주면 어떨까 제안하고 보니 적당한 계절이 아니다. 그래서 이렇게 덧붙인다. 그래도 옛날 얘기를 하면 좋지 않겠느냐고. (그러고 보니 스패니시 애로루트 문제가 해결되지 않았다.)

---

* 식용 뿌리 식물의 일종.

에설에게 손님방을 준비해 놓으라고 지시한다. 그런데 이런. 파란 촛대 하나가 깨진 데다 러그를 세탁소에 맡겼는데 그때까지 찾아올 수 없다고 한다. 남편의 옷방에 있는 러그를 슬쩍 가져다가 손님방에 깔아 놓는다. 부디 남편이 눈치채지 못하기를 바라며.

11월 15일

남편이 러그의 실종을 **눈치채고** 꼭 필요하다고 우긴다. 나는 러그를 도로 옷방에 갖다 놓고 아이들이 자는 방에서 조야한 색의 매트를 가져다 놓는다. 마드무아젤이 몹시 서운해하며 자기는 이 나라에서 벌레 취급을 받는다 했다고 비키가 고스란히 내게 전한다.

11월 17일

옛 학교 친구 시시 크래브가 3시 기차로 도착할 예정이다. 남편에게 애기하자 교회 제직회 회의와 시간이 겹쳐 곤란하다고 하더니 결국 회의를 포기하겠다고 한다. 나는 조금 감동한다. 그런데 남편 로버트가 출발한 직후에 다시 전보가 온다. 나의 옛 학교 친구가 연결편을 놓치는 바람에 7시나 돼야 도착한다는 것이다. 그러면 저녁 식사를 8시로 미뤄야 하고 그러면 요리사도 싫어할 게 분명하다. 에설은 오후에 외출한 터라 부엌에 소식을 전하라고 지시할 수도 없다. 내가 직접 얘기하는 수밖에. 역시 요리사는 못마땅해한다. 로버트도 못마땅한 얼굴로 역에서 돌아온다. 그런데 마드무아젤이 대뜸 말한다. "일 느 망케 크 사!*" 자기가 왜? (시시 크래브가 오든 말든 마드무아젤이 무슨 상관이란 말인가? 자주 드는 생각이지만 프랑스 사람들은 눈치가 없는 것 같다.)

에설이 10분 늦게 돌아와서 묻는다. 손님방에 불을 피울까요? 나는 됐다고, 그렇게 춥지도 않다고 대꾸한다. 솔직히 말하면 이제 시시는 호사를 누릴 자격이 없다는 뜻이다. 하지만 그래놓고 나니 굳이 그럴 필요가 있을까 싶어서 내가 직접 불을 피운다. 연기가 치솟는다.

로버트가 아래층에서 소리쳐 묻는다. 이게 무슨 연기야? 나도 큰 소리로 대꾸한다. 아무것도 아니야. 남편이 달려 올라와 창문

● 기가 막히네요!

을 열고 문을 닫더니 연기가 금방 빠질 거라고 한다. 창문을 열어 놓으면 방이 다시 추워질 테지만, 굳이 지적하지 않는다.

그런 뒤 응접실에서 비키와 루도* 놀이를 한다.

남편은 〈타임스〉를 읽다가 잠이 들지만 시간이 되자 일어나서 다시 역으로 나가더니 다행히 이번에는 시시 크래브와 함께 돌아온다. 시시는 살이 꽤 많이 찐 모습으로 내게 거듭 말한다. 우리 둘 다 많이 **변한** 것 같다고. 대체 왜 몇 번이나 되풀이하는지.

나는 시시를 위층으로 데려간다. 창문을 열어 놓은 탓에 방은 얼음장처럼 차고 아까보단 덜하지만 여전히 벽난로에서 연기가 피어오르고 있다. 시시는 방이 아늑하고 좋다고 한다. 나는 나가면서 필요한 게 있으면 꼭 얘기하라고 당부한다. ^{메모} 손님방에서 종이 울리면 가보라고 에설에게 일러둘 것. 하지만 부디 그런 일이 없기를.

저녁 식사를 위해 옷을 갈아입으면서 남편에게 시시의 인상이 어떠냐고 묻자 그가 대꾸하길, 잠깐 봐서 뭐라고 말할 수가 없겠는데. 예쁜 것 같으냐고 묻자 생각해 보지 않았다고 한다. 역에서 오는 길에 무슨 얘길 했느냐고 묻자 기억나지 않는단다.

● 주사위 놀이의 일종.

11월 19일

너무나 힘든 이틀을 보내고 있다. 뜻밖에도 시시 크래브가 엄격한 식이조절을 하고 있는 탓이다. 이 때문에 로버트는 시시에게 넌더리를 낸다. 렌틸 콩과 레몬 따위를 급조할 수 없어서 부엌도 몹시 어수선하다. 점심 식사를 하면서 마드무아젤은 식이요법 얘기를 자꾸 꺼내며 몇 번이나 이렇게 소리친다. "아, 몽 두 생 조제프!*" 불경한 말인 것 같아서 그만하라고 당부한다.

이제 쥐 파먹은 꼴이 된 구근 식물들을 어쩌면 좋을지 시시에게 물어본다. 시시는 물을 흠뻑 줘야 한다며 노리치에 있는 자기 구근 식물들이 이러니저러니 떠들어 댄다. 기운이 빠진다.

구근 식물들에게 **물을 흠뻑** 준다(물이 다락 바닥으로 새어 나와 계단참까지 흘러내릴 만큼). 다락은 공기가 통하지 않는다는 시시 크래브의 말에 절반을 지하실로 옮긴다.

오후에 우리 교구 목사님의 아내가 찾아온다. 그녀는 예전에 알던 사람의 친척이 노리치 근처에 살았는데 이름이 기억나지 않는다고 한다. 그러자 시시 크래브가 대꾸한다. 이름을 알았더라면

● 어머나, 성 요셉이여!

틀림없이 저도 들어봤을 거예요. 심지어 **만났을** 가능성도 아주 높죠. 우리는 세상이 참 좁다고 입을 모은다. 그런 다음 리비에라 해안 지방과 요즘 유행하는 허리선, 성가대 연습, 하인 문제, 정치인 램지 맥도널드로 화제를 옮겨 간다.

11월 22일

시시 크래브가 떠났다. 떠나면서 아주 다정하게, 자신의 노리치 집에도 와서 며칠 묵고 가라고 신신당부한다. (단칸방에서 고양이 두 마리와 함께 지내며 구석에 한 구짜리 가스 가열판을 놓고 렌틸 콩을 요리한다고 하지 않았나?) 어쨌든 나는 그러겠다고 한다. 그럼, 그럼, 꼭 갈게. 그런 뒤 우리는 수선을 피우며 헤어진다.

시시가 머무는 동안 미뤄 둔 답장들을 쓰느라 오전이 통째로 날아간다.

레이디 복스가 만찬 초대장을 보냈다. 자기 집에 저명한 문인 친구들이 묵고 있으니 함께 식사를 하자는 것이다. 그중 한 사람은 《세 가지 성(性)의 조화》의 저자라고 한다. 《세 가지 성의 조화》는 들어본 적도 없다고 답장할까 고민하다가 그냥 가겠다고 대꾸한다. 혹시나 해서 도서관에 《세 가지 성의 조화》라는 책이 있느냐고 물어본다. 역시 존스 씨는 장서 목록에 그런 책은 없다고, 이전에도 들어온 기록이 없다고 대꾸한다.

레이디 복스의 만찬에 파란 드레스를 입고 갈지 검은색과 금색의 드레스를 입고 갈지 남편에게 물어보자 둘 다 괜찮을 것 같다고 한다. 지난번에 내가 무얼 입었는지 기억하느냐고 묻자 기억나지 않는단다. 마드무아젤이 끼어들어 파란색이었다고, 검은색과 금색의 드레스를 조금만 손보면 예전에 입은 드레스인 줄 아무도 모를 텐데 그렇게 해보면 어떻겠느냐고 제안한다. 내가 좋다고 하자 마드무아젤은 그 드레스의 등을 큼지막하게 잘라낸다. "파 트로 데콜르테.*" 나의 당부에 그녀는 야무지게 대꾸한다. "쥐 콩프랑, 마담 느 데지르 파 스 부아르 뉘 오 살롱.**"

^{의문} 가끔 프랑스 사람들은 자기 의견을 아주 기이하게 표현하는데, 혹시 비키에게 나쁜 영향을 미치진 않을까?

남편에게 《세 가지 성의 조화》 얘기는 빼놓고 그저 저명한 문인 친구들이 와있다고 귀띔한다. 남편은 대꾸하지 않는다.

나는 만약 레이디 복스가 저명한 문인 친구들이나 다른 사람

---

* 너무 깊게 파지 마.
** 그럼요, 응접실에서 홀딱 벗고 싶지는 않으실 테죠.

들에게 우리 부부를 "우리 토지 관리인과 그의 아내"라고 소개하면 당장 자리를 박차고 나오겠다고 굳게 마음먹었다.

남편에게 그렇게 얘기하자 그는 아무 말도 하지 않는다.

^{메모:} 야회용 구두에서 석유 냄새가 나는 것 같으니 냄새가 빠지도록 창밖에 내놓을 것.

11월 25일

레이디 복스의 만찬에 가려고 오전에 머리를 자르고 매니큐어를 발랐다. 야회용 스타킹도 한 켤레 사고 싶지만 참는다. 은행과 서신을 주고받은 결과, 당좌대월 액수가 맞는다는 우울한 사실을 확인했기 때문이다. 게다가 프리피 앤드 콜먼 상사는 다소 불쾌한 투로 가급적 빨리 미수금을 지불하라고 요청했다. 남편에게는 얘기하지 않을 생각이다. 어제 코크스* 청구서와 세금 연체를 알리는 독촉장도 날아왔다. 프리피 앤드 콜먼 상사에 수일 내로 수표를 보내겠다고 정중하게 답장한다. (내가 수표책을 어디에 두었는

---

* 석탄으로 만든 연료.

지 잠시 잊었을 뿐이라고 생각하기를 바라며.)

마드무아젤이 고쳐준 검은색과 금색의 드레스가 아주 만족스럽다. 그런데 머리칼의 웨이브가 제대로 나오지 않아서 다섯 번이나 손을 본다. 새로 산 값비싼 립스틱을 바르고 있을 때 하필 남편이 들어와선 지우라고 성화한다. ^{의문} 로버트를 런던에 더 자주 보내면 패션에 대한 견문을 넓힐 수 있으려나?

차의 시동이 걸리지 않아서 늦을 것 같은데 남편은 천하태평이다. 하지만 결국 그가 옳았다. 막상 가보니 우리가 가장 먼저 도착했고 심지어 레이디 복스도 아직 내려오지 않았다. 응접실 곳곳에 로만 히아신스 화분이 놓여 있다. 적어도 열두 개쯤 되는 듯. (레이디 복스가 뭐라고 하든 정원사가 키웠을 게 분명하다. 히아신스 얘기는 절대 꺼내지 않기로 다짐한다. 하지만 조금 옹졸한 것 같기도.)

마침내 레이디 복스가 나타난다. 그녀는 바닥에 끌릴 만큼 길고 최신 유행하는 허리선으로 디자인된 은빛 레이스 드레스를 입었다. 어울리는지는 둘째 치더라도 모두의 드레스를 초라하게 만드는 옷이다.

그녀와 함께 아홉 사람이 우리 옆에 나타난다. 대부분 이 집에 묵고 있는 친구들인데, 아무도 소개해주지 않는다. 나는 파란 태피스트리 같은 드레스를 입은 여인이 《세 가지 성의 조화》를 썼을 거라고 멋대로 생각한다.

식사가 준비되었다는 소식이 오자 레이디 복스가 내게 속삭인다. "윌리엄 경 옆에 앉아요. 윌리엄 경은 상수도에 관심이 많거든. 이곳 상수도 상황에 관해 얘기를 나누면 좋을 것 같아요."

뜻밖에도 윌리엄 경과 나의 대화 주제는 곧장 산아 조절로 넘어간다. 왜, 어떻게 이런 주제가 나왔는지 모르겠지만 상수도보다 훨씬 나은 것 같다. 로버트는 반대편 끝에 앉아 있다. 《세 가지 성의 조화》 바로 옆자리다. 부디 즐거운 시간을 보내길.

대화가 점점 종합적으로 흘러간다. (로버트만 빼고) 모두가 책 얘기를 한다. 우리는 모두 (a) 《좋은 친구들》을 읽었고, (b) 이 책이 굉장히 길며, (c) 미국 이달의 책 클럽이 선정했으니 틀림없이 엄청나게 팔렸을 것이고, (d) 미국의 판매고가 중요하다고 입을 모은다. 그런 다음 《자메이카의 열풍》*으로 화제를 옮겨 다시 의견을 모은다. 이 작품은 (a) 그리 길지 않고, (b) 호불호가 분명하게 나뉘며, (c) 아이들을 매우 **사실적으로** 묘사하고 있다고. 이 대목에서 몇몇 사람들이 아니라고, 세상 모든 아이들이 이 책의 아이들처럼

---

* 영국 소설가 리처드 휴스의 1929년 작품. 자메이카에 살던 영국인 가족의 다섯 자녀가 귀국길에 해적을 만나면서 벌어지는 사건을 그린 소설로, 천진함 뒤에 가려진 아이들의 본성을 예리하게 파헤쳐 당시 큰 파장을 일으켰다.

존이 죽었는데도 대수롭게 여기지 않을 리가 없다고 주장한다. 아무리 아이들이라고 해도 그렇게 무심할 수가 있냐고, 다른 건 몰라도 형제가 죽었는데 어떻게 그렇게 무심하겠느냐고. 이 문제를 놓고 열띤 토론이 벌어진다. 나는 내 왼쪽에 앉아 있는 창백한 뿔테 안경의 청년과 자메이카에 관해 얘기하기 시작한다. 우리 둘 다 그곳에 가본 적이 없다. 어느새 우리의 대화는 어째서인지 사슴 사냥을 거쳐 결국 동종요법으로 옮겨 간다. 메모 시간이 허락한다면 화제의 전환으로 이어지는 사고의 흐름을 추적해 봐도 재미있을 듯. 그러나 잠시 후에 드는 생각: 아마도 그런 사고의 흐름은 없을 듯. 우리가 오이 온실 재배에 관한 얘기를 막 시작할 무렵, 레이디 복스가 자리에서 일어난다.

응접실로 자리를 옮기자 모두들 불이 있어서 좋다고 탄성을 지른다. 실내가 무척 춥다. 의문 구근 식물에게는 이런 온도가 좋은 걸까? 파란 태피스트리 여인이 머리를 기르고 있다며 머리카락을 풀었다가 다시 올린다. 우리는 모두 머리카락 얘기를 시작한다. 나만 빼고 세상사람 모두가 다시 머리를 길렀거나 기르고 있는 것 같아서 우울해진다. 그때 레이디 복스가 불쑥 말한다. 요즘 **어디서든**, 런던에서든 파리에서든 뉴욕에서든 짧은 머리가 눈에 띄지 않아요? 웬 뚱딴지같은 소린지.

한참 지나서야 깨달은 사실: 파란 태피스트리 여인은 정부 위생 설비 검사관으로 문학과는 전혀 관계가 없으며, 정작 《세 가지 성의 조화》를 쓴 사람은 창백한 안경잡이 청년이었다. 레이디 복스가 그는 평소에 **성 도착** 얘기를 즐기는데 오늘 그런 얘기를 좀 했느냐고 묻는다. 나는 대충 얼버무린다.

응접실이 막 따뜻해지려고 하는데 남자들이 들어오는 바람에 모두가 당구장으로 몰려간다. 레이디 복스는 우리들 대부분이 갖지 못한 예리한 눈으로 불쾌하리만치 노련한 게임을 선보인다. 다행히 로버트가 꽤 잘해서 기분이 좋아진다. 《세 가지 성의 조화》 같은 작품을 쓰는 것보다 더 좋은 재주를 가진 것 같다.

집으로 오는 길에 남편을 치켜세워 주지만 그는 아무 말도 하지 않는다.

11월 26일

아침을 먹으면서 남편이 이제 우리는 밤늦게까지 놀 수 있는 나이가 아닌 것 같다고 말한다.

프리피 앤드 콜먼 상사는 유감스럽지만 더는 미수금을 기다릴 수 없다고, 바로 수표를 보내지 않으면 대단히 유감스럽게도 다음 조치를 취할 수밖에 없다고 한다. 은행에 편지를 써서 저축 예금 계좌에서 6파운드 13실링 10페니를 송금해 달라고 한다. (그러고 나면 저축 계좌에는 3파운드 7실링 2페니가 남는다.) 우유 대금 지불을 다음 달로 미루고 세탁비도 전액 결제하는 대신 일부를 달아 놓는다. 그러면 프리피 앤드 콜먼 상사에 12월 1일 날짜가 적힌 수표를 보낼 수 있다. 재정적 불안정은 정말 괴롭다.

11월 28일

프리피 앤드 콜먼 상사에서 영수증이 왔다. 앞으로 양질의 서비스를 제공하겠다고 약속하지만 내 사정을 그렇게 드러내기가 얼마나 힘들었는지는 절대 모를 거다.

12월 1일

사랑하는 친구 로즈에게서 10일에 틸버리 항구에 내린다는 전보가 왔다. 나는 환영한다고, 10일에 털버리로 마중 나가겠다고 전보를 친다. 비키에게 엄마의 가장 소중한 친구이자 그 애의 대모가 3년의 미국 생활을 끝내고 귀국한다고 얘기하자 아이는 대뜸 이렇게 묻는다. "와, 그럼 내 선물 사오는 거야?" 아이의 탐욕에 혀를 내두르며 투덜거리자 마드무아젤이 하는 말, "시 라 생트 비에르주 르브네 쉬라 테르, 마담, 세 스레 노트르 프리트 비키.*" 전혀 동의할 수 없다. 게다가 마드무아젤은 기분이 좋지 않을 때 비키를 두고 이렇게 말하지 않는가. "스 프티 데몽 앙라제.**"

의문: 프랑스 사람들이 언제나 정직하다고 말할 수 있을까?

12월 3일

사랑하는 친구 로즈에게서 다시 전보가 왔다. 8일에 플리머스에 상륙한단다. 나는 역시 환영한다고, 플리머스로 나가겠다고 답장한다.

남편은 매정하게도 시간과 돈을 낭비하는 거라고 한다. 전보

- 성모 마리아께서 이 땅에 환생하셨다면 아마 우리 예쁜 비키가 그분일 거예요.
- 성난 꼬마 악마 같으니.

가 그렇다는 건지 항구로 마중 나가는 게 그렇다는 건지 모르겠지만 묻지 않는 편이 좋을 듯. 7일에 플리머스에 갈 생각이다.

^{메모:} 가기 전에 식료품 대금을 지불하면서 지난번 생강 쿠키가 눅눅했다고 얘기할 것. 단, 그 전에 에설이 뚜껑을 제대로 닫아 놓았는지 확인할 것.

12월 8일, 플리머스

어젯밤에 왔는데 무시무시한 폭풍우 때문에 배가 늦어지고 있다. 뱃멀미로 고생하고 있을 로즈를 생각하니 속이 탄다. 밤새 호텔 주위에 바람이 쌩쌩 불며 건물을 흔들었고 빗줄기가 창문을 때렸다. 방도 영 마음에 들지 않았다. 어쩐지 그 방에서 살인이 일어난 것 같다는 불길한 상상이 나를 괴롭혔다. 구석에 정체를 알 수 없는 문이 있었는데 그 문을 열면 시체가 숨어 있을 것 같았다. 그동안 읽은 온갖 추리소설들이 떠올라 잠이 오지 않았다. 결국 나는 그 정체 모를 문을 열어 보았다. 커다란 벽장일 뿐 시체는 없었다. 나는 다시 잠을 청했다.

아침에 일어나 보니 폭풍이 더 거세졌다. 로즈를 생각하니 더

욱더 애가 탄다. 배에서 내릴 때쯤이면 기절해서 실려 나오는 게 아닐까?

　해운사 사무실에 가보니 10시쯤 부두에 나가 보라고 한다. 이런 날씨를 겪어본 터라 모피 외투와 휴대용 접의자, 일부러 골라 온 가장 두꺼운 책 《아메리카의 비극》을 챙긴다. 비는 그쳤다. 사람들이 고개를 돌리고 부러운 눈으로 접의자를 바라본다. 검은 옷을 입은 꼬부랑 노부인이 내 옆을 서성거린다. 마음이 영 불편해서 접의자를 내주자 노부인이 하는 말, "아이고, 고마워요, 고마워. 그런데 밖에 내 다임러가 있어요. 앉고 싶으면 차에 앉아 있으면 돼요."

　허탈한 기분으로 다시 《아메리카의 비극》을 읽는다.

　잔인하고 부당한 이야기에 마음이 편치 않다. 그러나 두 시간쯤 꾸역꾸역 읽고 나자 경찰관이 곧 선박의 부속선이 출발한다며 타도 좋다고 일러준다. 접의자와 《아메리카의 비극》을 들고 부속선에 오른다. 40분쯤 더 책을 읽는다. 메모 로즈에게 미국의 삶이 정말 이 책에 나오는 내용과 비슷한지 물어볼 것.

　그 뒤로 30여 분 동안 몹시 불쾌한 상황이 이어진다. 접의자가 사방으로 미끄러지는 통에 잠시 《아메리카의 비극》을 포기하고 만다.

해운사 관계자인 듯 보이는 남자들이 왔다 갔다 하며 나를 보더니 그중 한 사람이 뱃멀미를 하느냐고 묻는다. 나는 그렇다고 대꾸한다. 그때 파도 사이로 불쑥 선박이 솟아오른다. 사방에 밧줄이 주렁주렁 매달려 있다. 얼핏 로즈가 보이는가 싶더니 부속선이 엄청난 파도 때문에 선박에서 멀리 떠밀려 간다.

다행히 로즈가 해안까지 실려 나오는 일은 없을 것 같다. 그런데 아무래도 이제 입장이 뒤바뀐 듯.

다시 파도가 치고 밧줄들이 대롱거리며 모든 것이 마구 요동친다.

나는 접의자로 돌아가지만 《아메리카의 비극》을 마주할 기력이 남지 않았다. 방수복을 입은 사내가 내게 말한다. 거기 있으면 걸리적거려요, 아가씨.

나는 접의자와 《아메리카의 비극》을 챙겨 반대편 구석으로 자리를 옮긴다. 방수장화를 신은 사내가 내게 말한다. 거기 있으면 여기저기 부딪칠 텐데.

접의자와 《아메리카의 비극》을 챙겨 다시 자리를 옮긴다. "아가씨"라고 불러줘서 그나마 마음이 누그러지는 듯.

부속선이 아래위로 흔들리면서 로즈가 묘한 각도로 얼핏 보인다. 드디어 현문사다리가 나타나고 나는 접의자와 《아메리카의 비극》과 함께 선박에 올라탄다. 접의자와 《아메리카의 비극》은 두고 왔어도 좋았을 텐데, 때는 이미 늦었다.

사랑하는 친구 로즈는 굳이 여기까지 마중 나와 줘서 얼마나 고마운지 모른단다. 하지만 자기는 뱃멀미를 전혀 하지 않으며 밤새 폭풍이 몰아쳤는데도 푹 잤다고 덧붙인다. 나는 너무 억울해하지 않으려고 안간힘을 쓴다.

12월 9일

로즈는 우리 집에서 이틀 동안 묵은 뒤에 런던으로 갈 예정이다. 로즈가 말하길, 미국은 모든 집이 항상 따뜻하단다. 그 말에 로버트는 괜히 부아를 내며 미국은 모든 집이 과하게 난방을 하는 탓에 몹시 답답하다고 받아친다. 그가 미국에 가보기나 했다면 좀 더 귀를 기울여줄 텐데. 로즈는 미국의 전화 서비스가 아주 효율적이라고 강력하게 주장할 뿐 아니라 아침 식사 자리에서 찬물을 달라고 청한다. 로버트는 이 점도 못마땅해한다.

그래도 로즈는 예전과 전혀 달라진 게 없고 나더러 언제든 런던에 놀러 오라고, 웨스트엔드에 있는 자기 집에 묵으라고 성화한다. 나는 고마워하며 그러겠다고 한다. (노리치에서 단칸방에 가열판을 놓고 사는 옛 학교 친구 시시 크래브와 어찌나 비교되는지! 하지만 내가 속물이라고 생각하고 싶진 않다.)

로즈의 조언에 따라 지하실에 있던 구근 식물 화분들을 응접실로 옮긴다. 몇 개는 분명 싹을 틔웠는데 그리 건강해 보이지 않는다. 로즈가 생각하기엔 물을 너무 많이 준 것 같다고 한다. 그게 사실이라면 전적으로 시시 크래브 때문이다. 메모 이 화분들을 모두 위층으로 옮기든가 아니면 에설에게 레이디 복스가 오면 응접실이 아닌 다른 방으로 안내하라고 이를 것. 그 여자에겐 두 번 다시 구근 식물 얘기를 꺼내지 않을 생각이다.

12월 10일

아침에 로버트가 식사가 부실하다고 투덜거린다. 귀리죽과 스크램블드에그, 토스트, 마멀레이드, 스콘, 흑빵, 커피까지 갖춘 식사가 부실하다고? 하지만 귀리죽이 살짝 탄 건 인정한다. 나는 이렇게 떠들어 댄다. 탄 귀리죽을 보면 로우드 학교에 간 제인 에어가 생생하게 떠오른다니까! 나의 문학적 인유는 딱히 성공하지 못하고 로버트는 요리사를 부르자고 닦달한다. 나는 식사가 정말 부실하다고 맞장구쳐 주며 간신히 그를 말린다.

그런 뒤 언제나 그렇듯 결국 내가 직접 부엌으로 가서 귀리죽이 조금 탄 것 같다고 아주 조심스럽게 에둘러 말한다. 예상대로 요리사는 믿을 수 없다는 표정으로 기가 막힌다는 듯이 대꾸한다. 화덕이 또 말썽인 모양이라고. 그러더니 한술 더 떠서 새 이중 냄비와 생선 냄비, 유아용 찻잔이 시급하게 필요하다고 덧붙인다. 최근에 산 유아용 다기 세트는 어쨌냐고 묻자 잔은 없고 덩그러니 남은 손잡이와 세 동강 난 잔받침, 물려 뜯기기라도 한 듯 반쪽만 남은 잔을 보여 준다. 진상을 확인하고 싶지만 그러면 마드무아젤이 상처 받을 게 분명하다. (프랑스 사람들은 감수성이 너무 풍부해서 다루기가 여간 어렵지 않다.)

최근에 세상을 떠난 저명한 여인의 편지들과 생애를 다룬 책을 읽고 있다. 자주 그러듯 이 저명한 여인의 서신과 그리 저명하지 않은 여인들의 서신이 너무도 다르다는 사실에 놀란다. 이 책에는 유명 인사들의 애정 넘치는 편지가 잔뜩 실려 있다. 문단과 정계의 지인들이 보낸 기지 넘치는 편지와 남편이나 어린 자식들이 쓴 애정과 존경 가득한 시적인 메모들. (그럴 리는 없겠지만) 만약에 내가 유명 인사가 된다면 로버트도 이런 편지를 쓸 수 있을까? 좀처럼 상상이 되지 않는다. 우리 비키도 자신의 마음을(그런 게 있기나 하다면) 글로 표현할 가능성은 희박해 보인다.

두 번째 우편배달로 로빈의 편지를 받고 기뻐한다. 하지만 백스라는 (내가 모르는) 소년에 관해 간략하게 소개한 뒤 객원 교사인 곰프쇼 선생님이 인후통 때문에 나오지 않는다고 적었을 뿐이다. 내가 읽은 전기 속의 주인공이 집을 떠나 있을 때마다 거의 매일 받았다는, 길고 생생한 서간들과 비교하기에는 한참 부족한 것 같다.

나머지 우편물은 약국 청구서와^{메모} 마드무아젤에게 어째서 열흘 사이에 기브스 치약을 두 개나 샀는지 물어볼 것. 내일 방문하겠다는, 맞춤법이 엉망인 피아노 조율사의 엽서, 참된 절제에 관한 전단지.

인간의 운명은 어째서 이토록 불공평한지 모르겠다. 그래서 환생을 믿고 싶다. 지금과는 완전히 다른 삶을 한참 상상해 본다. 모든 상황이 지금보다 훨씬 낫고 레이디 복스와 나의 입장이 뒤바뀐다면 어떨까?

^{의문} 이런 추상적인 문제를 고민하는 건 시간 낭비일까?

12월 11일

남편 로버트가 어제 아침 식사 얘기를 다시
꺼내더니 불쑥 묻는다. 햄은 왜 없지? 나는 부
아가 나는 것을 꾹 참고 대꾸한다. 햄을 주문했지
만 그의 동생 윌리엄 부부가 크리스마스를 쇠러 올 때까지는 식
탁에 올리지 않을 거라고. 남편은 눈에 띄게 경악하며 윌리엄과
앤젤라 부부가 크리스마스를 쇠러 오느냐고 되묻는다. 몇 달 전에
자기가 제안해서 초대했는데 대체 왜 그러는지 모르겠다.

여기서 피할 수 없는 의문: 먼 훗날의 사회적 약속은 실현되지 않을 거라고
믿는 기이한 낙관주의는 인간의 보편적인 특성일까?

산책하러 갔던 비키와 마드무아젤이 흰색과 누런색이 섞인 새
끼 고양이를 데리고 돌아온다. 집도 없고 굶주린 녀석이란다. 비키
는 한껏 들떠서 우유를 가져다준다. 일단 "오늘밤"은 재워 주라고
허락하지만 솔직히 잘 모르겠다.

메모: 내일 비키에게 아빠가 고양이를 싫어한다고 알려줄 것.

마드무아젤은 고양이에 대해서라면 매우 프랑스적인 태도를
갖고 있으니 늘 주시해야 할 듯. 그녀는 마음이 아프단다. 그런 뒤
셋은 공부방으로 피신한다.

12월 12일

남편은 길 잃은 새끼 고양이를 절대 거둘 수 없다고 한다. 지금 있는 부엌 고양이만 해도 감당하기 어렵다면서. 그러나 비키가 애원하자 조금씩 누그러진다. 이제 새끼 고양이가 수컷이냐 암컷이냐에 따라 운명이 갈릴 판이다. 비키와 마드무아젤은 고양이의 성별을 확실하게 안다고, 이미 나폴레옹이라는 이름을 붙였다고 선언한다. 이 문제에 관해서 나는 프랑스어로 토론에 끼어들 수가 없다. 정원사는 비키와 마드무아젤과는 반대 입장이다. 결국 두 사람은 새끼 고양이가 낡은 테니스공을 갖고 노는 모습을 보고 헬렌 윌스*로 이름을 바꾼다.

마침 원인을 알 수 없는 수도 문제가 터지는 바람에 다행히 로버트의 관심이 그쪽으로 쏠린다. 그는 양수기가 멈췄다고 한다. (어쩐지 성경에서 멈춰 선 양이 떠오른다.)

나는 마드무아젤에게 헬렌 윌스가 생각 없이 아래층에 출몰하지 않도록 주의하라고 넌지시 이른다.

---

* 미국의 테니스 선수.

12월 13일

양수기가 다시 작동한다. 헬렌 윌스는 여전히 우리 곁에 있다.

12월 16일

거센 폭풍우가 찾아와 홍수가 나고 수많은 나무들이 이상한 각도로 엎드렸다. 레이디 복스가 찾아와서 말하길, 자기는 햇살이 필요해서 다음 주에 남프랑스로 떠난단다. 그러더니 내게 같이 가면 어떻겠느냐고 묻는다. 내가 씹다 뱉은 껌처럼 늘어져 있다면서. 좋은 의도였을 테지만 어쩐지 매우 부적절하고 모욕적인 비유처럼 느껴진다.

　레이디 복스가 묻는다. 그냥 기차를 타고 프랑스를 달려 푸른 하늘과 푸른 바다, 여름 태양의 풍경 속으로 들어가면 좋지 않겠어요? 할 말은 많지만 하지 않으련다. 레이디 복스의 머리에는 비용이라는 문제가 들어갈 자리조차 없는 것 같다. 메모 여성회 토론 주제로 흥미로울 듯. '상상력과 상속받은 재산은 양립할 수 없다.' 다시 생각하니 사회주의 냄새가 나는 것 같기도.

나는 레이디 복스에게 거짓 고백을 한다. 잉글랜드를 좋아한다고, 겨울에도 그 마음이 변치 않는다고. 그러자 그녀는 부디 편협한 마음을 버리라고 애원한다.

떠나면서 레이디 복스는 남프랑스 여행을 다시 생각해 보라고 한 번 더 호소한다. 나는 예의상 망설이는 척하며 마음이 바뀌면 바로 연락하겠노라고 약속한다. 하지만 나도 그녀도 이미 알고 있다. 그럴 일은 없다는 것을.

_{의문} 우리가 위선이라는 도덕적 일탈을 하는 이유는 주로 상대의 눈치 없는 고집 때문이 아닐까?

12월 17일, 런던

이틀 동안 크리스마스 쇼핑을 하기 위해 사랑하는 친구 로즈의 집에 왔다. 우편으로 구입하면 된다고 고집하는 남편과 한바탕 설전을 벌인 끝에 얻어낸 기회다.

오후를 여유 있게 보내려고 이른 기차를 탔다. 로버트의 낡은 가죽 여행 가방과 역시 낡은 나의 천 가방, 로즈를 위해 준비한, 갈색 종이에 싼 커다란 국화 한 다발, 샌드위치, 핸드백, 추운 날씨에 대비한 모피 코트, 가는 길에 읽을 책, 마드무아젤이 신경 써서 역에서 건네준 삽화 잡지까지 챙겼다. 문득 떠오르는 의문: 이 가운데 어떤 건 버려도 되지 않을까? 그렇다면 무얼?

짐을 머리 위 선반에 올려놓고 오랜만에 집안일을 잊은 채 느긋하게 삽화 잡지를 펼친다.

첫 번째 정차 역에서 모르는 귀부인이 객차로 들어오더니 맞은편 자리에 앉는다. 적당한 크기의 값비싸 보이는 여행 가방과 작은 빨간색 모로코 보석함, 도서관 도장이 찍히지 않은, 새것처럼 보이는 《에드워드 마셜 홀 경의 생애》를 들고 탔다. 문득 레이디 복스가 떠올라 다시 자격지심에 휩싸인다.

나머지 자리를 채운 사람은 각반을 착용한 노신사와 레인코트를 입은 평범한 여자, 아서 와츠*의 그림에 나올 법한 청년이다. 마침 이 청년은 〈펀치〉**를 보고 있다. 저 속에 아서 와츠의 그림이 있다면 어떨까? 청년이 그림 속 주인공과 자신이 닮았다는 사실을 깨달으면 어떤 반응을 보일까 한참 생각해 본다. 괴로워할까 아니면 흡족해할까?

이런 쓸데없지만 흥미진진한 몽상에 빠져 있을 때 갑자기 노

- 영국의 삽화가 겸 예술가.
- 유머와 풍자를 다룬 옛 영국의 주간지.

신사가 법석을 떠는 통에 퍼뜩 정신을 차린다. 아무래도 물을 맞은 것 같다고 한다. 모두가 천장을 바라본다. 레인코트 여자는 "배관들"이 자주 "그러더라"고 애매하게 말한다. 다른 누군가가 난방을 꺼야 하니 마니 호들갑을 떤다. 노신사는 이 모든 설명을 부인하더니 "선반에서 물이 떨어진다"고 선언한다. 순간 모두가 로즈를 위해 준비한 국화 꽃다발을 바라보며 경악한다. 거기서 커다란 물방울이 똑똑 떨어지고 있다. 나는 어쩔 줄 몰라 하며 얼른 꽃다발을 내리고 노신사에게 사과한 뒤 다시 자리에 앉는다. 맞은편에 앉은 귀부인은 내내 아랑곳 않고 《에드워드 마셜 홀 경의 생애》를 읽고 있다. 어쩜 저리도 레이디 복스와 비슷한지.

^{메모} 마드무아젤에게 왜 시키지도 않은 짓을 했냐고, 왜 꽃을 싸기 직전에 물에 담가 두었냐고 따질 것.

다시 주간 삽화 잡지에 몰두한다. 로스앤젤레스에서 잉글랜드 사교계의 유명한 여인의 섹시한 다리를 (삽화 속의) 토토 펀치 경이 카메라로 연구했다고 한다(아래 사진). 이 여인은 저명한 혈통의 귀족과 가까운 친척이며, 이 귀족은 부유하고 패셔너블하기로 유명한 상류층 쌍둥이(뒷면 사진)의 아버지다.

^{의문} 우리의 대중지도 이제 타락해 가는 걸까?

단편 소설을 읽어 볼까 했지만 XLVIIb쪽을 찾지 못해서 포기

한다. 대신 크리스마스 선물 추천 목록을 살펴본다. 글쓴이에 따르면 나는 상대에게 꼭 어울리는 선물, 아름다우면서도 견고한 선물을 마련하고 싶어 한다. 적당한 선물로 94파운드 16실링 4페니짜리 에나멜 화장대 세트를 추천한단다. 아니면 초기 영국 컷글라스를 정확하게 재현한 단돈 34파운드 17실링 9페니짜리 크리스털 세공 모형 세트는 어떨까요?

정말 어떨까?

좀 더 읽다 보니 다행히도 '주머니 사정이 넉넉하지 않은' 사람을 위한 추천 목록이 나온다. 물론 여기서 말하는 '넉넉하지 않은' 주머니 사정도 내 주머니 사정과는 다르지만. 독창성을 발휘해 하찮은 선물을 특별하게 만들어 보라고 글쓴이는 제안한다. 피커딜리의 마담 돌리 바든 미용실 관리 코스 이용권(6회에 5기니*짜리)을 끊어주면 친구들이 좋아하지 않겠냐고.

교구 목사님의 아내에게 그런 선물을 하는 건 상상할 수도 없다. 그녀가 그런 선물을 받는 건 더더욱 상상할 수 없다. 결국 평소처럼 스카펠산의 일몰 풍경이 담긴 1실링 6페니짜리 달력으로 마음을 정한다.

---

* 영국의 옛 금화로 1기니는 21실링에 해당한다.

그래도 잠시 부질없는 공상에 빠져본다. 레이디 복스에게 고상하고 특별한 크리스마스 선물을 주면 어떨까? 살 빼는 운동과 주름 없애는 편안한 얼굴 마사지를 곁들인 코스라면 꼭 어울릴 텐데.

기차가 역에 도착하자 나는 상상의 나래를 접는다.

역에서 택시를 타기로 한다. 가장 큰 이유는 국화 꽃다발 때문이다. (모피 외투를 입고 여행 가방 두 개와 꽃다발까지 든 채로 에스컬레이터를 탈 수는 없으니까. 나는 에스컬레이터를 싫어하고 못 믿을뿐더러 늘 오른발로 내려서는 데 실패한단 말이다.) 하지만 한편으로는 로즈의 집이 지하철역에서 멀리 떨어진 멋진 동네에 있기 때문이다.

로즈가 다정하게 나를 맞아주며 국화 꽃다발을 받고 기뻐한다. 기차에서 노신사에게 일어난 불상사는 말하지 않기로 한다.

12월 19일

크리스마스 쇼핑이 이렇게 피곤할 줄 몰랐다. 육해군 백화점*에서

---

* Army and Navy Stores. 19세기 군 장교 및 가족 들을 위한 협동조합으로 시작해 유한 회사로 전환한 영국의 백화점 그룹.

크리스마스 선물 목록이 사라진 것을 깨닫고 당황하지만 어린이 서점에 갔을 때 어디선가 다시 나타난다. 그곳에서 로빈에게 선물할 책을 고른다. 그러곤 비키가 장난감 온실 말고 다른 건 **절대** 안 된다고 그렇게 단호하게 말하지 않았더라면 얼마나 좋을까 백 번째로 생각한다. 여기선 그런 걸 구할 수 없다. _{메모:} 비키에게 세상에는 가질 수 없는 것도 있다는 사실을 일깨워줄 만한 이야기를 빨리 찾아볼 것.

로즈가 제안한다. "셀프리지 백화점에 가봐." 나는 그럴 수 없다고 항변하다가 결국 셀프리지 백화점에 가서 훌륭한 (하지만 값비싼) 장난감 온실을 발견한다. 그러곤 애국을 저버린 채* 덜컥 사버린다. 로버트에겐 말하지 않기로.

로즈와 마드무아젤, 윌리엄과 앤젤라 부부의 선물은 특별한 것으로 고르고(이 두 사람은 우리 집에서 묵을 예정이라 달력보다 나은 수준의 선물을 주어야 하니까) 나머지 선물은 좀 더 작은 것으로 준비한다. 시시 크래브의 선물로 눈곱만한 일기장과 아주 멋진 카드 사이에서 고민하다가 결국 일기장을 택한다. 이유는 규격 봉투에 들어갈 것 같아서다.

● 당시 셀프리지 백화점은 미국 기업이었다.

44

12월 20일

로즈와 함께 존 어빈의 연극을 봤는데 무척 재미있었다. 일등석에 앉은 한 여인이 친구에게 묻는 소리가 들렸다. 자기도 희곡 한 편 써보지 그래? 그러자 친구가 말하길, 이것저것 하다 보면 **시간 내기가** 어려워. 그런 얘기를 들으니 어찌나 어이가 없던지. _{의문} 나도 희곡을 쓸 수 있는 걸까? 시간만 있으면 누구나 쓸 수 있을까? 존 어빈은 우리 지역민이지만 희곡을 쓰려면 어떻게 시간을 내야 하느냐고 편지로 묻는 건 좀 무례한 일인 것 같다.

12월 22일

집에 돌아왔다. 구근 식물 하나가 살짝 꽃을 피웠지만 만족스럽지 않다.

12월 23일

환승역으로 로빈을 데리러 갔다. 녀석은 표와 샌드위치, 손수건까지 다 잃어버리곤 내부가 작은 칸막이로 나뉘어 있는 커다란 나무 상자를 내민다. 목공 수업(학교에서 참여하는 값비싼 "특별" 활동)의 결과물이자 크리스마스 선물이라고 한다. 틀림없이 얼마 뒤에 청구서가 날아올 거다.

로빈은 "이즈 이지 아지 워즈?*"라는 레코드판을 꼭 사야 한다고 고집한다. (우리 아이들은 미술이든 문학이든 음악이든 어떤 예술 감각도 갖지 못한 게 아닐까 하는 불안한 생각이 든다. 축음기에서 "이즈 이지 아지 워즈?"가 열네 번쯤 돌아가고 나자 이런 생각은 확신으로 굳어지고 결국 나는 레코드판을 압수해 버린다.)

로빈과 비키가 서로를 몹시 반가워하며 인사하는 모습을 보니 뭉클해진다. 마드무아젤은 "아, 세 장티.**" 하며 손수건을 꺼내 든다. 좀 과한 반응인 듯. 그래 놓고 겨우 30분 뒤에 나를 찾아와선 로빈과 비키가 들보 위에 올라간 탓에 놀이방 천장에서 회반죽이 떨어진다고 투덜거린다. 나는 밑에서 아이들에게 소리친다. 하지만

---

* 원제는 "Is Izzy Azzy Wozz?".
** 아, 사랑스러워라.

46

아이들은 "이즈 이지 아지 워즈?"를 부르고 있다. 두 아이 모두 음악에 전혀 조예가 없으며 앞으로도 영영 그럴 거라는 사실을 새삼 깨닫고 다시 부아가 난다.

3시 30분에 윌리엄과 앤젤라 부부가 도착한다. 차 마시는 시간을 앞당기고 싶지만 하인들이 싫어할 것 같아서 두 사람에게 묵을 방을 보여 주겠다고 제안한다. 물론, 그들은 이미 그 방을 아주 잘 알고 있다. 방을 보고 나서 우리는 친척들의 소식을 주고받는다. 로빈과 비키가 여전히 "이즈 이지 아지 워즈?"를 부르며 나타난다. 앤젤라는 아이들이 많이 컸다고 하지만 표정을 보니 못마땅한 기색이 역력하다. 제대로 못 가르쳤다고 생각하는 것 같다. 그러더니 얼마 전에 묵었던 집의 아이들 얘기를 꺼낸다. 모두 청결하고 똑똑하며 사랑스러운, 기적 같은 아이들이었다고. 그런 뒤 굳이 덧붙이길, 게다가 글쎄, 그 집 아이들은 음악적 재능도 뛰어나서 피아노를 얼마나 잘 치는지 모른다니까요.

^{메모} 손님이 오면 무조건 음식을 내주는 게 가장 좋은 방법인 듯. 차 마시는 시간과 저녁 식사 시간의 간격은 짧을수록 좋다. 아니면 그 사이에 가벼운 음식을 추가로 내오는 것도 좋은 방법이다.

저녁 식사 자리에서 다시 친척들 얘기가 나온다. 요즘 가엾은 프레더릭 소식을 들은 적이 있는지, 몰리의 결혼 생활은 어떤지,

할머니가 이번 여름에 또 동부 해안에 가실지 따위를 서로 묻고 답한다. 남편과 윌리엄 형제는 10시가 다 되도록 식탁을 떠나지 않는다. 나는 속이 타들어간다. 하인들이 늦게까지 기다려야 하는데 왜 저러나 모르겠다.

12월 24일

온 가족이 함께 이웃의 교구 목사관에서 열리는 아이들 파티에 갔다. 로빈은 목사님 앞에서 세 번이나 '젠장'이라고 내뱉었다. 이전에도 이후에도 그런 적이 없는데 하필 가장 부적절한 자리에서 써먹으려고 아껴둔 모양이다. 그것 말고는 성공적인 파티였다. 농장 저택에 새로 이사 온 사람을 다시 만났다. 아직 찾아가 보지도 못했는데. 서머스 부인이고, 양봉을 한다. 차를 마실 때 그녀의 옆자리에 앉게 됐지만 벌에 관해 무슨 얘기를 해야 할지 도무지 떠오르지 않는다. 벌 좋아하세요? 이런 질문은 너무 따분할 것 같아서 사립학교 얘기를 꺼낸다. (학부모들끼리 얘기를 나누다 보면 흥미롭게도 서로의 자식이 다니는 사립학교를 들어보지 못한 경우가 많다. 전국에 사립학교 수가 너무 많다는 뜻일까?)

저녁을 먹은 뒤 아이들의 양말에 넣을 선물을 준비한다. 안타깝게도 윌리엄이 비키의 선물인 장난감 온실의 작은 유리 부속을 밟고 만다. 1실링을 주겠다고 후하게 제안하지만 내가 사양하자 한참 실랑이가 벌어진다. 아이들은 밤 11시까지 말똥말똥 깨어있다. 앤젤라가 브리지 놀이를 하자고 하더니 아까 교구 목사관에서 만난 서머스 부인이 누구냐고 묻는다. 벌에 관심이 있는 것 같다면서. (앤젤라는 분명 나보다 사교술이 뛰어난 것 같다. 하지만 굳이 얘기하지 않는다.)

크리스마스 날

신나지만 피곤한 크리스마스. 로빈과
비키는 하루 종일 들떠서 킬킬거리며
이것저것 먹어 댄다. 비키는 파란 당나귀 십자
수를 놓은 사각형 천을 앤젤라 숙모에게 선물한다. 내가 대신 사과해야 할까 잠시 갈등하다가 그만두기로 하고 마드무아젤에게 넌지시 말한다. 다른 그림을 택했더라면 더 좋았을 걸 그랬다고.

오늘도 아이들이 너무 법석을 떨며 돌아다녔는지 차 마실 시간이 되자 앤젤라가 내게 말한다. 메이틀란드네는 놀이방을 어찌나 잘 꾸며 놓았는지 가정교사와 함께 개들을 데리고 오랫동안 산책할 때를 제외하곤 아이들이 하루 종일 거기서 나오지 않는다고.

윌리엄은 서머스 부인이 벌에 관해 잘 아는 것 같다면서 혹시 도싯셔 사람이냐고 묻는다.

다음 주 초에 서머스 부인을 꼭 찾아가 봐야겠다고 다짐한다. 그리고 가기 전에 벌에 관해 공부하기로.

하인들을 쉬게 해주려고 저녁은 차가운 칠면조와 크리스마스 푸딩으로 때운다. 앤젤라가 구근 식물을 보더니 어째서 구근 식물이 크리스마스에 꽃을 피울 거라 생각했느냐고 묻는다. 나는 대꾸하지 않고 다들 일찍 잠자리에 들자고 제안한다.

12월 27일

윌리엄 부부가 떠났다. 막판에 앤젤라가 작은 충격을 안겨 주었다. 지난주에 주간지 〈시간과 조수〉 작품 공모에서 '지식인'이라는 필명으로 1등을 했는데 혹시 알고 있었냐고 묻는 게 아닌가. 당연히 몰랐지만 축하해 준다. 나도 응모했는데 당선되지 않았다는 말을 삼킨 채.

의문: 이 공모전의 편집자들이 언제나 문학성을 예리하게 평가한다고 말할 수 있을까? 과중한 업무로 판단력이 흐려질 때도 있지 않을까?

오후에 다른 곳에서 아이들 파티가 열렸다. 아주 성대하고 화려한 파티다. 엄마들은 검은 모자를 쓰고 곳곳에 서서 정원과 책, 지방 도시에서 하인들을 붙잡아 두는 데 따르는 고충 따위에 관해 얘기를 나눈다. 아이들은 모두 방으로 들여보내고 어른들은 홀에서 따로 차를 마시게 한다. 집으로 오는 길에 얌전하게 행동한 비키와 로빈을 칭찬해 준다. 하지만 나중에 마드무아젤에게 들으니 비키의 파티 드레스 주머니에서 초콜릿 비스킷이 왕창 나왔다고 한다.

메모: 이런 행동은 예절과 위생, 정직성의 측면에서도 문제가 되며 현명하지도 않다고 비키에게 말해주는 게 좋을까?

1930년 1월 1일

우리가 아이들 파티를 열었다. 말도 못하게 피곤한 짓이다. 게다가 궂은 날씨 탓에 오기로 한 손님의 절반이 오지 않았고 마술사가 시간을 못 맞출까 봐 마음을 졸였다.

아이들의 다과는 식당에, 어른들의 다과는 서재에 차리기로 하고 아이들이 응접실에서 놀이와 마술 공연을 즐길 수 있도록 물건을 치워 놓기로 한다. 작은 가구나 물건을 내 침실로 옮겨 놓은 탓에 침실에서 끊임없이 여기저기 걸리고 부딪친다. 구근 식물 화분들은 걸리적거리지 않도록 복도 창틀에 놓아두었다. 마드무아젤이 그것을 보고 하는 말, "티앵! 사 페 욍 드롤 데페, 세 말레르외 프티 브랭 드 베르뒤르!*" 어쩐지 기분이 상한다.

교구 목사님네 아이들이 너무 일찍 와서 텅 빈 응접실로 안내해 주었다. 다행히 새 초록색 파티 드레스를 입고 풍선 네 개를 든 비키가 들어와 곤란한 상황을 구제해 준다.

_{의문} 왜 성직자의 가족은 어떤 모임에든 시간 맞춰 오지 못할까? 매번 가장 먼저 오거나 가장 늦게 오는 것 같다.

---

* 어머! 어쩜 좋아, 가엾은 이파리들!

엄마들의 행동은 제각각이다. 누구는 함께 놀이를 준비하고 이것저것 제안하며 도와주지만 멍하니 앉아 있는 사람들도 있다 (정확히 말하면 의자가 늦게 준비돼서 멍하니 서 있었다). 주인 입장이 돼보니 차라리 아이들만 오는 편이 나은 것 같다. 앞으로 아이들 파티에는 가급적 로빈과 비키만 보내기로 다짐한다. "오렌지와 레몬" 놀이를 진행하면서 동시에 벌링턴 하우스에서 열리는 이탈리아 미술 전람회 얘기를 떠들어 대는 어느 엄마의 말에 지적으로 호응해 주기가 여간 어렵지 않다. 정신을 차려 보니 어느새 내가 가보지도 못한 전람회의 그림들이 굉장하더라고 말하고 있다. 금방 바로잡으려 했는데 기회를 놓치고 어느새 나는 의도하지 않은 거짓말의 구렁텅이에서 헤어 나오지 못한다. 이런 행동을 하면 도덕적으로 어떤 지탄을 받을지 생각해 보고 싶지만 그럴 시간조차 없다.

다과 시간은 순탄하게 흘러간다. 식당은 마드무아젤에게 맡겨 놓고 나는 서재를 맡는다. 로버트는 혼자 아이를 데려온 나이 많은 아버지(어쩌면 할아버지)와 함께 문가에 서서 이따금씩 차를 따라 주며 동물 사냥과 지난 총선에 관해 얘기를 나눈다.

마술사는 조금 늦었지만 아이들이 무척 좋아한다. 마지막으로 그는 겨를 가득 채운 보물찾기 통에서 선물을 찾게 한다. 카펫과 아이들의 옷, 집 안 곳곳에 흩어진 겨는 원래 통에 담겨 있던 것보다 훨씬 더 많아 보인다. 전에도 비슷한 현상을 목격한 적이 있는 것 같다.

7시에서 7시 30분 사이에 손님들이 떠나고 나자 로빈은 좋아하지도 않는 크래커로 유인해서 가둬 놓은 헬렌 윌스와 개를 풀어 준다.

남편과 나는 저녁 내내 하인들을 도와 가구들을 제자리로 옮기고 재떨이와 시계, 장식품, 잉크 등을 안전하게 치워 놓은 곳이 어디였는지 기억을 더듬는다.

1월 3일

마을에서 여우 사냥 대회가 열렸다. 로버트가 비키를 조랑말에 태워 데려가기로 했다. 나와 로빈, 마드무아젤은 참가자들이 출발하는 모습을 보려고 함께 우체국으로 걸어간다. 어쩜, 로빈은 처음부터 끝까지 올리버 트위스트 얘기만 떠들어댈 뿐 사냥에 관해선 한마디도 하지 않는다. 말과 사냥개, 사냥꾼 들을 보고도 무덤덤하다. 좀처럼 성향을 드러내지 않는 모습이 인상적이지만 어쩐지

저변에 심오한 프로이트적 의미가 담겨 있는 것 같기도 하다. 이에 관해 남편은 전혀 다른 견해를 보일 듯.

사냥에 참석하려는 수많은 이웃들이 로빈을 볼 때마다 묻는다. "너는 말 안 타니?" 경솔한 행동인 것 같다. 내게는 최근의 폭풍우로 쓰러진 나무가 얼마나 되냐고 묻고는 대답을 기다리지도 않는다. 그저 자기네 나무들이 몇 그루나 쓰러졌는지 얘기하려고 물어본 것뿐이다.

마드무아젤이 사냥개들을 보고 하는 말. "아, 세 봉 시앵!•" 말들을 보고는 이렇게 감탄한다. "켈 베트 쉬페르브.••" 하지만 절대 개나 말에게 가까이 가지 않는다. 나도 마찬가지다.

조랑말에 탄 비키는 꽤 그럴싸해 보인다. 여기저기서 비키를 칭찬하는 소리가 들리지만 나는 대수롭지 않다는 듯이 무뚝뚝하게 반응한다. 자식에게 너무 목매지 않는 현대적인 엄마처럼 보이고 싶으니까.

사냥이 시작되자 마드무아젤이 말한다. "부알라 비앙 르 스포르 앙글레!•••" 로빈이 말한다. "이제 집에 가도 되죠?" 그러곤 밀크

• 아, 착한 개들!
•• 정말 멋진 동물이야.
••• 이건 영국 스포츠죠!

초콜릿을 먹는다. 집으로 돌아와서 나는 여러 상점에 주문서를 넣고 정육업자에게 엽서를 쓰고 여성회에 걸 가이드*에 관한 편지와 다른 편지 한 통을 더 쓴다. 그런 뒤 치과에 다음 주 예약을 요청하는 편지를 쓴 뒤 수첩에 농장 저택의 서머스 부인을 **꼭** 방문하자고 적는다.

정신을 차려 보니 믿을 수 없게도 오전이 통째로 날아갔다.

로버트와 비키가 느지막이 돌아온다. 비키는 머리끝부터 발끝까지 진흙투성이가 됐지만 다치지 않았다. 마드무아젤은 비키를 데려가면서 '영국 스포츠'에 관해선 한마디도 하지 않는다.

1월 4일

날씨가 온화하고 화창해서 운이 좋으면 서머스 부인이 밖에 나와 있을지도 모른다는 생각이 들었다. 그래서 농장 저택을 찾아가지만 서머스 부인은 집 안에 있다. 무늬가 찍힌 벨벳 드레스를 입고 응접실에 앉아 있는 그녀를 보는 순간 떠오른 생각, 저 드레스는

---

* 소녀 및 여성 들의 수양 및 교육을 기치로 내세운 국제단체로 1909년 런던에서 조직되었으며 미국과 일부 국가들에는 걸 스카우트로 알려져 있다.

내가 입으면 참 잘 어울리겠네. 벌은 어디에도 보이지 않는다. 그래도 공부한 것을 바탕으로 벌 얘기를 해보려고 준비하는데 서머스 부인이 느닷없이 말한다. 자기 어머니가 와 있는데 내 옛 학교 친구 시시 크래브를 잘 안다고. 시시는 내가 아주 **재미있는** 친구라고 했단다. 마침 그녀의 어머니가 들어온다. 머리카락에는 아주 우아한 웨이브를 넣었고(방금 런던에서 온 게 아니라면 대체 어디서 저런 머리를 했을까?) 전반적으로 시골에서 어떻게 옷을 입어야 하는지 잘 알고 있는 듯한 자태다. 자신을 소개한 뒤(이름이 '에그 초크'라고 했는데 아무래도 잘못 들은 듯) 내 학창시절 친구인 노리치의 미스 크래브를 안다고, 내가 무척 재미있는 사람이라 하더라고 덧붙인다. 그 순간 나는 꿀 먹은 벙어리라도 된 듯 무슨 말을 해야 할지 모르겠다. 요즘 폭풍이 많이 몰아치지 않더냐고 얼버무린 뒤 황급히 그 집을 빠져나온다.

1월 5일

로즈에게서 아주 따뜻한 제안이 왔다. 유명한 문학 클럽의 특별 만찬에 자기 손님으로 데려가줄 테니 런던에 와서 하룻밤 자고 가라는 것이다. 주간 문예지의 저명한 편집장이 주관하고 유명한 희곡을 쓴 아주 성공적인 작가가 주빈으로 참석한단다. (로즈의 말에 따르면) 세계 각지의 주요 저술가와 시인, 예술가 들이 참석할 것으로 기대되는 자리다.

저녁 내내 다음과 같은 근거를 대며 남편을 설득한다. (a) 삼 등석 런던 왕복 기차표 말고는 비용이 전혀 들지 않는다. (b) 비키가 사교계에 나가려면 12년은 더 있어야 하니 내가 사람들과 계속 접촉해야 한다. (c) 이런 기회는 다시 오지 않는다. (d) 당신에게 같이 가자는 것도 아니지 않냐. 남편은 근거 (a)와 (b)에 대해선 대꾸하지 않고 근거 (c)에는 그저 이렇게 말한다. "그건 아니겠지." 하지만 근거 (d)를 듣고 마음이 살짝 움직이는 듯하더니 마침내 좋을 대로 하라고 한다. 곧 로즈와 함께 런던의 햄스테드에서 자유롭게 살던 시절의 친구들을 다시 만나게 되겠다면서.

잠시 뭉클해져선 혹시 로버트가 질투하나? 하는 생각이 머릿속을 스친다. 그 순간 그는 아침에 뜨거운 물을 쓰지 못했다고 투덜거린다.

1월 7일

로즈와 함께 문학 클럽 만찬에 갔다. 나는 파란 드레스를 입었다. 마치 반항이라도 하듯 플란넬 셔츠에 넥타이도 매지 않고 머리칼을 뾰족뾰족 세운 다양한 청년들이 눈길을 끈다. 대개는 무늬가 그려지고 구슬이 박힌 크레이프 드레스를 입은 붉은 머리의 젊은 여자를 데리고 왔다. 그들을 제외하곤 모두 야회복을 차려입었다. 저명한 편집장을 만나 보니 유쾌한 여성이다. 그 주간지의 공모전에는 왜 그렇게 공동 수상이 많으냐고 물어보고 싶지만 부적절하기도 하고 로즈가 곤란해질까 봐 참는다.

만찬에서 내 옆자리에 앉게 된 유명한 베스트셀러 작가는 내게 세금 폭탄을 피하는 방법을 아주 자상하게 설명해 준다. 나는 당장 그런 정보가 필요하지 않다는 사실을 어렵지 않게 숨긴다. 내 앞자리에 앉은 아주 저명한 예술가는 분위기가 무르익을수록 점점 더 활기를 띤다. 나는 용기를 내서 우리가 전에 만난 적이 있다고 얘기한다. 실제로 우리는 햄스테드 시절에 만난 적이 있다. 그는 흥분하며 당연히 나를 기억한다고 단언한 뒤(아니라는 걸 우리 둘 다 아는데도) 줄곧 내 작품을 관심 있게 보고 있다고 무모하게 덧붙인다. 그냥 넘어가는 편이 나을 듯. 얼마 후 이 저명한 예술가가 돈 한 푼 없이 왔다는 사실이 드러난다. 급사장이 식사비를 청구하자 결국 주변에 앉은 사람들이 돈을 빌려 주는 진풍경이 펼쳐진다.

로버트가 같이 오지 않아서 천만다행이다. 더욱이 이 저명한 예술가는 아침이 되면 오늘 일을 까맣게 잊을 테고 따라서 내 돈 3실링 6페니도 갚지 않을 게 분명하니까.

로즈는 자기 식사와 내 식사까지 멋지게 대금을 치른다.

^{메모} 영국 요리는 어디서든 매력적이라 할 수 없지만 연회 같은 행사에서는 더더욱 별로인 것 같다. 외국 손님들이 특히 오늘 저녁의 생선 요리를 어떻게 생각할지 모르겠다.

로즈가 내게 젊은 신사를 소개해 준다. (그러곤 유고슬라비아의 한 레퍼토리 극단이 세 차례나 상연한 단막극을 공동 집필한 사람이라고 빠르게 소곤거린다.) 알고 보니 이 신사는 레이디 복스를 만난 적이 있다. 얘기가 나오자 그는 레이디 복스가 몹쓸 여자인 것 같다고 덧붙인다. 그러고 나자 어찌나 말이 잘 통하던지. ^{의문} 인간의 본성에서 공통의 증오는 가장 끈끈한 유대를 형성해 주는 토대가 아닐까? 대단히 찜찜하지만 확실히 그런 것 같다.

아주 저명한 소설가가 다가오더니 (나를 다른 사람으로 착각한 듯) 상냥하게 떠들어 댄다. 자기는 밤 12시부터 새벽 4시 사이에만 글을 쓸 수 있다고, 그런데 또 매일 쓸 수 있는 것도 아니며 글을 쓸 수 없을 때는 오르간을 연주한다고. 결혼했는지 물어보고 싶지만 끼어들 틈을 주지 않는다. 그러더니 계속해서 자기 책이 얼마나 팔리는지 떠들어 댄다. 그러곤 자신의 지난번 책에 관해 떠들어 댄다. 그러곤 자신의 새 책에 관해 떠들어 댄다. 그런 뒤 자기가 말을 '걸어 줘야' 할 사람이 많다며 유명한 시인에게로 향한다. 그러나 그 시인은 그녀와 얘기하려 들지 않는다. 충분히 이해할 수 있을 듯.

참석자들의 축사가 이어진다. 자주 그렇듯 다른 사람들의 유창한 말솜씨와 깊이에 새삼 감탄한다. 내가 사람들 앞에서 연설하게 된다면 얼마나 우스운 꼴이 될까? 하지만 밤에 잠이 오지 않을 때면 하인들과 레이디 복스, 마드무아젤을 비롯해 여러 사람에게 전하고 싶은 그럴듯한 대사를 연습해 보곤 한다. 실제로 전달한 적은 없지만.

식사 후 자리를 옮겨 다니다가 아는 사람을 만난다. 이름은 잊었지만 문학과 관련 있는 사람이다. 요즘 뭔가 출간했느냐고 물으니 그는 자기 글이 출간하기에 적합하지 않으며 절대 그렇게 될 수 없을 거라고 대꾸한다. 다른 사람이 그랬다면 좋은 인상을 남겼을 텐데 하는 생각이 들지만 굳이 얘기하지 않는다. 대신 작가

레베카 웨스트와 항공술의 발전, 사슴 사냥 찬반론 등을 화제로 삼는다.

로즈는 덴마크인 기자와 미국의 정신의학 진료에 관해 논의하다가 내게 와서 그만 가자고 한다. 식사할 때 내 앞자리에 앉았던 저명한 예술가가 우리를 차로 태워다 주겠다고 고집하지만 그의 친구들이 말린다. 게다가 좀 전에 이름이 기억나지 않았던 옛 지인이 나를 슬쩍 부르더니 그 저명한 예술가는 누군가를 데려다줄 상황이 아니라고, 오히려 누가 그 사람을 데려다줘야 한다고 귀띔한다. 로즈와 나는 가까운 역으로 가서 지하철을 탄다. 그리 고급스럽진 않지만 현명한 방법인 것 같다.

우리는 새벽 1시까지 오늘밤에 만난 인간들을 중심으로 우리의 동족에 관해 토론한다. 로즈는 내가 런던에 더 자주 와야겠다고, 세계관을 넓힐 필요가 있다고 넌지시 말한다.

1월 9일

어제 집에 돌아왔다. 로빈과 마드무아젤은 유리창이 깨진 사건 때문에 서로 말을 하지 않는다. 비키가 내게 놀라운 소식을 소곤거린다. 새 욕을 배웠지만 쓰지 않을 거라고. 그러더니 불안하게도 이렇게 덧붙인다. 어쨌든 지금은 하지 않을게.

요리사가 말하길, 즐거운 휴가를 보내셨겠죠? 여기 시골은 아주아주 조용했답니다. 더 얘기하기 전에 얼른 부엌을 나서지만 그렇게 끝나지 않으리라는 것을 나는 잘 알고 있다.

로즈에게 편지를 쓴다. 초대해 줘서 고마웠다고, 지금은 다시 집을 떠나 세계관을 넓히기가 어려울 것 같다고.

1월 14일

감기에 걸리면 사람 꼴이 얼마나 볼썽사나워지는지 새삼 깨닫는다. 머리카락이며 안색, 코와 윗입술을 비롯해 얼굴이 전반적으로 못생겨진다. 요리사가 단호하게 말한다. 감기는 원래 늘 돌고 도는 거라고, 자기도 몇 주째 목이 아팠지만 그런 일로 수선 피우지 않는다고. 의문 나도 그런 불굴의 의지를 보여야 하는데 그렇지 않다는 말? 마드무아젤은 아이들에게 감기가 옮지 않았으면 했는데 오늘 아침에 둘 다 재채기를 하더라고 한다. 손수건이 다 떨어져 간다.

1월 16일

우리 모두의 손수건이 다 떨어져 간다.

1월 17일

마드무아젤이 손수건 대신 버터를 싸는 무명천을 쓰자고 제안한다. 어쨌든 집에는 무명천도 없다. 내가 나가서 사오겠다고 하자 마드무아젤이 말하길, "안 돼요. 찬바람 쐬면 폐렴 걸려요." 영국인의 정신과는 어긋나는 태도라 맞서 싸우고 싶지만 기운이 달린다. 게다가 자기가 직접 사오겠다는데 굳이 말릴 필요가 있으랴. 그녀는 "마담, 쥐 쿠르.*" 하더니 검은색 염소가죽 장갑과 발목에 단추가 달리고 발끝이 뾰족한 하이힐 부츠, 털 안감이 달린 모자, 검은 윗옷과 실크 목도리로 온몸을 감싸고 침대에 누워 있는 로빈과 비키를 내게 맡긴 채 집을 나선다. 20분쯤 지나서야 떠오른 사실: 오늘은 가게 문을 일찍 닫는 날이다.

---

* 제가 갈게요.

아이들 침실로 올라가서 찰스 램과 메리 램 남매가 엮은 책 《셰익스피어 이야기》를 읽어 줄까 물어본다. 비키는 《핍과 스퀵과 윌프레드》가 더 좋을 것 같단다. 로빈은 《걸리버 여행기》를 듣고 싶다고 한다. 적당히 타협해서 《그림 형제의 동화집》을 읽어주기로. 하지만 아이들이 너무 현대적 가치에 물들어 가는 게 아닐까 싶어 불안해진다. 두 아이 모두 거짓말과 폭력, 배신 따위로 행운과 명성, 아름다운 공주를 얻는 자극적인 이야기만 좋아하는 듯. 아이들의 앞날에 좋지 않은 영향이 미칠 것 같다.

마드무아젤이 돌아오기 전에 교구 목사님의 아내가 찾아온다. 나는 아래층으로 내려가 재채기를 하며 여기 오래 있으면 안 될 것 같다고 이른다. 그녀는 아이고, 그럼요, 금방 가야죠, 하고는 목사님 눈에 다래끼가 났다고 한참 떠들어 댄다. 나는 요리사가 목이 아프더라는 이야기로 응수한다. 그러다 외풍 얘기가 나오고 계속해서 교회의 난방 설비와 남프랑스에 가 있는 레이디 복스의 근황 얘기로 옮겨 간다. 목사님 아내는 레이디 복스에게서 호텔방 창문에 작은 십자가가 걸려 있는 그림엽서를 받았다고 하더니 (핸드백에서 그 엽서를 꺼내며) 참 재미있지 않아요? 하고 묻는다. 나는 그러게요, 아주 재미있네요, 하고 대꾸한다. 사실은 하나도 재미있지 않다. (소소한 일상에서 진실만을 얘기하기란 너무나 어렵다. 나만 그런 걸까? 내가 유별난 탓일까, 아니면 누구나 그럴까? 순간 목사님 아내에게 물어보고픈 충동이 들지만 참는다.)

그녀가 다시 묻는다. 아이들은 좀 어때요? 남편은? 적당히 대답하자 계피와 바펙스*, 티몰 글리세린 용액, 블랙커런트 차와 양파 끓인 물, 안식향 팅크, 아마인 습포, 온습포 따위를 추천해 준다. 나는 재채기를 하며 고맙다고, 정말 고맙다고 거듭 인사한다. 그녀는 나가다 말고 문 앞에서 다시 돌아서더니 양모 내의를 입고 코 세척도 하라고, 그리고 잠자기 전에 마지막으로 따뜻한 우유를 마시라고 덧붙인다. 나는 고맙다고 다시 한번 인사한다.

아이들에게 가보니 로빈이 비키의 침대에 넣어 놓은 탕파의 마개를 열었다. 그 작은 탕파 안에 따뜻한 물이 수백 갤런쯤 들어 있었던 듯 물이 곳곳으로 퍼져 나가 두 아이의 베개와 잠옷, 시트, 담요, 매트리스를 모두 적셨다. 나는 에설을 부른다. 나와 함께 사고를 수습하면서 에설이 투덜거린다. 여기가 무슨 병원 같지 않아요? 하루 종일 쟁반을 들고 오르락내리락, 일이 얼마나 많은지 모르겠네요.

---

* 박하향 오일 흡입제 상표명.

1월 20일

로빈의 감기가 다 나아서 녀석을 다시 학교에 데려다주었다. 교장에게 아이가 잘하고 있는지 묻자 그는 이렇게 대답한다. 부활절전에 새 건물들이 완공될 테고 학생 수가 빠르게 늘고 있으니 다음 학기에는 로빈도 새 부속 건물로 가게 될 겁니다. 그러곤 시릴 노우드 박사*와 자기가 주고받은 편지가 〈타임스〉에 실렸는데 틀림없이 보셨을 거라고 덧붙인다. 나는 속으로 되뇐다. 교장이라는 사람들은 우리와는 다른 족속이라고, 이 점을 잊지 않으면 학부모들은 많은 시간을 절약할 수 있다고.

로빈과 나는 애써 밝은 모습을 가장하며 작별 인사를 나눈다. 역으로 돌아오는 내내 눈물이 멈추지 않는다.

1월 22일

내 감기에 전혀 관심이 없던 남편이 어쩐 일인지 아침 식사 자

---

* 영국의 교육 전문가.

리에서 몸이 조금 나아졌느냐고 묻는다. 나는 이제 다 나았다고 대꾸한다. 그러자 그가 대뜸 묻는다. 그런데 꼴이 왜 그 모양이야? 꼴이 어떠냐고 되묻고 싶지만 참는다. 이미 잘 알고 있으니까. 갑자기 사는 게 지긋지긋해져서 뜬금없이 새 모자를 사기로 결심한다.

자주 그랬듯 은행과 불편한 상황이 이어지고 있으니 역시 자주 그랬듯 대고모의 다이아몬드 반지를 전당포에 맡길 수밖에. 그럴 때면 늘 그랬듯 플리머스의 전당포를 찾아간다. 주인은 오랜 친구처럼 나를 반겨주고는 경박하게 묻는다. **이번엔** 어떤 이름으로 할까요?

포목상 네 군데에 들어가 모자 수십 개를 써본다. 어째서인지 하나씩 써볼 때마다 점점 더 볼썽사나워진다. 머리카락은 점점 더 헝클어지고 얼굴은 점점 더 창백하고 지쳐 보인다. 머리를 감고 웨이브를 넣은 뒤 다시 써보면 조금 나을 것 같아서 미용실을 찾아간다.

미용사의 조수는 내 머리색이 심하게 바랬으니 색을 조금 넣어 보자고 제안한다. 한참 상의한 끝에 색을 살짝 입힌 뒤 빨간 머리가 되어 미용실을 나선다. "이삼일이면" 색이 옅어질 거라는 말을 새긴 채. 속이 부글거리지만 어쩌랴. 쓰고 나간 모자를 그대로 쓰고 머리칼을 최대한 감춘 채 집으로 돌아와 옷 갈아입을 시간까지 모자를 벗지 않는다. 하지만 어차피 저녁 식사 자리에선 수모를 피할 길이 없을 것 같다.

1월 23일

메리 켈웨이가 전보를 쳤다. 오늘 오전에 이곳을 지날 일이 있는데 우리 집에 들러 함께 점심을 먹어도 되느냐고. 나는 기뻐하며 좋다고 답한 뒤 부엌으로 달려간다. 요리사는 차가운 소고기와 비트를 제안하며 협조하지 않으려 든다. 나는 그것도 아주 훌륭하지만 혹시 브레드 소스를 곁들인 닭구이가 훨씬 더 좋지 않겠냐고 조심스럽게 묻는다. 요리사는 또 화덕 얘기를 꺼낸다. 다행히 오늘은 정육업자가 오는 날이라 결국 커틀릿과 으깬 감자로 타협한다.

메리는 언제나 반가운 손님이다. 재치 있고 유쾌할 뿐 아니라 이야기도 잘 쓰고 실제로 책을 출판해서 돈을 벌고 있기도 하다. 하지만 내 머리카락 색이 전혀 옅어지지 않아서 걱정이다. 식사하는 내내 모자를 쓰고 있을까 진지하게 고민해 보지만 오히려 더 눈길을 끌 것 같다. 게다가 남편뿐 아니라 비키도 그냥 넘어가지 않을 게 분명하다.

식사 자리에서 우려했던 일이 현실이 된다. 관찰력이 뛰어난 메리는 내 머리를 빤히 바라보며 아무 말도 하지 않는다. 신경이 곤두서는 침묵에 결국 내가 먼저 변명을 늘어놓는다. 마침내 메리는 짤막하게 말한다. 괜히 10년쯤 더 늙어 보이는 짓을 왜들 하는지 모르겠다고. 내가 더 과감한 시도를 할까 봐 말리려는 의도라면 그보다 더 확실한 조언은 없을 거다. 나는 화제를 돌리려고 아이들 얘기를 꺼낸다. 메리는 내 말에 마구 공감해 주며 심지어 우리 아이들이 똑똑하다고 맞장구쳐 준다. 신이 난 나는 이러저러한 아이들의 일화를 들려주다가 어느덧 로빈의 문학 취향이 조숙하다고 떠들어 댄다. 그러다 나를 보고 있던 남편과 눈이 마주친다. 무슨 우연의 일치인지 때마침 두 번째 우편  배달로 로빈의 편지가 도착한다. 미인이나 신기한 새 부리, 유명한 축구 선수 등이 그려진 담뱃갑 카드*를 수집하고 있으니 찾는 대로 보내 달라고 적혀 있다. 이 독특한 부탁을 읽고는 아무 말도 하지 않는다.

---

* 19세기 말에서 20세기 초에 담뱃갑에 들어 있던 다양한 그림의 카드로, 수집이나 교환의 대상이었다.

메리는 오후까지 머물면서 우리와 함께 차를 마신다. H. G. 웰스와 여성회, 감염병, 연극『여로의 끝』* 등이 화제로 오른다. 메리는『여로의 끝』만 보면 눈물이 나서 더는 극장에 갈 수 없다고 한다. 그렇다면 극장에서 한 번 더 운다고 달라질 것도 없지 않느냐고 내가 묻는다. 이렇다 할 결론이 나지 않자 우리는 다른 얘기로 넘어간다. 비키가 들어오더니 갑자기 시 낭송을 해주겠다고 한다. (아이 셋의 엄마인) 메리는 전혀 듣고 싶지 않을 테지만 예의상 열의를 보인다. 비키가 낭송을 시작한다. "메트르 코르보 시르 윙 아르브르 페르셰.**" 메모 마드무아젤에게 비키의 레퍼토리를 넓혀 주라고 제안할 것. 6개월 동안 "여우와 까마귀"와 "개미와 베짱이"만 번갈아 가며 800번쯤 들은 것 같다.

메리가 가고 나자 남편이 나를 보며 느닷없이 말한다. "**저런** 사람이 매력적인 여자지." 재능 있는 친구를 인정해 줘서 고맙지만, **저런**의 의미를 좀 더 명확히 설명해 주면 좋을 텐데. 하지만 로버트는 아무 말도 하지 않는다. 게다가 마침 에설이 들어오는 바람에 대화가 완전히 끊긴다. 에설이 말하길, 미안하지만 우유가 떨

- 원제는『Journey's End』. 영국의 극작가 R. S. 셰리프의 희곡으로 1928년 런던을 시작으로 세계 여러 무대에서 상연되었다.
- ●● 까마귀 아저씨가 높은 나무에 앉아 있었어요.

어져서 창고에 있는 아이디얼 통조림 연유로 대신하려고 하니 내가 가져다줄 수 있느냐는 요리사의 말을 전하러 왔단다.

1월 25일

마을회관 기금 모금 방안을 논의하기 위해 여성회 위원회 회의에 참석했다. 가보니 내게 사회를 맡아 달라고 한다. 나는 우리 모두가 이 고귀한 목표를 얼마나 중요하게 여기는지 잘 알고 있으니 필요한 자금을 모으기에 좋은 방안들을 제안해줄 거라 믿는다는 말로 회의를 시작한다. 그런 뒤 제안이 나오길 기다리지만 먹먹한 정적이 감돌 뿐이다. 나는 황급히 침묵을 메운다. 좋은 방안이 너무 많아서 고르기가 어려운 모양이라고. 마치 좋은 방안이 없어서가 아니라 너무 많아서 정적이 흐른다는 듯이. (신기하게도 그리고 우울하게도 선의의 노력은 불가피한 이중성으로 이어지는 경우가 많은 것 같다.) 다시 침묵이 이어진다. 나는 '자'를 두 번, '어서요'를 한 번 말한다. (그러고 보니 이런 동요가 있지 않았나? "손가락을 올리고 이렇게 말해요. 쯧쯧, 쯧쯧") 마침내 제안이 나온다. (바이올린 켜는 아들을 둔) L 부인이 연주회를, (지난번 휘스트

카드놀이 대회에서 여자 부문 1위를 차지한) 미스 P가 휘스트 대회를 제안한다. 플로리 P가 무도회를 제안하자 누군가가 곧 대제절* 기간이라고 일러 준다. 플로리 P는 이제 대제절도 예전과는 다르다고 주장한다. 그러자 그녀의 어머니가 우리 교구 목사님은 대제절의 규칙을 지킨다고, 예전부터 그랬다고 반박한다.

그때 누군가가 불쑥 끼어든다. 방금 생각났는데, 혹시 어젯밤에 스몰 노인이 돌아가셨다는 소식 들었어요? 그 말에 모두가 스몰 노인은 여든여섯 살이니 호상이라고 입을 모은다. 그러자 L 부인이 말한다. 우리 외가 쪽에는 아흔여덟 살 된 할머니가 있어요. 아직 살아 계신다니까요. 아니, 그런데 글쎄, 할아버지는 예순 번째 생일도 못 치르고 불려 갔지 뭐예요. 여기저기서 웅성거리는 소리가 들린다. 그러니까 그런 건 아무도 모른다니까요. 모르지, 그럼. 그런 뒤 우리는 잠시 뜸을 들이다가 다시 대제절과 목사님 얘기로 돌아간다. 연주회는 무도회와 다르니 (L 부인 표현으로) '방해'가 되지 않을 거라는 쪽으로 의견이 모인다.

이 합의를 바탕으로 우리는 논의를 이어간다. 피아노 독주와 시 낭송, 이중주, L 부인 아들의 바이올린 독주 같은 친숙한 활동

● 영국 성공회의 사순절.

에는 모두가 찬성한다. 누군가가 F 부인과 미스 H가 토론을 해도 좋겠다고 하자 다른 누군가가 일깨워 준다. 미스 H가 F 부인의 벤텀 닭들에게 이상한 행동을 한 탓에 둘이 말을 하지 않아요. 그러자 S 부인이 말한다. 사실 벤텀 닭의 문제만은 아니었죠. 모든 문제엔 두 가지 면이 있게 마련이에요. (이 논의가 끝날 무렵 이 문제에는 적어도 스무 가지 면이 생긴다.)

그때 목사님 아내가 불쑥 나타나더니 시간을 착각했다고 겸연쩍게 말한다. 나는 사회를 넘기려 하지만 그녀는 한사코 거절한다. 나도 고집을 꺾지 않는다. 그녀는 아니에요, 정말 아니라니까, 하다가 결국 사회를 맡는다.

회의가 처음부터 다시 시작된다. 그러나 대제절에 관한 논의에 아까처럼 불꽃이 튀지 않는다.

5시쯤 회의가 끝나고 목사님 아내는 나와 함께 집으로 걸어오면서 왜 그렇게 피곤해 보이냐고 묻는다. 들어가서 차를 마시고 가라고 하자 그녀는 아니에요, 하더니 호의는 정말 고맙지만 교구 반대편까지 가야 한다며 한사코 거절한다. 그러곤 대문 앞에 서서 스몰 노인 얘기를 꺼낸다. 여든여섯 살이니 호상이라면서. 6시를 15분 남겨 놓고 나서야 걸음을 옮기며 다시 한번 말한다. 아니, 왜 그렇게 피곤해 보이는지 도무지 모르겠네요.

2월 11일

로빈이 또 담뱃갑 카드를 보내 달라는 편지를 썼다. 나는 지금까지 모은 카드를 몽땅 보내 준다. 비키도 정원 일을 돕는 청년에게 얻은 카드 두 장을 내놓았다. 어느새 카드 모으는 일이 내겐 습관이 되었다. 이제는 플리머스나 다른 도시에 가서도 무의식적으로 도랑이나 보도, 전차 바닥 등을 훑어보며 신기한 부리나 유명한 축구 선수가 그려진 카드를 찾고 있다. 심지어 기차 앞자리에 앉은 생면부지의 사내에게 담뱃갑 카드를 창밖으로 던져 버리지 말고 내게 달라고 애원하기도 했다. 생면부지의 사내는 놀란 얼굴로 예의 바르게 카드를 내주었다. 이유는 묻지 않은 채. 나는 졸지에 말을 걸고 싶어 안달 난 여자가 되어 기차에서 내렸다. ("모성애는 어디까지 허용해야 할까?"라는 주제로 〈시간과 조수〉에 짤막한 글을 기고하면 어떨까? 아니다. 그만두는 게 좋을 듯. 어쩐지 '새우는 좋은 엄마가 될까?' 하는 옛날 동요의 노랫말이 떠올라서다.)

남프랑스에 갔던 레이디 복스가 돌아와서 하우스파티를 연다고 한다. 그녀의 집사가 전화로 내일 차를 마시러 오겠느냐고 묻자 나는 그러겠다고 한다. (대체 왜?)

2월 12일

레이디 복스의 만행에 시달렸다. 파티에 가보니 꽤 많은 사람이 왔는데 모두 현관 앞에서 테니스장으로 안내 받는다. 북극 같은 추위를 피할 곳도 없이 흰 테니스복을 입은 청년들이 벽에 작은 공을 튕기며 체온을 끌어 올리는 광경을 모두들 하릴없이 구경하고 있다. 레이디 복스는 옷깃과 소매에 모피가 달린 에메랄드빛 가죽 외투를 입었다. 평범한 외투와 스커트를 입고 집에서부터 걸어온 나는 금세 덜덜 떨기 시작한다. 내 옆에 있는 모르는 여자가 아련한 말투로 열대 지방 얘기를 꺼낸다. 이해할 수 있을 듯. 다른쪽 옆에 있는 노신사는 해군 군축 조약을 맺는 건 터무니없는 짓이라고 떠들어 댄다. 이러니 요즘 세태가 그 모양이지, 하고는 더 얘기하지 않는다. 5시가 넘어서야 우리는 차를 마시기 위해 집 안으로 들어간다. 내 얼굴은 이미 시퍼렇게 변했고 손은 보랏빛이 되었다. 레이디 복스가 내게 아이들의 안부를 묻더니 모두를 향해 내가 "얼마나 완벽한 엄마인지 모른다"고 덧붙인다. 그때부터 모두들 자연스레 나와 대화하기를 꺼린다. 레이디 복스는 계속해서 남프랑스 얘기를 떠들어 댄다. 자기가 그곳에서 써먹은 이러저러한 재담을 열심히 해석해 주면서.

정당방위의 살인이라고 해도 자식들의 앞길에 큰 걸림돌이 될까?

검은 옷을 입은, 잘 모르지만 매력적인 여인과 해외여행 얘기를 나누게 되었다. 어쩐지 말이 잘 통하는 것 같다(나 혼자만의 생각일지도). 그녀는 자기 동네에 오거든 꼭 한번 들르라고 가볍게 부탁한다. 나는 그러겠다고 대꾸하지만 막상 그런 상황이 오면 선뜻 찾아가지 못할 게 분명하다. 한창 기분 좋게 이어지던 대화가 느닷없이 어색해지는 순간이 찾아오는데, 내가 (그녀의 직접적인 물음에) 원예를 좋아하지 않는다고 말한 탓이다. 검은 옷의 여인은 알고 보니 원예 애호가였다. 아무래도 광적인 애호가인 것 같다. 그녀는 여전히 매력적이지만 나와 대화하는 게 더는 즐겁지 않은 모양이다. 나도 이내 시들해진다. (지방에 사는 사람들은 좀처럼 사교 활동에서 성공하지 못한다는 사실을 잊지 말 것. 이 광활한 우주에서 지방 사람들에게 주어진 역할은 따로 있는 것 같다. 그게 뭔지 아직 알아내지 못했을 뿐.)

레이디 복스가 로열티 극장에서 상연하는 새 연극을 봤냐고 묻는다. 나는 못 봤다고 대꾸한다. 그녀는 이탈리아 미술 전람회에 가봤냐고 묻는다. 나는 가보지 못했다. 소설《우리는 그녀의 병사들》을 어떻게 생각하느냐고 그녀가 다시 묻는다. 그것도 아직 읽지 못했다. 그런데 어느새 장황하고 힘차게 감상을 늘어놓고 있는 나를 발견한다. 더 있다가는 무슨 짓을 할지 모르니 그만 가기로 한다.

레이디 복스가 내 차를 불러오라고 할까 묻는다. 아무리 불러도 내 차는 문 앞에 나타나지 않을 거예요, 하려다가 그냥 걸어왔다고 대꾸한다. 그러자 레이디 복스는 어떻게 여기까지 걸어왔느냐고, 정말 대단한 사람이라고 감탄한다. 금방이라도 내가 완벽한 시골 여자라고 덧붙일 것 같아서 얼른 자리를 박차고 나온다.

테니스장에서 얼마나 떨었는지 집에 와서도 뼛속까지 시리다. 로버트에게 내가 레이디 복스를 어떻게 생각하는지 털어놓는다. 그는 아무 말도 하지 않는다. 그래도 분명 나와 같은 생각일 것이다.

마드무아젤이 말한다. "티앵! 마담 아 모베즈 민. 옹 디레 윙 카다브르.*"

좋은 의도였을 테지만 어쩐지 기분 나쁜 그림이 떠오른다.

잠자리에 든 비키를 보러 간다. 침대에 누워 있는 모습이 천사 같다. 잘 자라고 인사한 뒤 누워서 무슨 생각을 하느냐고 물어본

---

* 어머나! 마담 안색이 너무 안 좋아요. 꼭 송장 같네요.

다. 비키는 당황하며 무뚝뚝하게 대꾸한다. "뭐, 캥거루랑 그런 거."
(가끔 어린아이의 생각은 종잡을 수가 없다. 엄마들은 도무지 따라갈
수 없을 듯.)

2월 14일

〈시간과 조수〉 공모전에서 1등을 했다. 하지만 역시 공동 1등이다.
화가 나서 가명으로 편집장에게 이 부당한 관행에 항변하는 편지
를 멋들어지게 써 보낸다. 그러고 나자 가명을 쓰는 게 혹시 불법
은 아닐까 싶어 몹시 불안해진다. 〈휘터커 연감〉*을 훑어보지만 인
지세와 사생아 은닉 말고는 아무것도 찾을 수가 없다. 나는 연감
을 던져 놓는다.

　앤젤라에게 (이번엔 본명으로) 편지를 써서 혹시 공모전에 참가
했느냐고 다정하게 물어본다. 부디 참가했기를, 그리고 그 사실을
솔직하게 말해줄 양심을 가졌기를 바라며.

● 1868년부터 영국에서 정기 간행된 연감.

2월 16일

아침에 에설이 와서 헬렌 윌스가 새끼를 여섯 마리 낳았고 그중 다섯 마리가 살았다고 귀띔한다.

로버트에게 이 소식을 어떻게 전할지 고민이다. 알 수 없는 자연의 섭리에 새삼 혀를 내두른다.

앤젤라에게서 답장이 왔다. 이번에는 주제가 너무 유치해서 참가하지 않았다고, 하지만 '메로페' 크로스워드 퍼즐은 15분 만에 풀었다고 한다.

(위의 마지막 진술은 사실일 리가 없다.)

2월 21일

구근 식물 화분들과 구근 식물의 잔해를 온실로 치운다. 남편에게 올해는 더 잘할 수 있다고 단언하지만 그는 이렇게 대꾸한다. 올해는 쓸데없이 돈을 버리지 않았으면 좋겠는데. 기운이 빠진다. 게다가 북극 같은 추위가 계속되고 있다. 레이디 복스의 이른바 '접대' 이후 도무지 추위를 떨칠 수가 없다.

비키와 마드무아젤은 헬렌 윌스와 새끼 다섯 마리가 들어 있는 신발장을 하루 종일 들여다보고 있다. 남편은 아직 아무것도 모르지만 이 무지의 상태가 오래가진 못할 것 같다. 적당히 눈치 봐서 얘기해야 할 텐데 아무래도 오늘은 때가 아닌 듯. 오늘 아침에도 욕실에서 따뜻한 물을 쓰지 못했으니까.

오후에 레이디 복스가 찾아온다. 혹시 내가 폐렴에 걸렸을까 봐 걱정돼서 왔나? 하고 잠시 기대하지만 그녀는 대뜸 5월 초에 열릴 바자회를 도와 달라고 한다. 좀 더 캐보니 정당의 기금 마련을 돕는 바자회란다. 내가 묻는다. 어떤 정당요? (레이디 복스의 정치관은 이미 잘 알고 있는데 내가 당연히 자기와 똑같은 정당을 지지할 거라 생각했다니 부아가 난다. 어림없는 소리.)

레이디 복스는 **의외**라고 한다. 그러더니 계속해서 이렇게 말한다. 러시아를 보라고, 아니, 교황을 보라고. 어느덧 내가 대꾸하는 소리가 들린다. 실업률을 보라고. 우리의 대화는 더 나아가지 못한다. 다과가 들어오자 어찌나 마음이 놓이는지. 레이디 복스가 오래 있을 수 없다고, 많은 세입자들을 찾아가 봐야 한다고 말하자 더욱더 마음이 놓인다. 그녀가 로버트의 안부를 묻는다. 로버트는 그녀의 영지의 모든 봉신들에게 충성 맹세를 받으러 갔다고 할까 진지하게 고민하다가 채신없어 보일까 봐 그만두기로 한다.

현관으로 배웅하러 나가는데 레이디 복스가 내게 말한다. 저 떡갈나무 수납장은 반대편에 놓는 게 좋을 것 같은데. 마호가니 가구와 월넛 가구를 한 공간에 놓는 건 별로라니까. 그러더니 마지막으로 바자회 정보를 편지로 알려주겠다고 한다. 마침 비키의 작은 붉은색 깃발이 현관 수납장 위에 놓여 있다. 레이디 복스의 운전사가 차를 출발시키자 나는 그 붉은 깃발을 흔들며 "아 라 랑테른!*" 하고 중얼거린다. 마음이 가라앉는 듯하다. 하필 그때 에설이 현관으로 들어온다. 뭐라 말하진 않지만 꽤 놀란 얼굴이다.

2월 22일

집안에 우울한 기운이 가득하다. 어젯밤 로버트가 마지막으로 집을 돌아볼 때 기막히게도 헬렌 윌스가 새끼들을 한 마리씩 선보이고 말았다.

마드무아젤과 비키를 심부름 보내 놓고 뒷마당의 커다란 물통에서 무고한 생명의 학살이 이뤄진다. 작은 적갈색 새끼 한 마리

● '가로등으로!'라는 뜻으로, 프랑스 혁명 초창기에 민중이 저항의 의미로 가로등을 깨부순 데서 거리의 정의를 상징하는 말이 되었다.

만 살아남았다. 비키에게 나머지 새끼들의 행방을 어떻게 설명할지 한참 고민한다. 마드무아젤에게 살짝 귀띔하자 그녀는 자기에게 맡기라고 한다. 듣던 중 반가운 소리. 마드무아젤은 이렇게 덧붙인다. "레 좀므 망크 드 쾨르.*" 어쩐지 내가 이미 여러 번 들은 얘기, 다시 듣고 싶지 않은 얘기가 나올 것 같다. 몇 년 전 마드무아젤의 부모님이 결혼생활에 종지부를 찍은 사연 말이다. 이유는 돈만 밝히는 미래관 때문이었다. 나는 비키의 장화가 방수 기능을 제대로 하느냐고 물으며 황급히 말을 돌린다.

^{의문} 집안에 신경 쓸 일이 끊이지 않으면 인간적인 공감 능력이 떨어지는 걸까? 아무래도 그런 것 같지만 지금은 그걸 바로잡을 새가 없다.

시시 크래브에게서 긴 편지가 왔는데 가끔 글씨를 알아보기 어렵다. 봉투 뒷면에 요상한 질문이 적혀 있다. 혹시 정말 훌륭한 여성 호텔 지배인을 알아? 나는 엽서에 이렇게 적어 보내고 싶다. '아니, 하지만 아주 믿을 만한 치과의사를 추천해줄 수는 있어.' 다시 생각해 보니 학창 시절 시시는 유머 감각이 없는 친구였다.

---

* 남자들은 참 무정하다니까요.

2월 24일

남편과 함께 우리 지역 의원 부부와 점심을 먹었다. 내 옆에는 노신사가 앉아서 사슴 사냥 애기를 떠들어 댄다. 사슴 사냥은 전혀 잔인하지 않다고, 사슴도 **좋아할** 거라고, 사슴 사냥은 건전할 뿐 아니라 영국인들에게 꼭 어울리는 스포츠라고. 왈가왈부해 봐야 입만 아플 것 같아서 나는 네, 네, 하고 대꾸하곤 최근의 폭풍 피해와 동네에 새로 온 사람들, 버들리 솔터튼의 골프장 애기로 화제를 돌린다. 그런데 어느새 우리의 대화는 다시 사슴 사냥으로 돌아와 있다. 식사가 끝날 때까지 줄곧 그 애기를 나눈다.

　내 앞자리에 앉은 선홍색 스리피스 정장 차림의 여자는 옆자리의 로버트에게 동상에 걸린 경험담을 들려주고 있다. 로버트는 예의 바르게 듣는 척하지만 흥미가 없어 보인다. (선홍색 스리피스 정장의 여자는 로버트가 표현하지 않을 뿐 충분히 공감하고 있다고 생각하는 것 같다.) 여자는 계속해서 과거에 앓은 충수염과 현재 앓고 있는 좌골신경통, 가까운 미래에 앓게 될 대장염 애기를 떠들어 댄다. 로버트는 여전히 반응하지 않는다.

84

여자들은 응접실로 자리를 옮겨 시원찮은 벽난로 주위에 모여 앉는다. 커피가 나온다. 나는 현란한 손재주를 발휘해 잔 받침에 놓인 커다란 각설탕 한 조각을 비키에게 주려고 핸드백에 쑤셔 넣는다. 의문: 나와 한동네에 사는 사람들이 어떻게 나는 구할 수 없는 소소한 사치품을 손쉽게 구하는 걸까? 논리적으로 따져보면 내가 살림을 잘 못한다는 뜻인 듯.

남자들이 들어온다. 식사 때 내 옆에 앉았던 노신사가 이번에는 안주인에게 사슴 사냥 얘기를 늘어놓는다. 참고로 안주인은 왕립 동물 학대 방지 협회의 후원자로 잘 알려져 있다.

우리 지역 의원은 나에게 럭비 얘기를 꺼낸다. 나는 프랑스 선수들이 잘하는 것 같다고, 특히 베호테기*가 정말 잘 뛴다고 대꾸한다. 메모: 내가 유일하게 아는 정보로, 늘 유용하게 써먹고 있지만 다변화를 위해 영국 선수를 적어도 한 명쯤 알아두어야 할 듯.

의례적인 감사 인사를 하고 나오는 길에 실수로 핸드백을 놓친다. 아, 하필 각설탕이 쪽모이 세공 바닥으로 요란하게 떨어진다. 나를 제외한 모두가 호들갑을 떤다.

이를 어쩌나…….

---

* 1924년 하계 올림픽에서 은메달을 딴 프랑스 럭비 선수.

그래도 로버트는 그럭저럭 잘 견딘다. 다만 집으로 오는 길에 이렇게 물을 뿐이다. 우리가 그 집에 다시 초대받을 수 있을까?

2월 28일

대문 옆에 크로커스 꽃 한 무더기가 핀 것을 보고 기분이 좋아진다. 상투적이지 않고 매력적인 표현을 찾고 싶어서 "독일 정원의 엘리자베스*"가 되었다고 상상하려는 찰나, 요리사가 불쑥 다가와서 하는 말, 생선장수가 왔는데 대구와 해덕대구만 있네요. 해덕대구 냄새가 신선하지 않은 것 같은데 대구만 들일까요?

자주 깨닫는 사실이지만 사는 게 그렇지, 뭐.

3월 1일

켈웨이 가족이 우리 집에 와서 함께 점심을 먹고 우리 모두의 친

---

* 1910년에 출간된 엘리자베스 폰 아르님의 일기 형식의 소설 《엘리자베스와 그녀의 독일 정원(Elizabeth and Her German Garden)》의 주인공을 말한다.

구이자 이웃의 딸인 로즈메리 H의 결혼식에 가기로 했다. 벽난로에 불이 붙지 않아서 켈웨이네가 도착할 때까지 애를 먹는다. 비키 또래의 사내아이가 함께 왔는데 셋 다 꽁꽁 얼었다. 내가 말한다. 어서 와서 몸 좀 녹이라고! 얼마나 무의미한 제안인지. 그래도 세 사람은 반갑게 받아 준다. 비키가 벌컥 들어오더니 언제나 그랬듯 자기 머리칼이 이 세상 모든 아이들에 비해 너무나 곧고 뻣뻣하다는 사실에 경악한다. (켈웨이네 아이의 머리카락은 자연스럽게 고불거린다.)

닭고기는 너무 많이 익었고 감자는 덜 익었다. 머랭쿠키는 그럭저럭 성공적이다. 특히 아이들에게. 하지만 그 덕분에 비키는 더 먹겠다고 고집하고 마드무아젤은 "착하게 행동"하라고 소곤거리며 옥신각신한다. 그녀는 비키의 접시와 숟가락, 포크를 치워 버린다. 모두들 이 기막힌 장면을 못 본 체하지만 어린 켈웨이는 혼자 재미있어 하며 태연하게 머랭쿠키를 하나 더 집는다.

식사가 끝나자 로버트와 메리 캘웨이의 남편이 제각기 실크해트를 하나씩 든 채 멀끔하고 세련된, 그러나 몹시 부자연스러운 모습으로 나타난다. 꽤 멋져 보이지만 두 사람이 마침내 실크해트를 쓰자 두 아이는 순수하게 즐거워하며 깩깩 소리를 질러 댄다. 우리가 차를 타고 떠날 때까지 아이들은 마드무아젤에게 붙어 선

채 자지러지게 웃어 댄다.

^{의문} 글이나 대화에서 수없이 논의되는 열등의식이 이제는 아이들에게서 부모에게로 옮겨 가고 있는 게 아닐까?

메리는 파란 드레스를 입고 우아한 다이아몬드로 아름답게 치장했다. 나는 빨간 드레스를 입은 채 오랫동안 거래한 플리머스 뒷골목의 전당포에 맡긴 대고모의 다이아몬드 반지를 아쉬워한다. (재정이 무척 쪼들린다. 헌옷을 골라서 중고품 매매상에 팔아야 할 듯. 모피코트와 하얀 장갑, 한쪽 발이 몹시 아픈 새 구두로 상류층 흉내를 내며 차에 올라타는 내 모습에 신물이 난다. 삶은 참으로 얄궂다.)

아름다운 결혼식이다. 로즈메리 H는 무척 사랑스럽고 신부 들러리들도 그림처럼 예쁘지만 그중 한 명의 머리칼이 빨간색이다. 메리의 남편이 내게 소곤소곤 묻는다. "혹시 염색했을 때 저 색깔이었어요?" 나는 말문이 막힌다.

피로연은 사람들로 북적거린다. 대부분 아는 얼굴이지만 분홍 드레스를 입고 안경을 쓴 낯선 여인이 불쑥 다가오더니 내게 말을 건다. 나는 기억하지 못하겠지만(솔직히 그렇다) 우리 집에서 테니스를 친 적이 있다는 것이다. 그러더니 이렇게 덧붙인다. 그 예쁜 쌍둥이들은 잘 지내죠? 정신을 차려 보니 어느새 나는 쌍둥이들이 아주 잘 지낸다고 대답하고 있다. 이 여인을 두 번 다시 마주치지 않길 바라는 수밖에.

얼마 전에 이사한 서머스 부인을 마주치는데, 그녀는 내 방문에 보답하지 못해서 미안하다며 거듭 사과한다. 그런 줄도 몰랐다고 솔직하게 얘기해야 하나? 아니면 가급적 빨리 시정하길 바란다고 할까? 둘 다 예의가 아닌 것 같다.

노부인 레이디 듀포드는 나를 보더니 우리가 지난번 존 집안 결혼식에서 만나지 않았느냐고 묻는다. 그 결혼은 1년도 안 돼서 실패로 끝났다고 한다. 그녀가 다시 묻는다. 그런 부부의 소식 들었어요? 남편이 하도 술을 마셔서 부부가 별거 중이고 가엾은 위니프레드 R은 친정으로 돌아왔다지 뭐야. 결국 레이디 듀포드는 이렇게 결론을 내린다. 오늘 저 두 젊은이가 새 출발하는 모습을 보니 **가슴이 미어지네요**.

새신랑의 커다란 차가 문 앞에 멈춰 서자 레이디 듀포드가 내게 머리를 기울이고 속삭인다. 아, 우리 때는 쌍두마차였는데. 나는 아무 말도 하지 않는다. 시간이 쏜살같이 흐른다는 것을 굳이 일깨워줄 필요가 있을까? 어차피 나도 머지않아 레이디 듀포드의 뒤를 이을 텐데.

이런 대화로 울적해진 기분을 샴페인 한 잔으로 달랜다. 괜히 감상에 젖어 로버트에게 묻는다. 우리 결혼식이 떠오르지 않느냐고. 그러자 그는 어리둥절한 얼굴로 되묻는다. 글쎄, 별로, 왜? 적당한 대답이 떠오르지 않아서 딴청을 부린다.

신혼부부가 떠나자 모두가 줄줄이 빠져나간다. 나는 켈웨이 부부와 함께 집으로 와서 차를 마신다.

구두를 벗으니 어찌나 편한지.

3월 3일

핼머*를 두는데 비키가 불쑥 묻는다. 내가 죽으면 엄마는 울 거야? 나는 그렇다고 대답한다. 그러자 아주 심하게 울 거냐고 다시 묻는다. 소리를 지르며 엉엉 울 거냐고. 그렇게 과도한 감정 표출을 하고 싶진 않다고 하자 비키는 놀라며 서운해한다. 나는 마드무아젤에게 비키가 그런 섬뜩한 생각을 못 하게 해줬으면 좋겠다고 귀띔한다. 마드무아젤이 '섬뜩한'이라는 말을 알아듣지 못해서 곰곰 생각한 끝에 프랑스어로 '데나튀레**'라고 번역해준다. 그러자 그녀는 마구 소리를 지르며 십자가를 긋더니 내가 지금 무슨

● 　서양장기의 일종.
●● 　'자연을 거스르는', '타락한'이라는 뜻.

말을 했는지 아느냐고, 그걸 알면 "앙 르퀼레 데프루아*"할 거라고 한다.

더는 얘기하지 않는 게 좋을 듯.

7시에 교구 목사님의 아내가 와서 우리는 함께 이웃 마을 여성회로 향한다. 무모하게도 내가 연설을 하기로 약속했기 때문이다. 가는 길에 목사님 아내는 그 여성회의 총무가 심장 마비를 일으킬 위험이 있으니 절대 흥분하게 해선 안 된다고 귀띔한다. 더 놀라운 사실은 심하게 웃기만 해도 위험에 처할 수 있다는 것이다.

나는 급하게 연설 내용을 수정하며 우스운 이야기 두 편을 빼버린다. 그런 뒤 충격적인 사실을 알게 된다. 오늘 저녁 행사 일정에 춤과 까막잡기 놀이가 포함되어 있다는 것. 목사님 아내에게 총무가 심장 마비를 일으키면 어떡하느냐고 묻자 묘하게도 그녀가 대꾸하길, 어차피 핸드백에 알약을 항상 갖고 다니더라고요. 그러니까 그 핸드백만 잘 챙기면 된다는 뜻이다. 나는 저녁 내내 긴장을 풀지 않고 총무의 핸드백을 주시하지만 다행히 위험한 상황은 일어나지 않는다.

---

* 기겁하며 펄쩍 뛰다.

연설을 마친 뒤 감사 인사를 받는다. 그러자 바느질 경연 대회의 심사까지 봐달라고 한다. 나만큼 바느질을 모르는 사람이 있을까 싶지만 결국 심사를 본다. 다시 감사 인사를 받고 차와 도넛을 대접 받는다. 모두가 까막잡기 놀이를 즐기며 흥분에 휩싸인다. 모임이 성공적으로 마무리되려는 찰나, 방 한가운데서 땅딸막한 노파 둘이 부딪쳐 둘 다 요란하게 넘어진다. 이건 틀림없이 심장 마비를 일으킬 만한 일이라는 생각에 핸드백으로 달려갈 준비를 하지만 결국 아무 일도 일어나지 않는다. 다 함께 애국가를 부른 뒤 목사님 아내가 나를 2인승 자동차로 태워다 주겠다고 제안한다. 등이 제대로 들어와야 할 텐데, 하면서. 걱정과는 달리 미등 하나만 빼고 모든 등이 희미하게 켜지자 우리는 한시름 놓는다.

내가 잠깐 집에 들어왔다 가라고 성화하자 그녀는 아이고, 아니에요, 아니야, 시간이 너무 늦었잖아요, 하고는 들어온다. 로버트와 헬렌 윌스가 응접실에서 자고 있다. 목사님 아내는 잠깐만 앉았다 일어나겠다고 한다. 우리는 시골 여자들과 스탠리 볼드윈, (우리 둘 다 가본 적도 없는) 마데이라 섬의 호텔들, 그 밖의 뜬금없는 주제들에 대해 잔뜩 떠들어 댄다. 에셜이 코코아를 내주지만 쟁반을 내려놓는 꼴을 보니 화가 난 게 틀림없다. 아무래도 내일은 사직서를 낼 것 같다.

결국 11시가 돼서야 목사님 아내는 부디 자동차의 등이 들어와야 할 텐데, 하며 일어선다. 우리는 현관까지 나갔다가 거기서 다가오는 마을 연주회와 앵무병, 교구 주교에 관해 얘기한다.

결국 차의 시동이 걸리지 않아서 로버트와 내가 밀어 준다. 차가 진입로에서 한참 덜컥거리고 가릉거린 뒤에야 시동이 걸리고 목사님 아내는 조그만 옆 창문으로 손을 내밀어 흔든 뒤 차와 함께 사라진다.

로버트가 퉁명스럽게 말한다. 목사님 아내가 어떤 이유로든 다시 올지 모르니 어서 불을 끄고 문을 잠그고 잠자리에 들자고. 그렇게 하려는데 헬렌 윌스가 방해한다. 로버트는 녀석을 밖으로 내보내려고 안간힘을 쓰지만 헬렌 윌스는 피아노 밑에 숨었다가 책장 뒤로 가더니 결국 어디론가 자취를 감춘다.

3월 4일

예상한 대로 에설이 사직서를 냈다. 요리사는 자기도 속이 시끄러워서 나가야겠다고 한다. 절망이 나를 덮친다. 직업소개소에 편지 다섯 통을 쓴다.

3월 7일

희망이 없다.

3월 8일

요리사가 마음을 누그러뜨리고 내가 원할 때까지 있겠다고 한다.
그럼 여기서 평생 지낼 각오를 하라고 말하고 싶지만 당연히 참
는다. 하루 종일 플리머스에서 식사 시중을 맡을 하녀를 찾아다
니며 피곤한 하루를 보낸다. 도중에 레이디 복스와 마주치는데,
그녀는 하인 다루는 일이 전혀 어렵지 않다고 떠들어 댄다. 자기
는 전혀 문제가 없다면서. 요령만 알면 된다고, 엄격하면서도 인간
적으로 대해야 한다고 덧붙인다. 그들을 인간적으로 대해주고 있
느냐고, 내가 그렇듯 하인들도 가끔씩 기분 전환을 원한다는 것
을 아느냐고 그녀는 묻는다. 나는 열불이 나서 전혀 몰랐다고 대
꾸한다. 나는 하루 일과가 끝나면 하인들에게 쇠사슬을 채워 지
하실에 묶어 놓는답니다. 신랄하게 비꼬려는 의도였는데, 레이디
복스는 자지러지게 웃으며 언제나 재미있다니까, 하고 산통을 깬

다. 그러더니 하는 말, 어차피 이따 점심시간에 듀크 오브 콘월 호텔에서 다시 만나겠네. 이 근처에서 제대로 된 식사를 할 만한 곳은 거기밖에 없잖아요. 나는 다정하고 상냥하게 그러겠네요, 하고 대꾸한 뒤 작고 허름한 카페에서 평소처럼 물 한 잔과 삶은 콩으로 점심을 때운다.

인격을 시험하는 괴로운 의문이 고개를 든다. 레이디 복스가 듀크 오브 콘월 호텔에서 점심 식사를 하자며 초대했다면 응낙했어야 하지 않나? 문득 삶은 콩과 맹물에 진저리가 난다. 어쨌든 필요한 물건을 사고 하인을 구하러 하루 종일 고되게 돌아다녔는데 이런 음식이 가당키나 하단 말인가. 더군다나 나는 호텔에서든 어디서든 언제나 세상을 엿볼 준비가 되지 않았는가. 한편으론 레이디 복스에게 5실링짜리 점심을 얻어먹으면 자존감이 바닥까지 떨어지리라는 것을 잘 알고 있다. 집으로 돌아오는 기차에서 이 문제를 심리학적으로 고찰해 보지만 이렇다 할 결론을 내리지 못한다.

하녀를 찾는 데는 완전히 실패했지만 길에서 담뱃갑 카드 두 장을 주웠으니 아주 헛된 하루는 아니었다. 두 장 모두 깨끗할 뿐 아니라 신기한 새 부리가 그려져 있다.

3월 9일

하녀를 구했다는 소식은 들리지 않는다. 반면 에설은 일자리 제안을 100번쯤 받을 것 같다. 자기 집에서 일해 달라는 신청서를 건네러 문 앞으로 찾아오는 호화 차량의 행렬이 끊이지 않는다. 요리사도 점점 더 불안해한다. 결국 런던에 가서 로즈네서 묵으며 직업소개소를 찾아다녀야 할지도 모르겠다.

아침에 마을에서 새 트위드 옷을 입은 바버라 블렌킨숍을 마주쳤다. 착하고 예쁜 아가씨인데, 편도 절제술을 받으라고 권하고 싶다. 바버라는 늙고 약해진 자기 어머니를 가끔 들여다봐 달라고 부탁한다. 나는 걱정하지 말라고 상냥하게 대꾸한다. 건성의 대답이었지만 그러고 보니 대제절 기간이라는 사실이 떠올라 당장 가보기로 마음먹는다. 내가 트위드 옷을 칭찬하자 바버라는 정말 괜찮지 않느냐며 굳이 덧붙인다. 존 바커 백화점 세일 카탈로그에서 4기니도 안 되는 가격에 샀는데 허리를 조금 늘리고 어깨를 살짝 줄였더니 꼭 맞더라고요. 그러곤 짤막하게 한마디를 더한다. 요즘엔 스커트가 다시 길어지는 추세라고.

바버라는 저녁 예배에 가고 나는 그녀의 어머니를 들여다보러 간다. 노부인은 망토를 두른 채 팔걸이의자에 앉아 과시하려는 듯이 《비콘스필드 경의 삶》이라는 두꺼운 책을 읽고 있다. 안부를 묻자 노부인은 고개를 절레절레 흔들며 되묻는다. 예전에 친구들 사이에서 내 별명이 나비였는데, 상상이 돼요? (이런 질문은 언제나 상대를 곤란하게 한다. 그렇다고 하든 아니라고 하든 매정하게 들릴 테니까. 솔직히 지금 망토를 두른 모습은 나비보다 번데기와 비슷하다고 말하고 싶다.) 블렌킨솝 부인은 서글프게 웃으며 말을 잇는다. 하지만 난 아무래도 괜찮아요. 내 한 몸 괴로운 건 신경 쓰지 않는 사람이거든. 그냥 날마다 이렇게 앉아서 남들의 소소한 즐거움이나 골칫거리에 공감해 주면 그만이지. 그래서 그런지 사람들이 자꾸 나를 찾아와서 그런 얘길 털어 놓는다니까. 그러곤 자조하듯 덧붙인다. 아니, 글쎄, 그저 내가 웃어 주기만 해도 큰 힘이 된다고 하더라고요. 난 그게 대체 무슨 소린지 모르겠다니까. (나도 모르겠다.)

잠시 침묵이 흐른다. 아무래도 블렌킨솝 부인은 내가 다른 사람들처럼 소소한 즐거움이나 골칫거리를 털어놓길 기다리는 것 같다. 어쩌면 남편이 딴 여자를 만난다거나 내가 교구 목사님과 사랑에 빠졌다는 둥의 얘기를 기대하는 것 같기도.

이렇다 할 애깃거리가 떠오르지 않아서 바버라의 새 트위드 옷을 화제로 삼는다. 그러자 블렌킨솝 부인은 기다렸다는 듯이 말한다. 소소하게나마 여성스러운 요소를 하나씩 더하면 모든 게 얼마나 달라지는지 몰라요. 난 평생 그런 여성스러운 요소를 포기하지 않았지. 여기엔 리본 하나, 저기엔 꽃 한 송이. 그러고 보니 예전에 한 친구가 나한테 그러더라고요. "블렌킨솝 부인, 늘 그렇게 남들의 고충을 다 떠안으시다니 정말 훌륭하신 분이에요." 난 이렇게 말했답니다. 아이고, 나야 그냥 쓸모없는 늙은이일 뿐이지. 그래도 친구는 많답니다. 그건 아마도 늘 '안을 보지 말고 밖을 보아라. 아래를 보지 말고 위를 보아라. 도움의 손길을 내밀어라.'라는 말을 마음 깊이 새기고 있기 때문일 테지.

대화가 다시 위기에 처하자 나는 《비콘스필드 경의 삶》에서 구원을 찾는다. 비콘스필드 경을 어떻게 생각하느냐고 묻자 부인은 그가 아주 놀라운 인품을 지닌 것 같다고 대꾸한다.

그러더니 덧붙이길, 사람들은 딸 바버라가 젊은 친구들과 어울려 다니는 동안 집에서 혼자 얼마나 외로우냐고 걱정하지만 아니라고, 전혀 그렇지 않다고 한다. 책이 있는데 외로울 리가 있겠어요? 책이 내 **친구**인걸. 셰익스피어나 제인 오스틴, 조지 메러디스, 토머스 하디와 함께라면 혼자만의 세계에 푹 빠질 수 있지. 나는 잠이 없어서 밤 시간은 주로 독서에 할애해요. 그러곤 내게 묻는다. 밤새도록 한 시간에 한 번씩, 30분에 한 번씩 울리는 괘종시계 소리를 듣는 기분이 어떤지 알아요? 내가 어떻게 알겠는가. 나는 저녁 9시만 되면 쏟아지는 잠을 참느라 정신이 없는데. 하지만 그렇게 대꾸할 수는 없는 노릇. 그래서 그만 가려고 일어선다. 헤어지면서 블렌킨솝 부인은 늙은이를 들여다봐 줘서 고맙다고 하며 이제 예순여섯 살인데 그래도 이 정도면 괜찮은 거라고 덧붙인다. 친구들은 다들 이렇게 말한다면서. 아니, 예순여섯이 뭐 어떻다고 그래요?

허탈한 기분으로 집에 돌아와 괜히 이 사람 저 사람에게 땍땍거린다.

3월 10일

여전히 마땅한 사람을 구하지 못했다. 로즈에게 일주일쯤 가서 묵어도 되느냐고 편지를 썼다. 집안에 일손이 달리니 조금이라도 도움이 될까 싶어 슈롭셔*에 있는 거트루드 고모에게도 비키와 마드무아젤을 잠깐 보내도 괜찮으냐고 편지를 쓴다. 이유는 밝히

● 잉글랜드 중서부의 주.

지 않은 채. 남편에게 혼자 남으면 너무 외롭지 않겠냐고 묻자, 그는 아니라고, 런던에서 즐거운 시간을 보내고 오라고 한다. 나는 놀러가는 게 아니라고 장황하게 설명하다가 문득 블렌킨숍 부인이 된 것 같아서 얼른 입을 다문다.

로버트는 아무 말도 하지 않는다.

3월 11일

로즈에게서 일주일 동안 묵어도 좋다는 전보가 왔다. 요리사가 퉁명스럽게 말한다. "휴가 잘 보내고 오세요." 받아치고 싶지만 그녀마저 그만두겠다고 할까 봐 꾹 참는다. 어쨌든 바라건대 하녀 문제를 잘 "해결하고" 돌아오겠다고 대꾸한다. 요리사는 전혀 못 믿겠다는 표정으로 자기도 정말 그랬으면 좋겠다고, 요즘 너무나 정신이 없다고 말한다. 나는 못 들은 체하고 부엌을 나온다.

옷장을 뒤져 보니 런던에서 입을 옷이 하나도 없다. 〈데일리 미러〉지에서 요즘에는 모두 이브닝드레스를 길게 입는다는 글을 읽었는데 내 옷장에는 종아리까지 내려오는 드레스조차 없다니 기가 막힌다.

3월 12일

내 옷을 잔뜩 모아서 〈시간과 조수〉에 실린 광고 속의 주소로 보
낸다. 낡은 옷을 최고가에 매입해서 바로 수표를 보내준다는 곳이
다. 하지만 내 옷은 6페니짜리 회신 우표의 가치밖에 안 될 것 같
다는 우울한 예감이 들어 남편의 오래된 사냥용 외투와 1907년산
방수 외투, 잘 입지 않는 양모 스웨터도 함께 넣는다. 그러고 나자
늘 그렇듯 갈등에 휩싸인다. 내가 한 짓을 곧바로 로버트에게 털어
놓을지 아니면 끝까지 침묵하다가 소포가 떠난 뒤에 남편이 스스
로 알아차리게 할지. 첫 번째 방법은 솔직하고 단순한 반면 두 번
째 방법은 조금 복잡하지만 좀 더 실용적이다. 평소처럼 결국 양
심을 저버린다. 하지만 양심이라는 녀석은 결코 침묵하지 않는다.
^{의문} 그릇된 결정이나 행동을 후회하는 데 오랜 시간을 쏟지 않
는 사람이라면 섬세하다고 할 수는 없어도 강인한 성격을 지닌
게 아닐까? 확실히 그런 것 같다. 문득 〈시간과 조수〉에 기고할 인
상적인 기사의 윤곽이 어렴풋이 잡힌다. 이를테면 이런 제목으로.
'회개보다 매정한 성격이 실질적으로 더 큰 이익이 되는가?' 하지
만 지금은 일할 사람을 구해야 하고 마을 연주회에서 낭송할 시
"헤스페로스호의 난파"도 외워야 하니 글을 쓸 시간이 나지 않을

것 같다. 여성회 토론 주제로 삼으면 어떨까? 하지만 목사님 아내는 좀 더 목사님에게 어울리는 주제를 택할 것 같기도.

최근 출간된 소설들의 장단점에 관해 의견 차가 점점 벌어져서 이달의 책 클럽을 탈퇴하기로 결심했다. 길고 장황하게 내 의사를 설명하는 편지를 부친 뒤에야 떠오른 사실: 앙드레 모루아의 《바이런》 책 값 12실링 6페니를 아직 내지 않았다.

3월 13일

비키와 마드무아젤이 거트루드 고모에게 가려고 집을 떠난다. 마드무아젤이 감상에 젖어 말하길, "아, 데자 주 랑기 푸르 노트르 르투르!*" 집을 나선 지 겨우 30분 만에 나온 말이다. 앞으로 3주의 시간이 남아 있다는 점을 감안하면 바람직한 정신 상태가 아닌 듯. 마드무아젤은 기차에 오르다 말고 불쑥 오드콜로뉴를 꺼내더니 둘 중 하나가, 혹은 둘 다 아플 때를 대비해서 챙겼다고 한다. 두 사람이 기차에 타는 모습을 보고 집으로 돌아온다. 집은

● 아, 벌써 돌아가고 싶네요!

무덤처럼 조용하다. 정원사가 비키 아가씨는 그렇게 멀리 보내기엔 너무 어린 것 같다고 한다. 나에게 안부 편지를 보낼 수도, 자기 상태를 얘기할 수도 없지 않느냐면서.

살인자가 된 기분으로 잠자리에 든다.

3월 14일

우편환이 왔는데 너무 적은 것 같다. 토끼털이 둘러진 흰색 테니스용 재킷은 판매 불가하다는 메모와 함께 반송되었다. 이유를 알면 좋으련만. 〈시간과 조수〉 편집장에게 광고를 넣을 때 꼼꼼히 확인해야 하지 않느냐고 편지로 따질까 고민하다가 그만두기로 한다. 혹여 답장이라도 오면 곤란한 설명을 해야 할 테고 주간 공모전에서 가끔 (공동으로) 1등을 하는 사람이라는 사실이 밝혀지면 체면을 구길 테니까.

메모: 테니스용 재킷을 염색해서 야회복 망토로 바꿀 수 있는지 알아볼 것.

안타깝게도 불쑥 찾아온 화이트 부부를 미처 피하지 못한다. 두 사람은 근처에서 닭 농장을 막 시작했는데 아무래도 그걸로 한밑천 잡아 보겠다는 기대를 갖고 결혼한 것 같다. 닭과 집, 풍경, 런던행 기차에 관한 대화가 오간다. 나는 두 사람에게 혹시 테니스를 치느냐고 묻고는 둘 다 테니스를 잘 칠 것 같다고 예의상 덧붙인다. 그러자 화이트 씨에게서 기막힌 대답이 돌아온다. 아이고, 어떻게 자기 입으로 그렇다고 말하겠냐고. 그러니까 내가 잘난 척한다고 생각하지만 않는다면 그렇다고 말하겠다는 뜻이다. 그는 토너먼트에 관해 물어본다. 화이트 부인은 예전에 이러저러한 토너먼트에서 우승했고 또 이러저러한 토너먼트에서는 우승하지 못했다고 떠들어 댄다. 그러더니 둘 다 핸디캡을 털어놓는다. 이 부부를 우리의 초라한 테니스장에 절대 초대하지 않겠다고 다짐한다.

계속해서 우리는 정치인들로 화제를 옮겨 간다. 화이트 씨가 말하길, 자기 생각에 로이드 조지*는 그저 영리한 게 전부라고 한다. 그것 말고는 아무것도 없다고 힘주어 말한다. 내가 그래도 연립 내각과 보험법을 확립하지 않았냐고 묻자 그러니까 영리하다는 거라고 단호하게 되풀이한다. 그러고는 볼드윈**이 정말 정직한 사람이고 램지 맥도널드***는 약하다고 덧붙인다. 화이트 부인

- 1916~1922년 영국의 총리를 지낸 자유당 정치인.
- 1923~1937년에 세 차례에 걸쳐 영국의 총리를 지낸 보수당 정치인.
- 노동당을 창설하고 스탠리 볼드윈과 번갈아가며 두 차례 영국의 총리를 역임한 정치인.

은 남편의 말에 맞장구치며 뜬금없는 얘기를 꺼낸다. 노동당은 러시아와 손을 잡고 있는 게 분명하다고, 아니면 볼셰비키들이 어떻게 감히 그렇게 하겠느냐고.

그러더니 또 불쑥 말하길, 금주법이고 유대인이고 모든 게 결국 큰 파장을 불러올 거란다. 나더러 그렇게 생각하지 않느냐고 묻는다. 나는 한시라도 빨리 대화를 끝내려고 그럼요, 하고는 혹시 피아노를 치느냐고 묻는다. 그녀는 피아노는 치지 않지만 우쿨렐레를 연주한다고 대꾸한다. 그런 뒤 우리의 대화는 동네 상점들과 일요신문 배달로 넘어간다. (대화 예절은 무척 흥미로운 연구 주제인 것 같다. 특히 지방의 대화 예절은 더더욱.)

화이트 부부가 떠나자 나는 두 번 다시 그들을 만나지 않기를 기원한다.

3월 15일

남편이 1907년산 방수 외투가 실종된 사실을 알아차렸다. 차라리 "100파운드를 잃는 편이 낫겠다"고 한다. 솔직히 그렇지도 않으면서. 덕분에 저녁 시간이 그리 순탄치 않다. 이렇게 된 김에 사냥용 외투와 스웨터도 보냈다고 털어놓고 한꺼번에 끝내 버릴지 아니면 방수 외투를 상실한 속상함을 가라앉힌 뒤에 스스로 하나씩 알 아차리게 할지 갈등한다. 그런데 로버트가 대뜸 묻는다. "'더 고요한(calmer)'을 일곱 자로 표현하면 뭘까?" 순간 무겁게 내려앉았던 우울의 장막에 한줄기 빛이 드리워진다. 잠시 생각한 뒤 "serener"라고 대답하자 그는 그럴듯하다고 대꾸하며 다시 〈타임스〉의 크로스워드 퍼즐에 몰두한다. 얼마 후 그는 그리스의 유명한 산을 대보라고 하더니 내가 황급히 아틀라스산을 떠올리자 받아들이지 않는다. 그리스와 헤라클레스, 아틀라스의 연관성에 관해 한동안 흥미진진한 설명을 늘어놓다가 그가 듣고 있지 않다는 것을 깨닫곤 잠자리에 든다.

3월 17일

바버라 블렌킨솝과 함께 런던으로 향한다. (새 트위드를 입은) 바버라는 런던 남부의 스트리탐에서 옛 학교 친구와 2주일을 보낼 예정인데, 특히 이탈리아 미술 전람회를 고대하고 있다고 한다. 나도 그렇다고 하고는 어머니 블렌킨솝 부인의 안부를 묻는다. 아주 잘 지내고 있다고 바버라는 대꾸한다. 계속해서 우리는 걸 가이드에 관해 한참 얘기하다가 우체국의 T 부인이 요즘 가게의 L 부인과 말을 섞지 않는 이유를 추측해 본다. 그런 뒤 대화는 좀 더 지적인 방향으로 흘러간다. 우리는 교구 소식지를 좀 더 밝게 만들 필요가 있다고 입을 모은다. 나는 크로스워드 퍼즐을 제안하고 바버라는 어린이 코너를 제안한다. 런던의 패딩턴 역에 들어설 무렵 우리는 교구 소식지에 훌륭한 사람들, 이를테면 버나드 쇼나 아널드 베넷, 존 골즈워디 같은 사람의 글을 실을 가망은 없다는 결론에 이른다.

내가 다음 주에 내 클럽에서 함께 차를 마시자고 하자 바버라는 그러겠다고 한다. 그런 뒤 우리는 헤어진다.

새 모자를 쓰고 마중 나온 로즈가 나를 보더니 요즘 누가 챙 있는 모자를 쓰냐고 핀잔한다. 기운이 빠진다. 한편으론 챙 있는 모자밖에 없기 때문이지만 다른 한편으론 그거라도 쓰지 않으면 지금보다 더 촌스러운 행색이 된다는 것을 잘 알기 때문이다. 로즈에게 이런 걱정을 털어놓자 로즈는 유명한 미용실에 가서 관리를 받아보면 어떻겠느냐고 제안한다. 거울을 보니 꼴이 엉망이라 그러겠다고 한다. 그러곤 비밀을 지켜 달라고 못을 박는다. 레이디 복스가 알면 뭐라고 할까 생각하니 견딜 수가 없어서다. 나는 결국 전화로 예약을 한다. 그 사이에 이탈리아 미술 전람회에 다녀오자고 로즈가 제안한다. 자기는 벌써 네 번이나 다녀왔다면서. 내가 대꾸한다. 아, 그렇지. 런던에 온 이유 중 하나가 그 전람회지. 하지만 좀 더 이른 시간에 가면 안 될까? 그러자 로즈가 묻는다. 그럼 내일 아침 일찍 갈까? 나는 내키지 않는 대답을 억지로 내뱉는다. 내일 아침에는 직업소개소들을 돌아봐야 할 것 같다고. 그래, 그럼 언제 갈까? 하고 로즈가 다시 묻는다. 나는 상황을 봐서 나중에 정하자고 대꾸한다. 로즈는 탐탁지 않은 얼굴이지만 워낙 눈치가 빨라서 아무 말도 하지 않는다. 그러고 보니 조만간 그 전람회에 가야 할 테고 이미 가기로 마음먹기도 했지만 막상 가면 아무것도 이해하지 못하는 게 아닐까 걱정된다. 누가 감상을 물으면 몹시 난감할지도.

늘 그랬듯 로즈의 요리사는 훌륭한 저녁 식사를 차려 준다. 집에 있는 로버트가 떠올라 괜히 미안해진다. 기껏해야 다진 소고기와 마카로니 치즈로 저녁을 때우고 호두나 먹고 있을 텐데.

로즈가 내일 만찬에 데려가 주겠다고 한다. 훌륭한 비취 수집품을 갖고 있는 저명한 여성 작가와 훨씬 더 저명한 (여성) 교수, 그 밖의 많은 유명인이 참석하는 자리라면서. 당좌대월이 어떻든 내일은 새 이브닝드레스를 사기로 마음먹는다.

3월 18일

이탈리아 미술 전람회에는 아직 가지 못했지만 그래도 굉장히 성공적인 하루였다. 메모 바버라가 내 클럽에 차를 마시러 오기 전엔 반드시 전람회에 갈 것.

직업소개소를 몇 군데 찾아갔는데 요즘에는 시골 취업을 선호하지 않으며(누가 모를까 봐?) 내가 제시하는 급여가 너무 적다는 대답만 돌아온다. 우울한 마음을 달래려고 (내게 어울리지도 않는) 최신 유행 허리 스타일의 (형편에 맞지도 않는) 이브닝드레스를 사기로 결심한다. 브롬튼가에 가면 원하는 옷이 있을 것 같아서 천천히 걸어가며 쇼윈도의 옷들을 훑어보다가 바버라 블렌킨솝을 마주친다. 그녀는 어쩜 여기서 만나냐고 호들갑을 떤다. 나는 원래 런던에 오면 자주 그런다며 대수롭지 않게 넘긴다. 바버라는 이탈리아 미술 전람회에 가는 길이라고 한다. 그 말에 나는 서둘러 작별 인사를 하고 값비싼 옷들이 진열된 우아한 상점으로 황급히 들어간다.

드레스 다섯 벌을 입어보지만 그 가운데 한 벌을 고르기가 무척 어렵다. 갈수록 머리는 헝클어지고 코의 화장이 지워진다. 게다가 요령 없는 판매직원은 내가 마음에 들어 하는 색을 놓고 고민하는데도 그런 색이 낮에는 어색해 보여도 밤에는 그리 어색하지 않다고 거듭 강조한다. 결국 커다란 리본이 달린 얇은 은빛 드레스로 마음을 정하고 바로 배송해 달라고 하자 불가능하단다. 별 수 없이 상자에 넣어 직접 가져가기로. 가게를 나오면서 생각한다. 블랙 시폰 드레스가 더 낫지 않았을까?

미용실에서 관리를 받으면 바닥까지 떨어진 자존감이 조금 올라갈 거라 생각했는데 풀러스 사탕 가게에 들러 로빈과 비키에게 초콜릿을 한 상자씩 보내고 나자 금세 기분이 좋아진다. 마드무아젤이 서운하다고 할까 봐 막판에 그녀에게도 페퍼민트 크림을 보낸다. 점심 메뉴로는 집에서 가장 먹기 힘든 소꼬리 수프와 바닷가재 마요네즈 무침, 커피를 고른다.

그런 뒤 미용실로 향한다. 관리를 받은 뒤 그 경험을 글로 쓰면 어떨까? 문득 요전 날 바버라 블렌킨솝과 나눈 대화가 떠올라서 내 경험담으로 우리 교구 소식지를 좀 더 밝게 만들면 어떨까 고민해 본다. 하지만 편집장이 허락하지 않을 것 같아서(교구 소식지 편집장 = 우리 교구 목사님) 마음을 접는다.

1층 접수대에서 눈부신 안색과 쪽빛 머리칼, 주황색 손톱을 자랑하는 오싹한 여자가 나를 맞이한다. 다행히 그녀는 곧 적갈색 단발머리와 매력적인 미소를 지닌 아름다운 여자에게 나를 넘겨준다. 나는 커튼이 쳐진 칸막이 안으로 안내되어 긴 의자에 눕는다. 시술이 끝없이 이어지면서 얼굴의 더께를 수백 겹 벗겨내는 것 같다. (매력적인 시술자는 "산성용액"을 썼기 때문이라고 살짝 귀띔해 준다.) 눈썹도 뽑아서 다듬어 주는데, 몹시 고통스럽다.

마침내 나는 몰라보게 나아진 모습으로 미용실을 나선다. 잠시 이성을 잃고 파운데이션 크림과 볼연지, 파우더, 립스틱까지 장만한 채로. 이 모든 화장품의 용도를 놓고 로버트와 타협하려면 고난이 따를 것 같지만 지금은 잊기로 한다.

옷 갈아입고 만찬에 가기 위해 시간 맞춰 로즈의 집으로 돌아간다. 로즈는 오후에 이탈리아 미술 전람회를 둘러봤단다.

3월 19일

로즈가 여성 운동과 연관된 유능한 친구들과 함께 만찬을 즐기는 자리에 나를 데려갔다. 드디어 새 드레스를 입었다. 내 평생 처음으로 만족스러운 모습이었다. (플리머스 뒷골목의 전당포를 환하게 빛내고 있을 대고모의 다이아몬드 반지가 아쉽긴 했지만) 그러나 미용실과 의상실에서 날아올 청구서를 머릿속에서 떨쳐 내기가 어찌나 힘들던지. 그나마 잘해 주려고 노력하는 저명한 여성 운동가

들 덕분에 그럭저럭 견딜 수 있었다. 유명한 교수는 매력적인 미소를 띤 채 내가 로빈을 위해 담뱃갑 카드를 모은다고 들었다며 카드 두 장을 내밀었다. 무척 감동적이었다. (나는 이 교수와 대화하려면 분자 따위에 관한 글을 읽어야 하지 않느냐고 로즈와 상의하기도 했는데 말이다.) 그때부터 분자에 관한 생각은 훨훨 날려 보내고 남은 시간을 더욱 기분 좋게 즐겼다.

유명한 주간 문예지의 편집장도 왔는데 우리가 문학 클럽 만찬에서 만난 일을 기억하고 있었다. 식사가 끝나갈 무렵 그녀가 아직 이탈리아 미술 전람회에 다녀오지 않았다는 사실을 알게 되었다. 나는 로즈에게 넌지시 눈짓을 보냈다. 로즈가 알아채길 바라며.

칵테일과 훌륭한 식사가 즐거움을 더했다. 나는 편집장 옆자리에 앉았는데 그녀는 내게 자신의 문예지가 어떤지 말해 보라고 한껏 부추겼다. 칵테일의 기운과 편집장의 다정한 태도에 취한 탓인지 나는 내 의견이 재치 있고 소중하며 꼭 들어볼 가치가 있다는 착각에 빠져 자유롭게 떠들어 댔다. (하지만 한밤중에 문득 이 장면을 떠올리면 잠자리에서 벌떡 일어나 식은땀을 흘리며 내 행동을 사뭇 다르게 평가하게 되리라는 사실을 잘 알고 있었다.)

로즈와 나는 자정이 다 돼서야 밖으로 나와 아주 유명한 여성 극작가와 함께 택시를 타고 집으로 향했다. (레이디 복스에게 꼭 알려 줘야 할 듯. 기회를 봐서 별 일 아니라는 듯이 얘기할 생각이다.)

3월 20일

직업소개소를 몇 군데 더 찾아가 보았지만 역시 성과는 없다.

바버라 블렌킨솝이 내 클럽으로 차를 마시러 와서 스트리탐이 아주 활기찬 곳이라고 재잘거린다. 어젯밤엔 친구들에게 이끌려 무도회에 갔는데 크로스비 커루더스라는 남자가 차로 데려다주었단다. 그런 다음 우리는 옷 얘기로 넘어간다. 저녁 내내 입은, 아름답지만 그리 청결하지 않은 수많은 드레스들에 관해 얘기하다가 이제 여자들이 낮에 다시 긴 스커트를 입는 일은 없을 것이며 많은 사람이 머리를 기르고 있다는 얘기로 옮겨 간다. 그러나 바버라는 다시 크로스비 커루더스 얘기를 꺼낸다. 그러더니 내게 친한 남자가 소호에서 함께 저녁을 먹자고 할 때 덜컥 승낙하면 너무 헤퍼 보이냐고 묻는다. 나는 아니라고, 전혀 그렇지 않다고 대꾸한다. 내 머릿속에는 이미 결혼식에서 비키가 파란 호박단 드레스와 작은 목향장미 화관으로 치장하고 신부 들러리를 서면 참 예쁠 것 같다는 생각이 가득하다.

로빈이 집으로 보낸 편지가 이리로 전달되어 오늘밤에 도착했다. 부활절 연휴에 자동차 여행을 떠나면 아주 재미있을 것 같다고 썼다. 학교에 브릭스라는 아이가 있는데 그 친구도 자동차 여행을 떠날 예정이라나. (브릭스는 롤스로이스 두 대와 운전사 여러 명을 둔 백만장자의 외아들이다.) 아, 이렇게 순수한 청을 어떻게 거절한단 말인가. 나는 로버트를 설득해서 내가 낡은 스탠더드 자동차에 아이들을 태우고 멀리 다녀오기로 마음먹는다. 여관에서 하룻밤 자고 돌아오는 소박한 여행도 어쨌든 자동차 여행이니까.

그러다 문득 깨닫는다. 현재 재정 상황도 그렇고, 대고모의 다이아몬드 반지를 찾아오거나 영원히 포기해야 하는 시점이 빠르게 다가오고 있다는 것을. 이제 은행에 가서 당좌대월 문제를 논의해야 한다는 것을.

결코 신나는 일은 아니다. 게다가 몇 번을 해도 나아지기는커녕 점점 더 진저리난다. 항상 그렇듯 은행 지점장과 나는 섭리리 당면 문제를 꺼내지 못한 채 한동안 날씨와 정치 상황, 올해 그랜드 내셔널* 출전자 등에 관해 예의를 갖춰 열의 있게 대화한다. 잠시 불가피한 침묵이 이어지고, 우리는 커다란 분홍색 압지 너머로

---

* 매년 4월 잉글랜드 리버풀에서 열리는 장애물 경마 대회.

서로를 바라본다. 책상 서랍에 종이가 더 있는지, 고객이 올 때마다 새 종이를 내놓는지 묻고 싶은 묘한 충동이 든다. (인간의 뇌는 극도로 초조한 상황에서 이상한 방랑을 하는 것 같다. 깊이 숙고해 보기에 흥미로운 주제인 듯. 어젯밤에 만난 교수의 견해도 들어 보고 싶다. 분자보다 훨씬 더 재미있는 주제가 아닐까?)

마침내 길고 괴로운 대화가 시작된다. 지점장은 상냥한 말투로 "담보"라는 말을 끝없이 되풀이한다. 한 번만 더하면 스무 번을 채울 듯. 나도 "잠시 융통하는 것뿐"이라는 말을 끈질기게 되풀이한다. 사무적인 인상과 빨리 갚을 수 있다는 느낌을 주는 표현이라고 생각해서다. 고비를 넘겼다고 생각하는 찰나, 지점장이 현재 계좌 상태가 어떤지 봐야겠다며 내 영혼을 무참히 짓밟는다. 별 수 없이 예의를 차리며 초연하게 그러라고 하지만 내 계좌가 어떤지 나는 잘 알고 있다. 이미 대부잔액이 13파운드 2실링 10페니라는 것을. 이 인상적인 내역이 적힌 커다란 종이가 우리 앞에 놓인다.

협상이 재개된다.

결국 나는 목적을 달성하고 거리로 나오지만 하루 종일 기분이 풀리지 않는다. 배려의 화신인 로즈가 보브릴*과 훌륭한 점심

● 소고기 추출물로 만든 페이스트의 상표명으로, 요리와 주류 제조에 사용되었다.

식사를 내주며 돈이 곧 행복을 뜻하진 않는다는 말이 헛소리라는 내 주장에 맞장구쳐 준다. 돈은 곧 행복을 뜻하기도 한다는 것을 우리는 잘 알고 있으니까.

3월 21일

로즈에게 하녀를 구하지 못하면 면목이 없을 거라는 걱정을 털어놓는다. 로즈는 언제나 그랬듯 공감하며 들어 주지만 뾰족한 수를 내놓지 못한다. 우리는 기분 전환을 위해 세일 행사에 간다. 당좌대월 한도도 늘렸겠다. 과감하게 노란색 리넨 테니스 드레스를 구입한다(1파운드 9실링 6페니). 하지만 결국 내가 로빈과 비키의 입에 들어갈 빵을 빼앗았다는 생각에 괴로워한다.

로즈에게 이탈리아 미술 전람회에 가자고 했다가 한 번 더 괴로운 순간을 맞본다. 로즈는 잠시 뜸을 들이더니 그 전람회는 이미 끝났다고 대꾸한다. 뭐라고 해야 할지 모르겠다. 로즈의 표정이 일그러지는 것을 보고 얼른 머리를 굴려 신간 소설들로 화제를 돌린다.

3월 22일

로버트에게서 의외의 내용이 담긴 짤막한 엽서가 왔다. 집 근처 직업소개소에서 식사 시중을 맡을 **남자** 하인을 소개해 준다고 하니 런던에서 사람을 구하기 어려우면 그 하인을 들이자는 것이다. 나는 그러자고 답장하고는 이내 후회한다. 다시 전보를 치려고 황급히 나가려는데 로즈가 말린다. 마음을 가라앉히고 다시 생각해 보니 로즈에게 고맙다. 로버트는 더 고마울 것이다. 전보를 싫어하는 남성적 기질을 이미 확실하게 보여 주었으니까.

저녁 내내 로버트에게 식사 시중 하인의 임무를 열거한 장문의 편지를 쓴다. (아침에 남자 하인이 방으로 차를 가져다준다고 생각하니 마음이 편치 않아서 로즈에게 털어놓자 로즈는 과감하게 말한다. 외국 호텔의 웨이터를 생각해봐! 그렇게 하자 잊고 싶은 창피한 기억들이 한꺼번에 밀려온다.) 이 엄청난 변화를 요리사에게 어떻게 알려야 하는지도 편지에 상세히 적는다. 로즈는 이번에도 현대적이고 용감한 태도로 요리사도 기뻐할 거라고 호언장담한다.

밤이 되자 나는 어떻게 하면 살림을 좀 더 잘 꾸릴 수 있을지 오랫동안 고민해본다. 내 능력이 너무 부족하다고 (새삼) 한탄한다. 그런 생각에 압도되는 순간, 잠에 빠진다.

3월 25일

집에 돌아왔다. 남편과 헬렌 윌스, 그리고 새 하인이 나를 맞이한다. 알고 보니 그의 성은 피츠시몬스다. 로버트에게 '피츠시몬스'라는 이름을 어떻게 계속 부르냐고 묻자 그가 되묻는다. 왜? 정말 몰라서 묻는 거라면 설명해 봐야 소용없을 듯. 그러더니 남편은 성 말고 이름을 부르자고 한다. 알아보니 이름은 하워드다. 어느쪽이든 편히 부를 수 없다. 결국 이름을 부르지 않기로. 로버트에게 그를 언급할 때만 장난스럽게 손으로 따옴표 표시를 하며 "하워드 피츠시몬스"라고 말한다. 그리 만족스런 방법은 아니지만.

로버트에게 런던에서 있었던 일을 전부 (이탈리아 미술 전람회 얘기는 빼고) 들려주려는데 알라딘 기름등이 확 타오르는 통에 분위기가 어수선해진다. 게다가 여성회 월례회 관련 편지와 에설 때문에 깨진 침실용 컵 교체 문제, 세탁 중에 잠옷 윗도리 한 벌과 식탁용 냅킨 두 장이 실종된 사건도 해결해야 하고 "하워드 피츠시몬스"에게도 이것저것 지시해야 한다. 메모 지시 받을 때 "알겠어요!"라고 대답하는 건 절대 용납할 수 없다고 분명하게 밝힐 것. 어떻게 얘기할지 아직 모르겠지만 잘 생각해 보고 아주 단호하고 명확하게 전달할 것.

로버트는 런던에 다녀온 얘기를 다정하게 들어준다. 내게는 근래 최고의 연극이었던 『9시부터 6시까지』의 감상평과 최근 몇 년 사이 도로에 차가 급증했다는 얘기까지 빠짐없이 들려주지만 남편이 가장 흥미로워하는 건 바버라 블렌킨솝을 만난 얘기다(이건 동네에서도 자주 있는 일인데). 나는 새로 산 옷들에 관해서도 적당히 털어놓는다. 그러곤 언제 입을 거냐는 남편의 물음에 아주 현실적으로 대꾸한다. 누가 알겠냐고. 우리의 대화는 그렇게 끝난다.

앤젤라에게 긴 편지를 쓴다. 이유는 딱 하나, 런던에서 로즈의 저명한 친구들을 만난 일을 별 일 아니라는 듯이 과시하기 위해서다.

3월 27일

앤젤라에게서 답장이 왔다. 저명한 사람들과 어울렸다는 내용에 관해선 별다른 언급이 없고 대신 이탈리아 미술 전람회가 어땠는지 상세히 들려 달라고 한다. 자기는 남편과 오로지 그 전람회를 보러 런던까지 가서 세 번이나 보고 왔다면서. 굳이 말하지는 않을 테지만 윌리엄은 머리채를 잡혀 끌려갔을 게 분명하다.

3월 28일

〈시간과 조수〉에 버나드 쇼의 여성들을 논하는 훌륭한 글이 실렸다. 사실 그 모든 것이 우리 여성들 대부분에게 해당되는 이야기 같아서 의기소침해진다. 여성 지식인들이 여성을 위한 의무를 이행하는 최고의 길은 여성들에게 여성에 관한 진실을 들려주는 파괴적인 방법뿐이라는 사실을 (새삼) 깨닫는다. 하지만 여성에 관한 진실을 듣는 건 그리 유쾌한 일이 아니다. 게다가 로빈과 비키에 관한 내 약점을 들쑤시는 마지막 문단이 영 머릿속을 떠나지 않는다. 엄마라는 존재는 실수 덩어리가 아닐까 자주 생각했는데 확실히 그런 것 같다.

그렇다면 엄마라는 존재를 어떻게 바꿔야 할까 고민하다가 문득 다른 의무가 떠오른다. 내가 지시한 대로 피츠시몬스가 손님방을 말끔히 정리하고 있는지 확인해야 한다는 것. 그런데 이게 웬일. 그가 손님방 창가의 안락의자에 앉아 창턱에 발을 올리고 있는 게 아닌가. 기가 막혀서 말이 나오지 않는다. "몸이 좋지 않다"고 한다. 오히려 내가 더 당황하며 대꾸한다. "그러려면 자기 방에 가서 해야지." 지금 생각하니 그렇게 말할 수밖에 없었나 싶다.

4월 2일

바버라가 찾아왔다. 단둘이 얘기할 수 있느냐고 묻기에 걱정 말라며 헬렌 윌스와 새끼 고양이까지 창밖으로 쫓아내 비밀스런 분위기를 만들어 준다. 약혼했다는 얘기를 하려나 싶어 잔뜩 기대하며 자리에 앉지만 티내지 않고 그저 열의와 공감을 표정으로 보여주려 노력한다. 바버라가 불쑥 말한다. 가끔은 의무가 뭔지 모르겠어요. 참된 여성의 가장 고귀한 직업은 가사를 돌보는 것이고 좋은 남자에게 사랑받는 게 삶에서 가장 중요한 일이라고 오래전부터 생각했거든요. 나는 연신 맞장구를 쳐준다. (다시 생각해보니 실제로 나는 그 어떤 말에도 동의하지 않는다는 사실을 깨닫고 충격에 휩싸인다. 내가 그렇게 이중적인 인간이라니.)

마침내 바버라는 크로스비가 청혼했다고 털어놓는다. 청혼 장소는 동물원이었고 자기 아내가 되어 히말라야로 함께 가자고 했단다. 이게 문제라고 바버라는 말한다. 제가 구식인지는 모르겠지만(확실히 구식인 듯) 어떻게 어머니를 혼자 두고 떠나겠어요? 그럴 순 없잖아요. 그렇다고 저를 첫사랑이자 마지막 사랑으로 여기는 크로스비를 포기할 수도 없지 않나요? 그것도 못할 노릇이죠.

나는 흐느끼는 바버라에게 입맞춤을 해준다. 하필 그때 하워드 피츠시몬스가 차를 갖고 들어오는 바람에 당황하며 얼른 제자리로 돌아온다. 그러곤 목사관의 수선화가 우리 집 수선화보다 일찍 피었더라는 얘기를 꺼내는데, 바버라는 대뜸 포드모어 사건의 평결*에 관해 떠들어 댄다. 하워드 피츠시몬스가 차를 준비하는 동안 우리는 어설프게 이 두 주제를 오가며 분위기를 더없이 어색하게 만든다. 이 파괴의 마지막 결정타는 내 손에 쥐어진다. 어쨌든 바버라에게 차에 우유와 설탕을 넣을지, 빵을 먹을 것인지 따위를 물어봐야 하니까. 메모 요리사에게 코딱지만 한 스펀지케이크 조각을 왜 들여보냈는지 물어볼 것. 먹고 남은 음식이 틀림없는데 이 스펀지케이크를 처음 본 지가 열흘도 더 된 것 같다. 그리고 맛없어 보이는 작은 록 케이크는 왜 계속 내오는지도 물어볼 것.

이윽고 로버트가 들어와 돼지 콜레라 얘기를 꺼낸다. 이제 비밀 대화의 기회는 저 멀리 날아갔다. 바버라는 차를 마신 뒤 바로 일어나며 내게 가끔 어머니를 들여다보고 말동무를 해줄 수 있느냐고 묻는다. 나는 마지못해 그러겠다고 한다. 자전거를 타고 떠나는 바버라를 보며 로버트가 하는 말, 저 아가씨는 다 괜찮은데 저 발목이 참 아쉽단 말이야.

---

* 1930년 4월 말에 교수형에 처해진 살인용의자 포드모어에 관한 평결로, 당시 영국에서 큰 논란이 되었다.

4월 4일

블렌킨솝 노부인을 들여다보러 간다. 그녀는 평소처럼 숄을 두르고 있지만 이번에는《비콘스필드 경의 삶》이 아니라《프루드와 칼라일》*을 읽고 있다. 나를 보더니 이 가련한 노인네를 찾아와 줘서 정말 고맙다고 인사한다. 그런데 가끔은 젊은 사람들이 어째서 본능적으로 자기를 자꾸 찾아올까 궁금하단다. 백발이 성성하고 얼굴이 쪼글쪼글해도 **마음만은** 젊어서 그런 게 아닐까 싶어요, 호호호. 그러더니 자기는 어떤 상황에서든 늘 긍정적인 면을 찾을 수 있어서 참 다행인 것 같다고 덧붙인다. 나는 빙빙 돌려가며 바버라 얘기를 꺼낸다. 그러자 블렌킨솝 부인은 기다렸다는 듯이 말한다. 그 아이는 아주 드세고 이기적이라고. 아직 젊어서 그러려니 싶다가도 서글프긴 하네요. 그러더니 얼른 덧붙인다. 아니, 아니, 서운하다는 얘기는 아니고, 그저 바버라가 뒤늦게 후회하며 괴로워할까 봐 걱정돼서 그러지.

• 프루드는 스승이자 영국의 비평가 겸 역사가인 토머스 칼라일에게 사후 유작 관리자로 간택된 영국의 역사학자로, 칼라일의 사후에 그의 평전을 집필하지만 그 내용과 유작 관리 권리를 놓고 고인의 유족과 대중에게 공격을 받기도 한다. 이 내용을 다룬, 1930년에 출간된 월도 힐러리 던의《프루드와 칼라일: 프루드-칼라일 논쟁에 관한 연구(Froude & Carlyle: A Study of the Froude-Carlyle Controversy)》를 지칭할 가능성이 높다.

그렇다면 어떤 상황에서든 늘 긍정적인 면을 찾을 수 있는 게 **아니라고** 지적하고 싶지만 참는다. 그 후 블렌킨솝 부인의 길고 긴 독백이 이어진다. 요점을 정리하면,

(a) 앞으로 살아갈 날이 많이 남지 않았다.

(b) 평생 남을 위해 희생하며 살았지만 태생이 그럴 뿐 그걸 인정받을 생각은 없다.

(c) 그저 바버라가 행복하면 그걸로 만족하며 자기는 말년에 혼자 남아 처량한 신세가 되어도, 아무도 신경 쓰지 않는다고 해도 전혀 상관하지 않는다.

(d) 자기 자신이나 자기 감정을 중요하게 여기는 사람이 아니라서 다른 사람들은 왜 그렇게 자신을 돌보지 않느냐고 성화한다.

정적이 흐르지만 나는 그 정적을 메우려 애쓰지 않는다.

잠시 후 우리는 다시 바버라 얘기로 돌아간다. 블렌킨솝 부인은 젊은 아가씨가 소소한 고민거리를 갖고 사는 건 아주 자연스러운 일이라고 말한다. 도무지 대화가 진척될 것 같지 않아서 나는 대담하게 크로스비 커루더스의 이름을 꺼낸다. 블렌킨솝 부인

은 몹시 충격을 받은 것 같다. 손을 가슴에 얹고 몸을 젖히며 숨을 들이키더니 얼굴이 새파랗게 질려선 헐떡거리며 말한다. 이런 모습을 보여서 미안하지만 며칠 동안 한숨도 못 잤는데 이제야 피로가 몰려오는 것 같다고. 그러니 자기를 용서해 달라고. 나는 황급히 알았다고 하고는 밖으로 나온다.

마음이 영 찜찜하다.

집으로 가는 길에 '십자가와 열쇠' 여관의 S 부인에게 놀라운 소식을 듣는다. 바버라 블렌킨솝의 약혼자라는 남자가 그곳에 묵고 있는데 노부인이 만나 주지 않는다는 것이다. 남자는 나이가 조금 들어 보이지만 굉장히 점잖은 신사라고 한다. 그러더니 내게 묻는다. 아기가 생겨도 히말라야에 가는 게 괜찮을까요? 한참 이런저런 얘기를 주고받은 뒤에야 이 모든 게 남의 사생활이라는 사실이 떠오른다. 어쨌든 이렇게 뒤에서 쑥덕거리는 건 바람직하지 않다.

집에 도착하자 마드무아젤이 바버라 블렌킨솝의 결혼 가능성과 블렌킨솝 노부인의 태도에 관해 이것저것 캐묻는다. 그러더니 감상에 젖어 말하길, "르 쾨르 드윈 메르.*" 어린 비키도 대뜸 묻는다. 십자가와 열쇠 여관에 있는 그 아저씨가 정말 바버라 블렌킨

● 어머니 마음이 어떻겠어요.

솝의 진정한 사랑이냐고. 그러자 마드무아젤이 소리친다. "아, 몽디외, 세 장팡 앙글레!*" 그러곤 그런 얘기를 해선 안 된다고 펄쩍 뛴다.

심지어 로버트도 묻는다. 대체 바버라 블렌킨솝에게 무슨 일이 일어난 거야? 내가 설명해주자 그는 아주 짧게 대꾸한다. 블렌킨솝 부인이 죽어야 한다고. 그 말에 모두가 입을 다물지만 나는 전적으로 동의하는 바다.

4월 10일

교구 전체가 며칠째 바버라 블렌킨솝의 **사건**으로 들썩거린다. 블렌킨솝 부인은 병이 나서 자리에 누웠다. 바버라는 자전거를 타고 자기 어머니와 십자가와 열쇠 여관의 정원 사이를 바삐 오간다. 크로스비 커루더스가 그 정원에서 작은 엽궐련을 피우며 〈인도 타임스〉를 읽고 있기 때문이다. 우리는 모두 바버라에게 어떡하면 좋겠냐는 질문을 받고 저마다 다른 조언을 해준다. 그러다 갑자기

● 아이고, 세상에, 영국 아이들이란.

크로스비 커루더스가 런던에 가야 하는 상황이 오고 당장 어느 쪽이든 결정을 내려 달라고 하자 교착 상태에 빠진다.

블렌킨솝 부인은 상태가 조금 나아져서 포트와인을 마시고 있었는데 금세 다시 나빠져서는 자기가 소중한 바버라의 행복에 걸림돌이 될 날도 그리 많이 남지 않았다고 한탄한다.

한동안 팽팽한 긴장이 흐르더니 결국 바버라와 크로스비 커루더스는 십자가와 열쇠 여관의 응접실에서 작별하고 만다. 바버라는 눈물바람으로 나를 찾아와 영원히 헤어졌다고, 인생이 끝났다고, 오늘밤 자신을 걸 가이드 모임에 데려가 달라고 애원한다. 나는 그러겠다고 한다.

4월 12일

로빈이 방학을 맞아 집에 돌아왔다. 감기에 걸렸고 늘 그렇듯 손수건도 없다. 양호교사에게 편지를 쓰지만 어차피 손수건은커녕 손수건이 모조리 사라진 합당한 이유도 얻지 못할 것이다. 로빈이 친구를 일주일 동안 집에 초대했다고 한다. 아주 좋은 친구인 모양이네? 하고 묻자 로빈은 아니라고, 학교에서 가장 인기가 없는 친구라고 대꾸한다. 그러더니 잠시 후에 덧붙인다. "그래서 초대했어요." 아들의 포용력에 한편으론 감동하지만 다른 한편으론 손님의 성격이 걱정된다. 마드무아젤에게 얘기하자 그녀가 대뜸 말하길, "마담, 노트르 프티트 비키 나 파 드 데포.*" (내가 로빈을 칭찬할 때마다 늘 그런다.) 사실이 아닐뿐더러 대체 무슨 맥락이람?

메리 캘웨이에게서 편지가 왔는데 추신에 이렇게 적혀 있다. 바버라 블렌킨솝이 약혼한다는 게 사실이야? 레이디 복스도 무슨 공작의 행사에 가려고 먼 길을 가던 중에 우리 집에 들러 똑같은 질문을 던진다. 시간이 부족한 탓에 정보를 가진 자의 우월한 위치를 충분히 만끽할 수 없다는 게 아쉬울 뿐. 레이디 복스 왈, 자기는 항상 아가씨들에게 어떤 남자하고든 결혼하라고 충고한단다. 어쨌든 남편은 없는 것보다 있는 게 낫고 모두에게 돌아갈 만큼 충분하지도 않다면서.

나는 황급히 로즈의 저명한 여성 운동가 모임을 언급한 뒤 내가 그 모든 여성 운동가들과 매우 친한 사이이며 그들과 이런 주제에 관해 자주 논의한다는 듯이 말한다. 레이디 복스는 (세락한 게 아니라 새로 산 듯 희고 우아한 염소가죽 장갑을 낀) 손을 저으며 단호

---

* 우리 비키도 결점이 전혀 없어요.

하게 말한다. 다 좋은데, 그 사람들도 **남편**이 있었다면 여성 운동
가가 되지 **않았겠지**. 나는 그들 모두가 남편이 있거나 있었다고, 몇
몇은 두 번, 세 번 있었다고 반박한다. 그게 사실인지 아닌지는 모
르겠지만 어느 때보다도 강한 살인충동에 휩싸인다. 결국 레이디
복스가 결정타를 날린다. 로버트는 어떤 여자에게든 안전하고 존
경 받을 남편이니 어쨌든 **나는** 불평할 이유가 없지 않느냐고. 나
는 로버트가 사실은 돈 주안*과 사드 후작**, 닥터 크리펀***을 합
쳐 놓은 듯한 사람이지만 마을에 그런 사실이 알려지는 건 원치
않는다는 뜻을 간략하게 전한다. 레이디 복스는 내 말을 들었는지
못 들었는지 "자기가 없으면 공작의 행사를 시작할 수 없다"며 빨
리 가야 한다고 한다. 나는 달리 대꾸할 말이 생각나지 않아서 엉
뚱한 말을 내뱉는다. 나는 늘 공작부인을 생각하면 (내가 개인적으
로 아는 공작부인이 아무도 없으므로)《이상한 나라의 앨리스》가 떠
오르고 흰 염소가죽 장갑을 보면 흰토끼가 떠오른다고. 레이디 복
스는 내가 정말 책을 많이 읽는다고 하고는 늘 그러듯 이 마지막
말과 함께 차를 타고 떠나 버린다.

●   영국의 시인 바이런의 동명 서사시에 등장하는 호색한 주인공.
●● 18세기 후반 프랑스의 소설가로 외설 논란에 휘말린 문제작들을 썼다.
●●●아내를 살해한 죄로 런던의 펜톤빌 감옥에서 교수형을 당한 동종요법의사.

문득 즐거운 상상에 젖는다. 왕가 사람들이 우리 동네를 방문해서 영광스럽게도 우리 집에서 우리 부부와 함께 오찬을 하는 것이다. (하워드 피츠시몬스는 이런 장면에 어울리지 않지만 일단 넘어가기로 한다.) 로버트는 막 귀족으로 승격하고 나는 성대한 만찬에서 레이디 복스보다 높은 자리를 차지한 채 우아하게 머리를 살짝 기울이는 장면을 그리고 있을 때 하필 비키가 들어와서 하는 말, 문 앞에 가위 가는 사람이 왔는데, 꼭 가위만 가는 게 아니라 시계도 고치고 깨진 도자기도 붙여준대요.

나는 유난히 허름해 보이는 떠돌이 집시를 보고 당황한다. 뒷문 앞에 진을 치고 가위갈이 기구와 함께 온갖 세간을 주위에 늘어놓았다. 더 당황스러운 건 마드무아젤이다. 그녀는 누가 프랑스인 아니랄까 봐 요란하고 꼴사납게 떠들고 있다. 게다가 양손에는 아주 부적절한 침실 용품 조각을 하나씩 들고서…… 볼썽사납게 웃고 떠드는 마드무아젤과 비키, 가위갈이를 두고 나는 슬쩍 자리를 피한다. 그나마 지금쯤 멀리 갔을 레이디 복스가 이런 꼴을 보지 못해서 다행이라고 생각하며. 비키가 어떤 유머를 보고 자랄지 자명해졌으니 마음의 준비를 단단히 해야 할 것 같다.

로빈을 찾아다니다가 결국 고양이와 함께 있는 녀석을 발견한다. 공기도 안 통하는 수건장 안에 들어가 뒷계단에서 주웠다는 치즈를 먹고 있다. (내가 최근 발족한 후원자 위원회에 지명되었다는 점, 구빈원을 비롯한 어린이 수용 시설을 방문해 위생과 전반적인 복지에 관해 의견을 개진해야 한다는 점은 참으로 얄궂은 일이 아닐 수 없다. 위원회의 다른 후원자들이 갑자기 우리 집 관리 상태를 점검하러 오는 일이 없기를 바랄 수밖에.)

편지를 쓰고 있는데 헬렌 윌스는 나가고 싶다고 난리, 새끼 고양이는 들여보내 달라고 난리다. 게다가 우리 로빈은 가구들을 이리저리 넘어 다니고 있는데 자기는 전혀 의식하지 못하는 것 같다. 그러면서 《스위스 로빈슨 가족의 모험》의 줄거리를 큰 소리로 구구절절 내게 들려준다.

4월 14일

요리사가 놀라운 소식을 전한다. 바버라 블렌킨솝의 약혼 얘기가 다시 나오고 있다는 것. 온 마을이 떠들썩하다니까요. 신사분이 어젯밤 8시 45분쯤 도착해서 십자가와 열쇠 여관에 묵고 있어요. 요리사가 내게 이 소식을 전해준 시각은 정확히 아침 9시 15분이다. 나는 어떻게 알았냐고 묻지만 요리사는 그저 온 마을이 떠들썩하다고 되풀이할 뿐이다. 그러더니 모르긴 해도 바버라는 틀림없이 결혼 특별 허가증을 받을 테고 블렌킨솝 노부인은 예전과 태도가 완전히 달라졌다고 덧붙인다. 요리사와 족히 40분쯤 떠들어댄 뒤에야 이런 뒷담화가 불손하고 바람직하지 않다는 것을 새삼 깨닫는다.

블렌킨솝 모녀의 집에 가보려고 모자를 쓰고 있을 때 교구 목사님의 아내가 황급히 들어온다. 그녀가 말하길, 그게 다 사실이라고, 하지만 그뿐만이 아니라고 한다. 크로스비 커루더스가 아주 절박해져서 자살하겠다고 위협하며 바버라에게 끔찍한 작별의 편지를 썼다는 것이다. 바버라는 (목사님 아내의 이상한 표현에 따르면) 과육이 되도록 펑펑 울며 그에게 당장 와달라고 애원했다. 블렌킨솝 가족회의가 열리고 블렌킨솝 부인은 발작을 일으켰다. (무슨 발작인지는 아무도 모르지만.) 결국 그들은 처음부터 다시 생각해 보기로 했다. 그래서 교구 목사님이 양측 모두에게 공정한 조언과 위로를 하기 위해 불려갔다고, 목사님은 지금 그 집에 있다고 그녀는 설명한다. 내가 묻는다. 당연히 목사님은 크로스비 커루더스와 바버라의 편을 들어주시겠죠? 목사님 아내는 흥분한 목소리로 그렇다고 대꾸한다. 그러곤 계속해서 덧붙이길, 목사님은 젊은이들이 자기 인생을 살아야 한다는 데 전적으로 동의하거든요. 하지만 한편으론 어머니의 요구도 중요하게 여기죠. 자기희생의 미덕은 잘 알지만 한편으로 좋은 남자의 사랑이 가볍게 내쳐져선 안 된다는 사실도 누구보다 잘 아니까요.

이 문제에 관해 목사님이 해줄 수 있는 조언이 겨우 그 정도라면 차라리 그냥 집에 있는 편이 낫지 않았을까? 하지만 목사님 아내에게 그렇게 말할 수는 없는 노릇. 우리는 마을에 나가 보자며 걸음을 옮긴다. 그때 정원사가 나를 불러 세우더니 놀라운 소식이 있다고 한다. 바버라 아가씨의 남자가 다시 왔는데 다음 달에 배를 타기 전에 바버라와 결혼하고 싶어 한다고. 블렌킨솝 부인은 큰 충격을 받아서 아무래도 뇌졸중을 겪게 될 것 같다고 그는 설명한다.

마을로 나가자 총 여섯 사람이 차례로 우리에게 다가와 비슷한 소식을 전해 준다. 블렌킨솝 부인의 집 앞에 적어도 자동차 석 대와 자전거 두 대가 보이는 것 같은데 아무도 나타나지 않는다. 나는 어쩔 수 없이 목사님 아내에게 우리 집에 가서 점심을 먹자고 제안한다. 그녀는 한사코 사양하다가 결국 함께 우리 집으로 와서 (양파가 너무 많이 들어간) 코티지 파이와 라이스 블랑망주, 말린 자두 조림을 먹는다. 이럴 줄 알았으면 농장에 크림을 주문했을 텐데.

4월 15일

블렌킨솝 부인이 정신을 차렸단다. 나이 지긋한 비혼 여성 친척 모드 블렌킨솝이 갑자기 나타나 블렌킨솝 부인에게 함께 살자 했고(교구 목사님이 대담하게 나서서 이 일을 도왔다고 한다) 크로스비 커루더스는 바버라에게 보석 세 알이 박힌 약혼반지를 주고는 이 것저것 준비하기 위해 시내로 나갔다고 한다. 보석은 귀한 인도산 황옥이라고. 곧 〈모닝포스트〉지에 발표될 것 같다.

4월 18일

바버라가 찾아왔다. 조용히 결혼식을 올리려 하니 런던에 함께 가 달라고 한다. 로빈과 비키가 지독한 감기에 걸린 데다 집안의 하인들도 안정되지 않았고 언제나 그렇듯 재정 상황도 안 좋아서 별 수 없이 거절한다. 교구 목사님의 아내에게 넘기자 그녀는 바로 수락한다. 하지만 어머니를 자주 들여다봐 달라는 바버라의 간청은 거절할 수 없다. 바버라는 자기 어머니에게 딸을 잃은 게 아니라 아들을 얻은 것이며 2년은 금세 지나간다고, 그러고 나면 사랑하는 크로스비가 자기를 다시 잉글랜드로 데려올 테니 걱정 말라고 잘 얘기해 달라 신신당부한다. 나는 무엇이든 해주겠다고 무모하게 약속하고는 육해군 백화점에 편지를 보내 바버라의 결혼 선물로 점심 바구니를 주문한다. 걸 가이드에서는 설탕통과 라피아 꽃이 수놓인 쓰레기통을 선물한다. 레이디 복스는 풍로가 달린 냄비와 함께 카드를 보낸다. 카드에는 인도 카레가 어쩌고저쩌고하는 뚱딴지같은 농담이 적혀 있는데, 우리 모두가 이 농담이 조금도 재미있지 않다고 입을 모은다. 비키는 마드무아젤의 권유로 작은 하트 두 개를 수놓은 쟁반 덮개를 선물한다.

4월 19일

두 아이가 한꺼번에 눈이 빨갛게 변하는 눈병을 앓고 있다. 이 병은 제대로 보살핌을 받지 못하고 영양상태가 나쁜 런던 이스트엔드* 아이들이 주로 걸린다고 모두들 내게 말해 준다.

---

* 전통적으로 노동자 계층이 사는 런던 동부지역.

비키는 열이 나서 침대에 누워 있고 로빈은 제 발로 돌아다니지만 아직 바람이 차서 밖에 나가지 못하게 한다. 나는 마드무아젤에게 침대에 있는 비키에게 《당나귀의 추억》을 읽어 주라고 부탁한 뒤 로빈과 놀아 주려고 아래층으로 내려간다. 로빈은 "끝내주는 생각"이 떠올랐다고 하더니 내가 피아노를 연주하면 자기가 축음기와 뮤직 박스, 괘종시계로 장단을 맞추겠다고 한다.

나는 거절한다.

로빈은 끈질기게 조른다. 관현악단 같을 거라며. (지금 읽고 있는 에셀 스마이스 부인*의 회고록이 어렴풋이 겹쳐지는 듯) 별 수 없이 "브로드웨이 멜로디"를 C장조로 활기차게 연주하기 시작한다. 로빈은 흥에 겨워 괘종시계를 울리며 축음기로 코믹한 "정원 배회하기**"를 틀어놓고 뮤직 박스 태엽을 감는다. 뮤지컬 『플로로도라』의 왈츠곡이 흘러나오지만 특유의 금속음 때문에 어쩐지 낯설게 느껴진다. 로빈은 노래를 따라 부르며 환호한다. 나는 흐뭇하게 아이를 보며 그 애가 시키는 대로 댐퍼 페달을 밟는다.

그때 문이 왝 열리더니 하워드 피츠시몬스가 레이디 복스를 안내한다. 목에 다람쥐 모피가 달린 새 초록색 털옷을 입고 그와

---

* 영국의 작곡가이자 여성 참정권 운동가.
** 원제는 "Mucking About the Garden".

한 쌍인 모자를 썼다. 군인인 듯한 친구가 뒤따라 들어온다.

그 후 몇 분 사이에 벌어진 일은 두 번 다시 떠올리고 싶지 않다. 나는 정신없이 레이디 복스에게 우아한 인사를 건네며 눈앞에 펼쳐진 상황을 간결하면서도 기품 있게 설명하고 그러는 동시에 로빈에게는 뮤직 박스와 축음기를 끄고 얼른 그 빨간 눈을 위층으로 치우라고 나긋나긋 지시한다. 다행히 시계는 더 이상 울리지 않는다. 로빈은 당당하게 뮤직 박스와 씨름을 벌이지만 "정원 배회하기"가 눈치도 없이 계속 울려 퍼진다. 그 짧은 시간이 어찌나 길게 느껴지던지……. (클래식 음악이나 하다못해 레이턴과 존스톤의 듀엣* 정도만 되었어도 그렇게 민망하진 않았을 텐데.)

로빈은 위층으로 올라가지만 그 전에 레이디 복스가 녀석을 뜯어보더니 아무래도 홍역에 걸린 것 같다고 한다. 소란의 한가운데서 군인 친구는 가까운 서가에 정신이 팔려 있는 척하다가 마침내 상황이 정리되자 가볍게 《불독 드러몬드》** 얘기를 건넨다.

레이디 복스가 황급히 나서서 내가 문학에 조예가 깊은 사람이니 그런 얘기를 하면 안 된다고 귀띔한다. 군인 친구는 노골적으로 기겁하며 나를 보더니 그 뒤로 내게 말을 걸지 않는다.

● 당시 미국의 보컬과 피아노 듀오.
●● 1920년부터 출간된 영국 범죄 소설 시리즈의 첫 작품.

모두가 돌아가고 나자 어찌나 마음이 놓이는지.

위층에 올라가 보니 비키의 상태가 더 나빠진 것 같아서 의사에게 전화한다. 마드무아젤은 자기 고향에서 난데없이 천연두가 돌았다며 아주 불길한 얘기를 늘어놓는다. (그녀가 말하는 천연두의 초기 증상이 현재 비키의 증상과 아주 비슷하다.) 나중에 따져 보니 병이 시작된 집의 아빠가 생각 없이 마르세유 항구로 들어온 떠돌이 상인에게 동양 카펫을 구입했더란다. 6개월 된 아기가 죽는 대목에 이르자 나는 얼른 그녀의 말을 끊는다. 그냥 두었다간 나머지 다섯 아이도 천천히 괴롭게 죽어갈 게 분명하니까.

4월 20일

비키는 홍역에 걸린 게 확실하고 의사의 소견에 따르면 로빈도 곧 홍역을 앓을 것 같다. 거트루드 고모의 집에서 걸린 것 같으니 편지로 알려줄 생각이다.

정신없고 악몽 같은 상황이 이어지고 있다. 위층에서 비키에게 레모네이드를 만들어 주고 《프레더릭과 소풍》이라는 책을 읽어준 뒤 아래층으로 내려와 로빈의 붉은 눈을 붕산수로 소독해 주고

《산호섬》을 읽어 주며 하루 종일 뛰어다닌다.

마드무아젤은 매우 헌신적인 태도로 자기 말고는 아무도 비키의 방에서 잘 수 없다고 고집하지만 밤낮으로 잠옷과 슬리퍼 차림을 고수하는 데는 대체 어떤 원칙이 적용되는 건지 모르겠다. 게다가 자기가 직접 정원에서 구해 오겠다며 아주 이상한 허브차를 끈질기게 추천한다. (다행히 구하지 못했다.)

이런 위기 상황에서 로버트는 도움이 되기는커녕 지독히 가부장적인 태도로 "모두가 별것도 아닌 일에 수선을 피우고" 있으며 마치 이 모든 상황이 자기를 불편하게 하려고 꾸민 일이라는 듯이 말한다. (하루 종일 나가 있다가 평소와 똑같은 시간에 들어와 꼬박꼬박 저녁을 먹으면서 대체 무슨 불편을 겪는다는 건지 모르겠다.)

비키는 놀랍도록 말을 잘 듣는다. 로빈도 대체로 그렇지만 가구에 점토와 물감, 심지어 잉크까지 묻혀 가며 피츠시몬스의 짜증을 돋우고 있다. 이런 시기에는 밝고 낙관적인 마음을 가져야 하는데, 로빈이 홍역의 전조를 보이는지 하루 종일 면밀히 살피면서 어떻게 낙관적인 태도를 갖는단 말인가.

몹시 춥고 비가 오는데 어느 방의 벽난로도 시원하게 타오르지 않는다. 도대체 왜인지 모르겠다. 끊임없이 나를 내리누르는 우울의 기운과 피로가 날씨 때문에 더 심해지는 것 같다.

4월 25일

비키는 서서히 나아지고 있고 로빈은 홍역의 기미를 조금도 보이지 않는다. 오히려 왜인지 내가 불쾌한 한기에 시달리는데 아마도 과로한 탓일 거다.

하워드 피츠시몬스가 사직서를 냈다. 모두들 마음이 한결 편해진 듯. 임시로 식사 시중 하녀를 불렀는데 주급이 엄청나다.

4월 27일

오한이 나서 반나절 동안 침대를 떠나지 못했다. 남편은 혹시 내가 홍역에 걸린 게 아니냐며 우울한 암시를 던진다. 나는 아니라는 것을 보여 주려고 점심을 먹은 뒤 잔디밭에 나가 로빈과 크리켓을 즐긴다. 오후에 차를 마신 뒤에는 비키와 시간을 보낸다. 비키가 헤르쿨레스의 12과업 놀이를 하고 싶다고 조르는 통에 우리는 열심히 히드라를 물리치고 아우게이아스의 외양간을 청소하는 흉내를 낸다. 고전에 흥미를 느끼는 비키가 한편으론 기특하지만 함께 놀아주기가 너무나 피곤하다.

5월 7일

애석하게도 오랫동안 일기를 쓰지 못했다. 잠시 사라졌던 오한이 갑자기 다시 맹위를 떨치더니 결국 홍역이 찾아왔다. 같은 날 로빈이 기침을 시작했고 비싼 병원 간호사가 나타나 모든 일을 도맡았다. 친절하고 일을 잘하는 여자다. 내게 아이들의 말을 전해 주고 아울러 로빈이 그린 현실적인 그림도 가져다주었다. 그림의 제목은 "세균에게 잡아먹히는 병자"다. ^{원문} 혹시 로빈이 미래의 히스 로빈슨[*]이나 아서 와츠가 되는 건 아닐까?

그 후에 일어난 일들은 뒤죽박죽 섞여 분명하게 기억나지 않는다. 확실한 기억 하나는 의사가 내 나이 때문에 회복이 더디다고 말한 것이다. 기분이 상했다. 블렌킨솝 부인이라도 된 듯했다. 하지만 며칠 뒤 나는 나이 덕분에 샴페인과 포도, 밸런타인 미트 주스^{**}를 누릴 수 있었다.

이게 다 얼마냐고 묻고 싶었지만 체면상 입을 다물기로 했다.

놀랍게도 아이들은 다시 일어나 돌아다니기 시작했고 나를

- 당대 영국의 만화가 겸 삽화가로 단순한 용도에 비해 지나치게 정교한 기계를 그리는 것으로 유명했다.
- 위스키 제조사 밸런타인의 창업자가 아픈 아내를 위해 달걀환자와 육즙을 섞어 만든 건강 음료로. 한때 열풍을 일으켰다.

보러 오는 것도 허락되었다. 침대에서 흑표범 놀이를 하다가 간호사에게 쫓겨나긴 했지만. 로빈은 내게 〈시간과 조수〉에 실린 체스터필드 경에 관한 기사를 읽어 주다가 자기도 글쓴이처럼 칭찬을 우아하게 받아들이기 어렵다며 공감을 표한다. 그러더니 내게 묻는다. 한꺼번에 너무 많은 칭찬을 들어서 주체할 수 없을 때 엄마는 어떻게 해요? 아직 그런 일을 겪어본 적이 없다고 솔직하게 털어놓자 놀란 얼굴이 된다. 조금 실망한 것 같기도.

우리 부부는 아이들을 2주 동안 간호사와 함께 뷰드*로 보내놓고 고생한 마드무아젤에게 휴가를 주기로 결정했다. 의사의 허락이 떨어지는 대로 나도 뷰드에 가서 합류할 계획이다.

로버트가 이 소식을 전하러 놀이방에 다녀오더니 놀라운 소식을 갖고 돌아온다. 마드무아젤이 서운하다고 했다는 것이다. 로버트가 이유를 설명해 달라고 했지만 그럴수록 마드무아젤은 점점더 말이 없어졌다고 한다. 내가 직접 가거나 설명과 위로의 편지를 쓰고 싶지만 지금 내겐 허락되지 않는 일이다. 비키가 와서 한층 더 불안한 소식을 전한다. 마드무아젤이 자기를 씻기면서 흐느껴 울었으며 영국 사람들은 참 냉정하다고 했다는 것이다.

● 잉글랜드 북동부의 바닷가 마을.

5월 12일

이번에는 눈에 문제가 생겨서 한동안 일기를 쓰지 못했다. (역시 나이 때문일 것이다.) 아이들과 병원 간호사는 9일에 출발했고 남은 나는 할 일을 잃은 채 아무것도 하지 않고 우울한 시간을 보냈다. 잠시 일어나서 교회처럼 어두운 실내를 돌아다닌다. 커다란 색안경을 쓴 탓에 주위가 더욱 어둡게 느껴진다. 그나마 거울에 비친 내 모습조차 볼 수 없다는 사실이 유일한 위안이 된다. 이틀 전에 기운을 차리고 아래층에 내려가 차를 마시려다가 현관 선반에서 봉투도 없이 적나라하게 노출된 채 나를 바라보는 어마어마한 세금 청구서를 마주치곤 병이 도질세라 얼른 침대로 돌아갔다.

메모 소설에서 묘사되는 요양의 풍경과는 완전히 딴판이다. 소설에서는 주로 여주인공이 봄꽃과 햇살을 보고 환희에 젖을 뿐 세금 따위는 언급되지도 않는데 말이다.

아이들이 무척 보고 싶은데, 내 벗이라곤 부엌 고양이뿐이다. 심하게 물어 뜯겨 다리가 세 개 반만 남았고 매일 밤 토끼를 세 마리씩 잡아먹는다고 알려진 녀석. 우리는 함께 놀다가 내가 피아노를 치자 녀석은 야옹거리며 내보내 달라고 조른다. 아무래도 정당한 요구인 것 같다. 그동안 알던 것을 모조리 까먹었는지 악보

없이 연주할 수 있는 곡은 대중음악뿐이고 그마저도 제대로 연주할 수 없으니까.

바버라가 내게 동시집 한 권을 보냈다. 로버트는 나중에 재미있게 볼지도 모르니 놔두라고 위로한다. 솔직히 이런 식으로 얼마나 더 버틸 수 있을지 모르겠다.

5월 13일

로버트를 통해 어두운 그늘에 아쉽게나마 한 줄기 즐거움의 빛을 드리우는 소식을 들었다. 블렌킨솝 부인의 친척인 모드 블렌킨솝이 베이비 오스틴*을 소유했다는 것이다. 그래서 블렌킨솝 부인과 부인의 숄까지 모두 옆자리에 태우고 함께 마을을 돌아다닌다고 한다. (블렌킨솝 부인은 몇 년 전부터 부축 없이 집 안을 돌아다니기만 해도 쓰러져 죽을 것처럼 굴지 않았나?)

로버트는 진지하게 덧붙인다. 자기 생각에 모드 블렌킨솝이 운전을 썩 잘하지 않는다고. 그 말에 나는 머릿속으로 극적인 장

---

* 영국에서 생산되어 당시 큰 인기를 누린 저가 자동차 오스틴 7의 별칭.

면을 그려 본다. 블렌킨솝 노부인이 숄을 마구 휘날리며 가까운 산울타리 너머로 날아가고 그 사이 모드 블렌킨솝과 베이비 오스틴은 좁은 길을 전력질주 하는 장면. 겸연쩍게도 갑자기 박장대소가 터져 몇 주 만에 기분이 한결 나아진다.

의사가 왕진을 왔다. 그가 **생각하기에** 아마도 내 속눈썹은 다시 자랄 것 같고(좀 더 확실한 대답을 듣고 싶지만 또 나이가 어쩌고 할까 봐 차마 물어보지 못한다) 다음 주에는 아이들이 있는 뷰드에 가도 좋다고 한다. 그러곤 미심쩍은 얼굴로 머뭇거리며 덧붙인다. 아프지만 않다면 하루에 한 시간쯤 눈을 써도 좋다고.

5월 15일

내가 격리에서 벗어났다는 소식을 듣고 교구 목사님의 아내가 병문안을 왔다. 하지만 내가 너무 열성적으로 맞이했는지 흠칫 놀라는 기색이다. 나는 구구절절 (아마도 조금은 눈치 없이) 설명을 늘어놓는다. 오랫동안 혼자 있었다고…… 로버트는 하루 종일 나가 있고…… 아이들은 뷰드에 갔고…… 감미로운 음악 같은 말소리를 들을 일이 도통 없으며 내 목소리를 듣고 화들짝 놀라기 일쑤라는 인용*으로 마무리한다. 목사님 아내의 표정을 보니 인용인 줄도 모르고 홍역 때문에 내 머리가 이상해졌다고 생각하는 눈치다. ^{의문} 정말 그런 게 아닐까? 다행히 그녀가 부엌 고양이를 내보낼 수 없냐고 애원하면서 그나마 정상적인 분위기가 조성된다. 그녀는 이상하게 들릴 수도 있지만 고양이가 있으면 기절할 것 같은 기분이 든다고 설명한다. 자기 할머니도 그랬다면서. 할머니는 고양이가 소파 밑에 숨어 있어도 금세 알아차리곤 "이 방에 고양이가 있는 게 틀림없어." 하며 현기증을 느꼈다니까요. 나는 얼른 고양이를 창밖으로 내보낸 뒤 유전이라는 게 참으로 희한하다며 장단을 맞춰 준다.

그나저나 좀 어때요? 하고 그녀가 묻는다. 그러나 내가 대꾸할 새도 없이 말을 이어간다. 어떤지 알 것 같네요. 기운이 쭉쭉 빠지고, 다리는 천근만근, 척추가 없는 것처럼 몸은 늘어지고 머리는 만취한 느낌이 들지 않아요? 그녀의 진단을 듣고 나니 더욱 기운이 빠진다. 내 상태를 정확히 짚은 것 같다. 그녀는 이렇게 덧붙인다. 그래도 뷰드에 가서 바람을 쐬고 오면 나아질 거예요. 그나저나 그동안 얼마나 많은 일이 있었는지 모른다니까요.

---

* 로빈슨 크루소의 실제 모델인 선원 알렉산더 셀커크의 무인도 표류기를 노래한 시 "알렉산더 셀커크의 고독"의 한 구절.

그러곤 그동안 있었던 일을 모조리 들려준다.

지난 4주 동안 우리 교구에는 믿을 수 없을 만큼 많은 탄생과 결혼, 죽음이 일어난 것 같다. 그뿐만이 아니다. W 부인은 요리사를 해고했는데 아직 새 요리사를 구하지 못했다. 목사님이 지역 신문에 하수구에 관한 편지를 써서 지면에 실렸고 레이디 복스는 새 차를 타고 다닌다. 목사님 아내는 비꼬듯 덧붙인다. 왜 비행기를 사지 않고? (그러게, 왜 비행기를 사지 않고?)

마지막으로 여성회 위원회 회의가 열렸는데(내가 없어서 몹시 아쉬웠다고 그녀는 황급히 덧붙인다) 마을회관 기금 모금을 위해 가든파티를 열기로 했단다. 목사님 아내는 기대에 찬 말투로 덧붙인다. 가든파티가 여기서 열린다면 참 좋겠다고. 나는 정말 그러면 좋겠다고 맞장구치며 로버트가 허락하지 않을 거라는 걱정을 애써 밀어 놓는다. 로버트도, 그리고 나도, 그리고 목사님 아내도 알고 있다. 어차피 가든파티는 우리 집에서 열린다는 것을. 달리 마땅한 장소가 없다는 것을.

다과가 들어온다. 값비싼 임시 하녀는 오후에 외출했고 요리사가 늘 그랬듯 편리하게도 스펀지케이크 세 조각과 번 하나를 한 접시에 옹기종기 담아 내왔다. 우리는 다시 바버라와 크로스비 커루더스, 양봉, 요즘 젊은이들, 카펫의 기름얼룩 제거의 어려움 따위로 화제를 옮겨 간다. 그러다 목사님 아내가 묻는다. 혹시 《주인 없는 땅의 고급 장교》*라는 책 읽었어요? 아니라고 하자 절대 읽지 말라고 한다. 그렇지 않아도 우리 삶에는 슬픔과 충격이 가득하잖아요. 아니, 작가라면 밝고 행복하고 아름다운 얘기만 써야 하지 않아요? 《주인 없는 땅의 고급 장교》는 그런 얘기가 아니라니까요. 알고 보니 그녀도 읽지 않았다. 목사님이 대충 훑어본 뒤 괴로운 내용이니 읽지 말라고 했다는 것이다. _{메모:} 〈타임스〉 북클럽 목록에 《주인 없는 땅의 고급 장교》가 아직 없다면 추가할 것.

목사님 아내는 갑자기 벌써 6시가 되었다고 놀라며 퇴장하는 척하다가 황급히 다시 들어와 밸런타인 미트 주스를 추천한다. 예전에 목사님 숙부님이 신의 섭리에 따라 그걸로 목숨을 건졌다면서. 숙부님의 병환과 회복에 얽힌 얘기, 결국 81세에 죽음을 맞이한 얘기가 줄줄이 이어진다. 나도 충동적으로 메리 켈웨이의 막내가 비맥스 영양제로 놀라운 효과를 보았다고 떠들어 댄다. 신기하게도 우리의 화제는 여기서 다시 앤서니 트롤럽의 소설들과 보팔 비검**의 죽음, 레이크 컨트리***의 풍경으로 옮겨 간다.

● 원제는 《A Brass Hat in No Man's Land》. 영국 장교 F.P. 크로지어의 전쟁 회고록.
●● 보팔왕국의 여성 통치자의 칭호.
●●● 캐나다 브리티시컬럼비아주의 지명.

6시 40분, 목사님 아내는 또 한 번 화들짝 놀라며 달려 나간다. 그러나 현관 앞에서 로버트를 마주치고는 다시 걸음을 멈추고 내가 젓가락처럼 여위었다고, 안색도 아주 나쁜 데다 홍역을 앓고 나면 눈에 심각한 문제가 생기기도 한다고 쏟아 놓는다. 그러고 보니 로버트의 목소리는 들리지 않는다. 마침내 목사님 아내는 집으로 돌아간다.

여기서 절로 떠오르는 의문: 아무리 달변가라도 침묵의 효과는 이기지 못하는 걸까? 아무래도 그런 것 같다. 이 사실을 좀 더 자주 상기해야 할 듯.

두 번째 우편배달로 클랙턴온시*에서 친구들과 함께 휴가를 즐기고 있는 마드무아젤의 긴 편지가 도착한다. 아주 얇은 종이에 아주 가느다란 보라색 펜으로 글씨를 썼고 여기저기 줄을 긋고 지운 탓에 알아보기가 어렵다. 그래도 나를 여전히 "친애하는 마담"이라고 불러 줘서 한결 마음이 놓인다. 요 근래 이유 없이 뚱하게 굴던 태도도 누그러진 것 같다.

메모: 만약 요리사가 보양식이라며 젤리를 또 한 번 올려 보내면 당장 부엌으로 돌려보낼 것.

● 영국 잉글랜드 동부 에식스주의 해변 관광 도시.

5월 16일

아이들이 나를 기다리지만 않는다면 뷰드에서 건강을 마저 회복하려 한 계획을 포기하고 싶다. 날씨가 몹시 춥고 기력이 달리는 데다 열이 나기도 하고 나와 함께 가서 아이들을 돌보기로 한 마드무아젤이 미안하지만 '윈 앙진'에 걸렸다고 한다. 협심증인가 싶어 깜짝 놀랐지만 사전을 찾아보니 인두염이다. 남편에게 물어본다. "어차피 집에 있어도 금방 좋아지지 않을까?" 그러자 그는 짤막하게 대꾸한다. "가는 게 낫지." 이미 마음을 정했다는 뜻이다. 잠시 후 그는 자신 없는 투로 제안한다. 목사님 아내에게 함께 가자고 하면 어떻겠느냐고. 내가 그저 표정으로 대답하자 그의 제안은 허공으로 사라진다.

레이디 복스에게서 편지가 왔다. 홍역에 걸렸다는 얘기를 이제야 들었는데(몇 주 동안 온 마을에 소문이 났을 텐데 어째서?) 참으로 안타깝다고, 그 나이에 홍역은 가벼운 병이 아니라고 한다. (나이를 들먹이는 걸 보니 의사와 한패인가?) 자기 집에는 늘 손님이 들락거리니 직접 찾아오는 건 현명한 방법이 아니라며 그 대신 내가 원하는 것이 있다면 주저 말고 전화해서 알려 달라고 덧붙인다. 이미 "하인들"에게 내 부탁은 무엇이든 들어주라고 지시해 놓았다면서. 당장 전화해서 차 한 봉지와 그녀의 진주 목걸이를 달라고 하면(클레오파트라의 선례를 인용해도 좋을 듯) 어떻게 되는지 보고 싶다.

세금 청구서가 또 날아왔고 요리사는 점심에 또 젤리를 올려 보낸다. 헬렌 윌스에게 내주자 녀석은 집어 던지고 고개를 돌린다. 그렇다면 건드리지 않고 내려보내도 될 것 같지만 그랬다간 요리사도 사직서를 낼지 모른다. 지금은 그런 일을 감당할 수 없다. 흥미로운 사실을 깨달았다. 홍역으로 가뜩이나 시원찮은 식욕이 요리사의 젤리 때문에 완전히 사라졌는데, 그 와중에 노란 젤리나 빨간 젤리보다 에메랄드빛 젤리가 더 싫다. 프로이트적인 의미가 있는지 고찰해 보고 싶지만 지금은 무엇에든 집중할 수 없을 듯.

오후에 한숨 자고 일어나서 정신을 차린 뒤 옷장을 정리한다. 오래전부터 계획한 일인데 결과가 너무 우울해서 하지 말 걸 그랬다는 후회가 밀려온다. 입을 옷이 하나도 없을뿐더러 그나마 있는 옷도 지금 입으면 허수아비처럼 보일 게 틀림없다. 빨간 뜨개 카디건과 (유행에 비해 길이가 너무 짧은) 이브닝드레스 두 벌, 철 지난 모자 세 개, 무릎 나온 트위드 스커트를 싸서 메리 켈웨이의 자선 바자회에 보낸다. 메리 켈웨이는 무엇이든 환영한다고 했다. 한껏 들뜬 마음으로 새로 살 옷들을 적어 본다. 하지만 다시 세금 청구서를 보고는 기껏 작성한 목록을 난로에 던져 넣는다.

5월 17일

뷰드행 기차를 타기로 한 노스로드 역까지 로버트가 차로 데려다 준다. 기온이 더 떨어진 것 같아서 로버트에게 영하냐고 물어본다. 그는 형식적으로 짧게 대꾸한다. 앞으로 날이 점점 따뜻해질 것이며 틀림없이 뷰드에는 햇볕이 내리쬘 거라고. 기차 시간이 남아서 승강장 벤치에 앉아 있으니 기침이 나온다. 옆에 앉은 젊은 여자가 나를 흘끗 보더니 하는 말, "정말 지겹지 않아요?" 지금의 내 상황을 아주 적절하게 표현한 것 같다. 로버트가 내게 기차표를 건네며(그는 너그럽게도 일등칸에 타고 가라고 했지만 내가 거절했다) 이상한 표정으로 나를 본다. 그러더니 마침내 묻는다. "혹시 **죽으러** 간다고 생각하는 건 아니지?" 듣고 보니 **정말** 그렇게 생각한 것 같다. 그래도 억지로 미소를 짓는다. 어차피 가식적으로 보일 테지만. 그러곤 어딘가로 자기 뼈를 묻으러 가는 주교의 이야기를 쾌활하게 들려준다. 하지만 그 주교의 이름도, 그가 가려고 한 장소도 기억나지 않는다. 로버트는 전혀 이해하지 못한 듯 어리둥절한 얼굴이다. 나는 설명하지 않고 그에게 수수께끼를 남긴 채 일어선다.

춥고 피곤한 여정이 이어진다. 비가 창문을 후려갈기고 객차 문이 끊임없이 열린다. 그럴 때마다 신기하게도 한기가 다리를 타고 올라오는 동시에 목에서 등을 타고 내려간다. 아이들에게 기차 시각을 알리지 않았으니 아무도 마중 나오지 않을 거다. 버스도 없다. 그렇다면 택시를 타기에 아주 좋은 구실이 생긴 셈이다. 2시 45분이라는 애매한 시각에 숙소에 도착한다. 차를 마시기에도, 잠을 자기에도 너무 이른 시각. 둘 다 하고픈 마음이 간절하다. 그래도 건강하고 소란스럽게 맞아주는 아이들을 보니 마음이 녹는다.

5월 19일

몸이 한결 나아졌다. 첫날 저녁에 숙소 여주인이 저녁 식사로 젤리를 올려 보내는 바람에 병이 도질 뻔하기도 했지만. 방은 그럭저럭 편안하다. (몹시 춥지만 주인 말에 따르면, 이 시기에, 아니 연중 어떤 시기든 이렇게 추운 적이 없었단다.) 리놀륨 바닥에 분홍빛과 금빛의 도자기가 놓여 있고, 레이스 깃의 옷을 입은 여자들과 콧수염이 길고 나비넥타이를 맨 남자들의 커다란 사진들이 걸려 있다. 마드무아젤을 대신해 거금을 주고 다시 불러온 병원 간호사는 로빈과 비키를 데리고 용감하게 날씨와 맞서며 방파제에서 많은 시간을 보냈다. 비키는 어떤 강아지를 "아가"라고 부르며 어울려 놀았고 신문 파는

신사와 선빔을 모는 다른 신사, 호텔 매니저와도 친구가 되었다. 마드무아젤이 아프다는 소식을 전하자 비키는 한참 만에 무심한 투로 "아!" 하더니 강아지 "아가" 얘기를 떠들어 댄다. 로빈은 조금 나을까 기대했는데 그저 "그래요?" 하더니 바나나를 달라고 한다.

메모 너무 이국적이지 않은 친근한 장소를 배경으로 제2의 《자메이카의 열풍》을 써서 아이들의 놀라운 무심함과 태평함을 파헤쳐 보면 어떨까? 예전에 〈시간과 조수〉에 자메이카의 아이들이 충분히 개연성 있는 인물인가를 주제로 열띤 토론이 실렸다. 이제 나는 단호히 그리고 영원히 작가의 편을 들겠다. 우리 비키도 필요하다면 선원을 몇 명쯤은 죽일 수 있을 것 같다.

5월 23일

오후에 갑자기 날이 따뜻해져서 아이들은 신발을 벗고 수영장으로 뛰어들었다. 주인 여자는 꼭 바다에 오면 마지막 날 날씨가 좋아진다고 귀띔한다. 나는 두툼한 트위드 코트를 입고 벼랑으로 잠시 산책을 나간다. 한 시간쯤 걷다 보니 꽤 더워지기 시작한다. 아이들을 재운 뒤 짐을 싸면서 내 평생 어떤 식사에서든 두 번 다시 말린 자두 조림과 커스터드는 먹지 않겠다고 다짐한다. 그러곤 기꺼이 로버트에게 내일 집에 도착한다는 엽서를 쓴다.

5월 28일

마드무아젤이 돌아왔다. 아이들이 격하게 환영하는 모습을 보고 마음을 놓는다. (로빈과 비키는 어쩌면 내가 걱정한 만큼 자메이카의 아이들과 비슷하지 않을지도 모른다.) 마드무아젤은 검은색과 흰색의 체크무늬 스커트와 프릴 달린 흰색 블라우스, 손등에 흰색 자수를 놓은 검정 염소가죽 장갑, 보라색 제비꽃으로 뒤덮다시피 한 검정 밀짚모자 차림으로 나타나서 내게 머리끝부터 발끝까지 겨우 1파운드 9실링 4.5페니로 직접 다 만들었다고 귀띔한다. 확실히 프랑스 사람들은 검소한 데다 바느질 재주가 뛰어난 것 같다. 하지만 돈을 조금만 덜 아꼈더라면 훨씬 더 훌륭한 결과물이 나왔을 텐데, 하는 아쉬움을 떨칠 수 없다.

고맙게도 그녀는 내게 선물을 내민다. 파란 유리 화병 두 개가 나선형으로 꼬여 있고 곳곳에 금박 매듭 장식이 달려 있는 조형물이다. 비키는 인조견으로 만든 커다란 붉은 장미를 받았는데, 다행히 좋아하는 것 같다. 로빈의 선물은 철사로 만든 작은 기구다. 마드무아젤은 체리에서 돌을 골라내는 데 쓰는 기구라고 설명한다. ^{메모:} 이 기발한 기구의 연간 판매량을 알아보면 흥미로울 듯.

내심 마드무아젤의 세심함에 감동한다. 우리도 프랑스 사람들처럼 "프티 수앵*"을 즐긴다면 좋을 텐데. 식당의 벽난로 위 잘 보이는 곳에 화병을 놓아둔다. 점심 때 로버트가 식탁 앞에 앉다가 화병을 발견하고 입을 열려는 찰나, 내가 간신히 막는다.

식사 후 로빈은 아빠의 차를 타고 학교로 돌아가고 나는 마드무아젤과 함께 비키의 여름옷을 훑어본다. 이 세상에서 비키가 가진 모든 옷이 이제는 너무 작아졌다는 사실을 깨닫는다.

5월 30일

〈시간과 조수〉가 도착했다. 나의 매력적인 글은 기대와 달리 공동 2등에 그쳤다. 로버트의 시도도 좋은 평을 받았다. 1등 수상자의 이름을 보니 메리 켈웨이의 필명이다. 소중한 친구의 성공을 너그

---

* 작은 정성.

러이 기뻐해줄 수 있다면 좋겠지만 잘 모르겠다. 이번 주 공모전은 2운각 8행시라는데, 이런 형태는 딱 질색이다. 나는 도무지 이런 시의 규칙을 익힐 수가 없다.

프로비셔가에서 일요일에 점심 식사를 함께 하자는 전화가 와서 수락했다. 그들을 만나고 싶어서라기보다는 점심 메뉴인 로스트비프와 구스베리 타르트로 기분 전환을 하고 싶어서. 게다가 우리가 집을 비우면 하인들의 일거리도 줄어들 테니까. 메모: 어떤 결정의 동기를 솔직하고 지적으로 파헤치다 보면 아주 불편한 사실이 드러나는 경우가 많은 것 같다.

바버라와의 약속과 양심 때문에 블렌킨솝 노부인을 들여다보러 간다. 마을에서 마주치는 사람마다 홍역이 다 나았냐고 묻는다. 어째서인지 모두가 이 심각한 병을 농담 거리로 여기는 것 같다.

블렌킨솝 노부인의 집은 전에 없이 위생적인 환기가 이뤄지고 있다. 모드 블렌킨솝 때문일 것이다. 창문이란 창문은 모조리 활짝 열려 있고 여닫이창의 커튼이 사방으로 펄럭이며 매서운 동풍의 존재를 드러낸다. 활짝 열린 창문과 활짝 열린 문에서 멀지 않은 곳에 블렌킨솝 부인이 앉아 있는데(예전보다 숄을 덜 두른 것 같기도?) 묘하게 파리한 얼굴로 떨고 있다. 실내에서 가구 광택제와 흑연 냄새가 진동한다. 그러고 보니 벽난로에 최근 흑연을 듬뿍 사용한 흔적이 보인다. 지난 며칠 동안 불을 피우지 않은 게 분명하다. 블렌킨솝 노부인은 전보다 조용해졌고 낙관이나 희망 따위를 들먹이지도 않는다. (며칠 동안 혹독한 외풍에 시달리다 보니 낙관의 정신이 날아갔나?) 바로 모드 블렌킨솝이 들어온다. 전에 한 번 만난 적이 있다고 얘기하자 그녀는 그 만남이 이렇다 할 인상을 남기지 않았으며 따라서 자기 기억에서 완전히 사라졌다는 사실을 분명하게 밝힌다. 어떤 자리에서든 솔직하게 말하는 것을 자랑으로 여기는 사람인 듯. (자기가 직접 짠 듯한) 벽돌색 스웨터와 뒤쪽이 앞쪽보다 더 긴 트위드 스커트를 입었고 커다란 진주 구슬로 장식했다. 혈기 왕성하고 단호한 성격인 데다 속어를 많이 쓴다.

내가 바버라의 소식을 묻자 블렌킨솝 부인이 (모드 블렌킨솝에 비하면 기어들어가는 목소리로) 대꾸한다. 그 아인 배를 타기 전에 한 번 더 올 거예요. 나이 먹은 사람은 늘 이별하며 사는 거지, 뭐. 어차피 다 예정된 일인걸. 드디어 예전 모습을 되찾으려나 기대하고 있는데 모드가 끼어들더니 되지도 않는 얘기는 하지 말라고, 가엾은 바버라가 드디어 구속에서 벗어났으니 얼마나 좋은 일이냐고 고래고래 소리친다. 우리는 계속해서 골프 핸디캡과 로딘 스쿨(모드가 다닌 학교), 베이비 오스틴으로 화제를 옮겨 간다. 정확히 말하면 모드가 주로 얘기하고 우리는 듣기만 한다. 《디즈레일리의 삶》이나 블렌킨솝 부인이 늘 빠져 있다던 다른 문학 세계 이야기는 쏙 들어갔다. 나 역시 요즘에는 무엇으로 소일하느냐고 묻고 싶지 않다. 자신의 바람을 말하지 않는 것이 이제는 부인에게 습관으로 자리 잡은 게 아닐까 생각하니 속이 복작거린다.

우울한 기분으로 가려고 일어선다. 내가 작별 인사를 하자 블렌킨솝 노부인은 내게 눈을 굴리며 중얼거린다. 이제 자기는 그리 오래 살지 못할 거라고. 모드 블렌킨솝은 걸걸한 웃음으로 부인의 말을 가볍게 뭉갠 뒤 "아이고, 헛소리 그만하세요. 우리보다 더 오래 사실걸요." 하고 지껄여 댄다.

그러곤 나를 대문까지 배웅해 주며 그래도 블렌킨솝 부인이 조금이나마 편안해져서 얼마나 다행인지 모르겠다고 한다. 그러면서 묻기를, 이렇게 화창한 날 살아 있다는 게 좋은 일 아니에요? 누군가는 죽는 편이 훨씬 낫다고 대꾸하고 싶지만 재담을 나눌 기분이 아니라서 그저 무슨 말인지 잘 안다고 힘없이 대꾸한다. 더 있다간 등짝을 한 대 얻어맞을 것 같아서 서둘러 떠난다.

오늘 밤엔 바버라에게 블렌킨솝 부인이 아주 좋아 보이더라고, 우울한 기색이 전혀 없더라고 편지를 쓰려 했는데 그럴 수 없게 됐다. 한참 고민한 끝에 편지를 미뤄 둔다. 대신 장부와 수표책 부본, 은행의 냉정한 서신 사이의 무거운 불일치와 타협하려 애쓴다.

6월 1일

프로비셔가와 오찬을 함께 하기로 한
일요일. 그 집에 머물고 있는 손님 네 명을
소개 받는다. 내가 듣기로는 브라이트파이(분명
잘못 들은 듯) 대령과 그 부인, 윌리엄 레디어 경 혹은 레디 경, 혹
은 리디 경, 혹은 레데이 경…… 그리고 내 동생 바이올렛이다. 바
이올렛은 놀랍도록 아름다운 모습이고 우아한 꽃무늬 실크 드레
스를 입었다. 언제나 그렇듯 내가 입으면 어떨까 상상해 보다가 사
자 가죽을 뒤집어쓴 당나귀의 이야기가 떠올라 우울해진다.

식사 자리에서 내 옆에 앉은 대령이 낚시 얘기를 꺼낸다. 나는
낚시를 해본 적도 없고 동물에겐 잔인한 일이라고 생각하지만 속
내를 숨긴 채 비겁한 위선자가 되기로 한다. 로버트는 내 동생 바
이올렛과 대화를 나눈다. 가끔씩 돼지가 어쩌고 하는 그의 목소
리가 들리는데 이상하게도 바이올렛은 퍽 즐거워하는 얼굴이다.

레이디 프로비셔가 요즘의 치과 진료에 관한 얘기를 꺼내자
갑자기 모두 함께 대화를 나누기 시작한다. 빵을 먹느라 바쁜 로
버트를 제외하곤 다들 할 말이 많은 것 같다.

메모: 손님을 초대했을 때 먹먹한 정적이 흐르면 이런 방향으로 대

화를 유도하면 좋을 듯.

　비가 오락가락하는 데다 춥기도 해서 정원 산책은 피할 수 있을 거라 굳게 믿었는데 오판이었다. 점심 식사가 끝나자마자 우리는 눅눅한 정원으로 나간다. 나뭇가지에서 머리로 물이 똑똑 떨어지고 발밑의 땅도 절벅거리지만 철쭉과 루핀이 장관이라는 건 부인할 수 없다. 게다가 루스 드레이퍼* 얘기도 평소처럼 많이 나오지 않는다. 어느새 나는 브라이트파이(?) 부인과 나란히 걷고 있다. 그녀는 정원에 관해서라면 세상의 모든 지식을 알고 있는 듯하다. 다행히 그 모든 것을 직접 얘기할 준비가 돼 있어서 나는 이따금 "네, 저건 정말 아름답지 않나요?" 하며 장단을 맞추기만 하면 된다. 그런데 갑자기 그녀가 묻는다. 이런 기후에서 혹시 아름다운 푸른색의 '그란디플로라 매그니피카 수페르비엔시스'(어쨌든 이와 비슷한 이름이었다)를 제대로 키운 적이 있느냐고. 내가 없다고 짧고 솔직하게 대꾸하자 눈에 띄게 안심한다. 혹시 이 부인은 평생 그란디플로라 매그니피카 수페르비엔시스가 이 기후에 적응하게 하려고 안간힘을 쓰며 살아온 것이 아닐까? 내 정원에서는 그 귀한 식물이 잡초처럼 잘 자란다고 말하면 어떤 반응을 보일까?

---

* 독백이나 모노드라마를 연기한 것으로 유명한 당대 미국의 배우 겸 극작가.

메모: 이런 망상에 자주 빠지지 않도록 경계할 것. 영양가도 없고 사람들 앞에서 멍한 인상을 주기 쉽다.

오랫동안 이것저것 살펴본 뒤 우리는 왔던 길을 되돌아간다. 이번에는 어느새 윌리엄 레디어 또는 레디 경과 레이디 프로비셔와 함께 잔디 얘기를 하고 있다. 그러다 문득 우리 모두가 **마구간**으로 가고 있다는 사실을 깨닫고 경악한다. 피할 길이 없다. 가급적 말들에게서 멀리 떨어진 채 입을 다물고 있을 수밖에. 말에 관해선 문외한일 뿐 아니라 말을 엄청 무서워한다는 사실을 최대한 숨겨야 한다. 남편은 나를 안쓰러워하며 놓아기르는 마구간에서 입술을 말아 올린 채 나를 무섭게 노려보는 위협적인 짐승의 앞을 가로막는다. 어찌나 고마운지. 결국 신경이 곤두서고 신발이 흠뻑 젖은 채로 마구간을 떠난다. 그러곤 주인 부부에게 정말 즐거웠다고 말하며 의례적이고 우아한 작별 인사를 건넨다.

자주 그렇듯 여기서 절로 드는 의문: 문명의 오락거리와 양심에 걸리지 않을 만큼의 솔직함을 결합하기란 불가능할까? 아직 답을 찾지 못했다.

로버트는 저녁 예배에 가고 나는 비키와 핼머를 둔다. 비키는 학교에 다니고 싶다며 그래야 하는 거창한 이유를 줄줄이 열거한다. 나는 생각해 보겠다고 하지만 경험상 비키는 자기가 원하는 것을 얻는 데 뛰어난 재주가 있으니 이번에도 결국 성공할 것이다.

일요일 저녁 식사는 조금 실망스럽다. 차가운 소고기와 구운 감자, 샐러드, 푹 꺼진 차가운 타르트다. 저녁을 먹은 뒤 나는 로즈와 세탁소, 육해군 백화점, 우리 주의 여성회 총무에게 편지를 쓰고 로버트는 〈선데이 픽토리얼〉을 읽다가 잠이 든다.

6월 3일

놀랍도록 화창하고 따뜻한 날이다. 나는 의자와 필기도구, 러그, 방석을 들고 정원으로 나간다. 그러나 식품 저장실 하수구를 봐 달라는 요청에 금세 안으로 들어간다. 다시 정원으로 나가려는데 마을에서 가든파티 일정에 관한 전갈이 도착한다. 바로 대답해 주어야 하고 정육점에도 전화해야 한다. 그러다 퍼뜩 깨닫는다. 11시에 세탁소 차가 올 텐데 아직 세탁물 목록을 정리하지 않았다는 것을. 세탁소 차가 오자 테이블보에 관해 주의를 준다. 그러고 나자 어째서인지 몰라도 경마 대회 얘기가 한참 오간다. 운전사는 승산 없는 경주마인 트루스를 한참 칭찬하고 나는 실버 플레어가 이길 거라고 떠들어 댄다. (그저 이름이 마음에 들어서다.)

곧이어 마을에서 S 부인이 찾아와 가든파티 자선바자회에 내

놓을 물건들을 챙기며 꽤 오랜 시간을 잡아먹는다. 점심을 먹고 나자 구름이 몰려든다. 다행히 마드무아젤과 비키가 나를 도와 의자와 필기도구, 러그, 방석을 다시 집 안으로 옮겨 준다.

두 번째 우편배달로 로버트의 97세 대부의 부고가 들어온다. 로버트는 6월 5일에 장례식에 가기로 한다.

메모: 어째서인지 장례식은 많은 남자들이 기꺼이 참석하는 유일한 모임이다. 왜 그럴까 따져 보고 싶지만 상복과 모자를 찾아서 나프탈렌 냄새를 빼려고 밖에 걸어 놓느라 시간이 나지 않는다.

6월 7일

로버트에게서 편지가 왔다. 대부가 그에게 500파운드를 남겼다는 것이다. (대체 왜 전보를 치지 않았을까?) 도무지 믿기지 않는 굉장한 소식에 안도와 기쁨의 눈물이 흐른다. 때마침 마드무아젤이 들어와 이유를 듣고는 내 두 뺨에 입을 맞추며 소리친다. "아, 주 망 두테! 부알라 비앵 스 봉 생 탕투안!*" 무슨 말인지 잘 모르겠지만

● 아, 그럴 줄 알았어요! 성 안토니오께서 도우셨나 봐요!

164

아마도 우리를 위해 기도해준 것 같다. 그렇게 생각하니 마음이 뭉클해져서 다시 눈물이 쏟아질 뻔한다. 저녁 내내 즐거운 마음으로 유산을 어떻게 사용할지 정리해 본다. 각종 청구서를 해결하고 보석을 찾아오고 친구들을 초대하고 이것저것 장만하고⋯⋯ 모두 합산해 보니 마음이 조금 불편해진다. 정확히 1,320파운드다.

6월 9일

어제 로버트가 돌아왔다. 말도 별로 없고 딱히 활력이 넘치지도 않지만 경제적 안정을 되찾게 돼서 무척 안도하고 있는 게 분명하다. 나는 플리머스 전당포에서 대고모의 다이아몬드 반지를 찾아와 다음 모임에 하고 나가야겠다고 넌지시 말한다. 로버트는 따뜻하게 동조해 준다. 다음 모임은 가든파티인데, 날짜가 얼마 남지 않아서 가장 이른 버스를 타고 플리머스로 향한다.

반지를 찾은 뒤(전당포 주인은 달력을 흘끗 보더니 아슬아슬하게 왔다며 축하해 준다) 내 모자를 하나 사고, 비키의 드레스감도 잔뜩 끊는다. 로빈에게 줄 혼비 기차와 축음기 레코드판 여러 장, 마드무아젤에게 줄 작은 연보라색 가방도 손에 넣었다. 흡족한 마음에 여세를 몰아 저녁으로 따뜻한 가재 요리와 과일 샐러드를 준비하지만 안타깝게도 로버트는 썩 좋아하지 않는다. 그는 내가 이 자축 파티를 준비할 때 자기 입맛보다 내 입맛을 생각했나 보다고 넌지시 (하지만 상냥하게) 말한다. 씁쓸하지만 인정할 수밖에. 대부님의 유산 덕분에 화기애애한 분위기가 이어지자 나는 기회를 놓칠세라 얼른 파티를 열어야겠다고, 가든파티와 함께 열면 좋지 않겠냐고 에둘러 묻는다. 로버트가 대꾸하길, 한꺼번에 하면 둘 다 성공하지 못할 거란다. 다시 생각해 보니 일리가 있는 듯. 결국 둘을 함께 여는 계획은 포기한다. 로버트는 일단 가든파티를 끝낸 뒤 다른 일을 계획하라고 애원한다. 가든파티를 끝내야 내가 다른 생각을 할 수 있을 것 같다면서. 나는 그러겠다고 한다.

6월 12일

요즘의 화두는 날씨다. 지금은 화창하지만 17일에도 그럴 거라고 누가 장담한단 말인가? 날씨만 좋다면 많은 이점을 누릴 텐데. 참나무 밑이나 테니스장 근처에서 차를 마실 수도 있고, 중고품 가판에 내놓은 물건들에 최고 가격을 매길 수도 있으며, 레모네이드 가판에서 아이스크림을 함께 팔 수도 있다. 다행히 날짜가 중간 방학과 겹쳐서 로빈을 데려와 함께 즐길 생각이다. 이제 우리에게 경비는 그리 중요하지 않다. 내가 그렇게 말하자 남편도 수긍한다. 무모해진 나는 결국 하우스파티를 열기로 하고 런던에 사는 로즈를 초대해 승낙을 받는다.

하필 옛 학창 시절 친구 시시 크래브에게서도 편지가 왔다. 6월 16일에 란즈엔드에 가는데 이틀 밤을 묵어도 되느냐고 묻는다. 참으로 이상한 우연의 일치다. 나는 그렇게 하라고 답장하지만 로버트는 썩 반기지 않는 눈치다. 그도 그럴 것이 손님방은 로즈에게 내줘야 하고 로빈도 집에 올 테니 시시 크래브에겐 그의 옷방을 내줘야 한다. 이로써 하우스파티가 완성될 것 같다.

6월 17일

본격적인 가든파티 준비를 위해 모두가 새벽같이 일어났다. 마드무아젤은 고급품 가판에서 판매할 분홍색 새틴 자수 신발 가방을 마저 완성하기 위해 아침 식사도 사양했다고 한다. 내가 알기로 그녀는 지난 6주 동안 그 가방에 매달렸다. 10시가 되자 교구 목사님의 아내가 황급히 들어오더니 날씨가 어떨 것 같으냐고, 자기는 한시도 가만히 있을 수 없다고 한다. 11시, 목사님 아내는 여전히 안절부절못하고 가판을 맡은 사람들이 몇 명 더 합류한다. 나를 짜증나게 했던 화이트 부부가 오더니 혹시 테니스 경기도 하느냐고, 계획에 없다면 끼워 넣으면 안 되느냐고 묻는다. 내가 계획에 없고 끼워 넣을 수도 없다고 간단히 대답하자 그들은 씩씩거리며 가버린다. 목사님 아내가 저 사람들이 가든파티에 오지 않으면 어떡하느냐고 묻는다. 화이트 부인의 어머니가 그 집에서 묵고 있는데 부자라고 소문이 났으니 우리에게 보탬이 될지도 모른다면서.

때마침 뜻밖에도 고급스러운 자주색 자동차가 도착하는 바람에 화이트 부부 문제는 일단락된다. 차에서 내린 사람은 바버라와 크로스비 커루더스 부부다. 바버라는 한껏 들떴고 크로스비 커루더스는 차분하고 자상해 보인다. 목사님 아내가 소리를 지르며 들고 있던 가위를 아무렇게나 던져버린다. (이 가위는 결국 보물을 넣고 겨를 채운 보물찾기 통에서 발견되고, 그것을 찾은 어린아이가 진짜 보물이라며 내놓지 않겠다고 고집부리는 바람에 골치 아픈 상황이 연출된다.)

바버라는 활짝 핀 얼굴로 그리웠던 고향이 예전 모습 그대로

라 무척 기쁘다고 수선을 피운다. 진심으로 동조해 주고 싶지만 그녀가 이곳을 떠난 지 아직 석 달도 안 되지 않았나? 다행히 바버라는 딱히 대답을 기대하지 않은 것 같다. 크로스비 커루더스와 함께 옛 친구들을 찾아서 오후에 가든파티가 시작할 때 다시 오겠다고 한다.

로버트가 역으로 옛 학교 친구 시시 크래브를 마중하러 가고 로즈와 나는 중고품 가판에서 판매할 옷의 가격 책정을 돕는다. (위원회 사람들이 언제나 나와 뜻이 같은 건 아니라는 사실을 새삼 확인한다. 아니, 막판까지 망설이다가 겨우 내놓은 나의 회색 크레이프 드레스가 겨우 3실링 6페니라고?)

시시 크래브가 도착하자(시시의 이상한 울 모자를 보는 순간 중고품 가판에 내놓으면 좋겠다는 생각이 든다) 차가운 점심이 나온다. 시시의 식사로 견과류와 바나나가 든 샌드위치를 준비하라고 특별히 일러두었는데, (굳이 미리 일러두지 않은) 로빈과 비키가 차가운 양고기와 샐러드 대신 견과류 바나나 샌드위치를 먹겠다고 고집하는 바람에 난감한 상황이 벌어진다. 통조림 파인애플과 달콤한 크림이 디저트로 나오는 사이, 로빈이 내게 사람들이 오기 시작했다고 일러 준다. 우리는 모두 흥분하며 서둘러 흩어진 뒤 적절한 옷으로 갈아입고 다시 나타난다. 나는 붉은 실크 드레스와 새로 산 붉은 모자로 치장했지만 (늘 그렇듯) 내가 가진 페티코트는 모두 너무 짧거나 너무 길다. 다행히 마드무아젤이 나타나 어깨 끈을 옷핀으로 고정해 주지만, 나중에 그중 하나가 풀려서 애를 먹는다. 로즈는 아름다운 초록색 모슬린 드레스를 입고 역시 늘 그렇듯 누구보다 멋진 모습으로 나타난다. 시시 크래브도 그럭저럭 괜찮은 드레스를 입었지만 스카라브* 반지 여러 개와 카메오** 브로치, 튤 스카프, 에나멜 버클, 조잡한 목걸이로 주렁주렁 장식한 탓에 조금 정신 사나워 보인다. 게다가 (내가 보기엔 영 아닌 것 같은) 이상한 울 모자를 고집스레 쓰고 있다. 로빈과 비키도 예쁜 모습으로 나타나지만 모두 똑같이 담홍색 옷을 차려입은 메리 켈웨이의 세 아이가 더 화사해 보인다는 건 부인할 수 없다. (자연스럽게 웨이브 진 세 아이의 머리칼이 부럽지만 비키가 펌을 할 수 있는 나이가 될 때까지는 달리 방법이 없을 듯.)

레이디 프로비셔가 가든파티 개회를 위해 (10분 일찍) 도착하자 로버트가 이리저리 데리고 다니며 집을 보여준다. 그러고 나자 우리 교구 목사님이 말한다. 자, 이제 모두 모인 것 같군요. (나는 "하느님 앞에"라고 덧붙이고 싶은 불경한 충동을 억누른다.) 레이디 프로

---

* 고대 이집트에서 신성시한 갑충의 모양을 본 딴 호부.
** 양각 조각 장신구.

비셔가 밤나무 아래 작은 둔덕에 우아하게 자리를 잡자 그 옆에 교구 목사님이 서고 로버트와 나는 겸손하게 몇 걸음 뒤로 물러선다. 그런데 목사님 아내가 엉뚱한 사람들을 둔덕 위로 (장난스레 연단이라고 부르면서) 올라오라고 소리친다. 그때 레이디 복스를 태운 웅장한 벤틀리가 멋지게 도착하는 바람에 한바탕 소란이 인다. 레이디 복스는 사파이어블루색의 드레스와 진주로 치장하고는 애스컷 경마장에 가려는 듯 패셔너블하게 차려입은 남녀들의 에스코트를 받으며 등장한다.

"하던 거 계속해요!" 레이디 복스가 소리치며 하얀 염소가죽 장갑을 낀 손을 흔들다가 보석 박힌 작은 핸드백과 레이스 양산, 자수 손수건을 떨어뜨린다. 옆에서 물건들을 주워 주느라 분위기가 어수선해지지만 우리는 얼른 상황을 수습한 뒤 레이디 프로비셔의 개회사를 듣는다. 오늘 이곳에 오게 되어 무척 기쁘며 마을회관은 훌륭한 자산이 될 거라는 연설이 이어진다. 그러고 나자 교구 목사님이 그녀에게 (바쁘실 텐데) 이렇게 와주셔서 감사하다는 인사를 건네고 뒤이어 로버트가 아주 짤막하게 목사님의 말에 동조하는 뜻을 표한다. 다른 누군가가 로버트와 내게 이렇게 멋진 장소(테니스장과 세 개의 화단, 코딱지만 한 관목 숲)를 내주어서 고맙다고 인사한다. 내가 로버트에게 눈짓하자 그는 고개를 젓는다. 별 수 없이 내가 나서서 의례적인 답사를 한다. 목사님 아내가 아주 차분하게 앞으로 나오더니 레이디 프로비셔에게 가든파티의 개회 선언을 잊으신 것 같다고 상기시킨다. 뒤이어 행사의 개회가 선언되고 우리는 각자 맡은 가판과 공연을 위해 흩어진다.

레이디 복스가 내 앞을 가로막더니 꾸중하듯 묻는다. 나한테 얘기했더라면 내가 개회사를 아주 완벽하게 했을 텐데 몰랐어요? 다음에는 절대 망설이지 말고 얘기해요. 그런 뒤 단돈 9페니를 내고 연보라색 가방 하나를 사더니 사치스러워 보이는 친구들과 함께 다시 차를 타고 떠난다. 우리에게 오후 내내 씹을 수 있는 흥미로운 대화거리를 던져준 채.

다른 사람들도 모두 너그럽게 물건을 구매하고 남은 물건은 추첨식으로 판매된다. (당첨된 사람이 6페니를 내야 하는 반칙 추첨이다.) 밀봉된 상자들 속에 무엇이 들어 있을지, 커다란 케이크에 건포도가 몇 개나 들어 있을지, 징그럽게 보이는 햄의 무게는 얼마나 될지 따위의 추측이 오간다. 악단이 와서 잔디밭에 자리를 잡더니 뮤지컬 『게이샤』의 곡들을 연주한다. 마드무아젤의 신발 가방은 회색 플란넬 바지를 입은 우아한 사내가 구입했는데 자세히 보니 하워드 피츠시몬스다. 그 충격에서 막 벗어난 순간 로빈이 추첨에 걸려 염소를 갖게 됐다고 신나서 야단법석을 떤다. (나이가 아주 많고 난폭하기로 동네에 소문이 자자한 염소다.) 나는 축하해 주며 어서 가서 아빠에게 말씀드리라고 한다. 그러고 나자 바로 블렌킨솝 부인과 바버라, 크로스비 커루더스, 모드 블렌킨솝이 나타난다. (이 많은 사람이 모두 베이비 오스틴을 타고 왔나?) 블렌킨솝 노부인은 지난번에 봤을 때보다 기분이 조금 나아진 것 같다. 그녀가 말하길, 자기는 돈이 별로 없지만 늘 미소와 친절한 말 한마디가 금보다 더 값어치 있다고 생각한단다. 나는 그렇지 않다는 대답을 속으로 삼킨다.

크로스비 커루더스가 모드 블렌킨솝에게 퉁명스럽게 굴며 그녀의 말에 사사건건 반박하는 모습을 보니 어찌나 속이 후련한지 모르겠다. 스포츠와 다과, 테니스장 잔디밭에서 열린 무도회가 모두 성공적으로 끝난다. (곧 있을 테니스 모임의 관점에서 보면 아닐 수도 있지만.) 로빈과 비키도 남은 아이스크림을 먹겠다고 고집하지 않고 10시까지 잘 버텨준다.

나와 로버트, 로즈, 시시 크래브, 헬렌 윌스까지 모두가 함께 기분 좋은 피로를 느끼며 응접실에 앉아 자축하고 서로를 띄워준다. 로버트는 우리가 세 자릿수에 도달했다는 뉘앙스를 풍긴다. 출처는 모르겠지만 틀림없이 믿을 만한 정보일 것이다. 잠시 온 세상이 장밋빛으로 보인다.

6월 23일

부유하고 아름다운 집에서 열린 테니스 모임에 로버트와 내가 처음으로 초대 받았다. (아마도 처음이자 마지막일 듯.) 한눈에 봐도 주인 부부는 굉장한 부자가 틀림없다. 접의자들이 완벽하고 깨끗하게 준비돼 있다. 노란 옷을 입은 귀족 아가씨와 뿔테 안경을 쓴 진지한 청년을 소개 받는다. 노란 옷의 아가씨는 대뜸 내가 사랑스런 정원을 갖고 있을 것 같다고 한다. (대체 왜?)

나는 정정해 보이는 노신사와 한 팀이 되어 뿔테 안경 청년과 값비싼 프랑스제 실크 옷을 입은 날렵한 젊은이의 팀과 겨룬다. 대번 깨달은 사실이지만 셋 다 나보다 테니스 실력이 월등하다. 게다가 그들 역시 이미 그 사실을 깨달은 눈치다. 경기가 막 시작되려 할 때 내 파트너가 진지하게 귀띔한다. 아무래도 자신이 왼손잡이라는 사실을 내게 알려줘야 할 것 같다고. 도무지 어쩌라는 건지 모르겠다. 잠시 고민하다가 내 입에서 어이없는 대답이 나온다. "굉장하네요."

경기가 시작되고 내가 여러 번 더블 폴트*를 하자 노신사 파트

---

* 서브를 두 번 연속 실패하여 실점하는 것.

너의 얼굴이 점점 굳는다. 게임이 새로 시작할 때마다 그는 나를 보면서 무섭도록 또박또박 점수를 일러준다. 당연히 매번 우리가 지고 있어서 속이 타들어간다. "6대 1"이 되었을 때 우리는 테니스장에서 나와 말없이 서로에게서 멀찍이 떨어져 앉는다. 그러고 보니 우리 지역 의원이 가까이 있어서 우리는 메이스*와 여성 상원 의원들(이에 대해선 의견이 갈리지만), 겨울 스포츠, 셰퍼드 등을 화제로 삼는다.

로버트는 여전히 경기 중인데 꽤 잘하는 것 같다.

얼마 후 나는 다시 테니스장으로 불려가 그 정정한 노신사 파트너와 한 번 더 경기를 하라는 얘기를 듣고 조용히 경악한다. 노신사에게 일이 이렇게 돼서 미안하다고 하자 그는 아주 비관적으로 묻는다. 우리가 이 경기에서 진다고 한들 50년쯤 지나면 그런 게 중요할까요? 옆에 있던 (아마도 노신사의 아내인 듯한) 귀부인이 그 말을 듣고 어쩔 줄 몰라 하더니 어찌 됐든 아주 즐거운 날이 아니냐며 횡설수설 떠들어 댄다. 진심은 아닐 테지만 그렇게 말해주니 고마울 따름이다. 아까보다 더 형편없는 경기를 펼친 뒤 여주인에게 이런 말을 듣는다. 혹시 홍역이 완전히 낫지 않은 건 아닐까요? 어디선가 들었는데 꼬박 1년 동안 앓는 경우도 있다던데.

---

* 영국 상원과 하원에서 사용하는 권위를 상징하는 지팡이.

어느 정도는 예상했던 상황이라 재치 있게 받아친다. 테니스 실력으로 따지면 1년 넘게 앓을 것 같다고. 점잖게 당황하는 여주인의 얼굴을 보니 내 재치 있는 농담을 이해하지 못한 모양이다. 하지 말 걸 그랬다는 후회가 밀려든다. 계속 후회를 곱씹고 있는데 어느새 화제가 미국으로 넘어갔다. 미국에 관해서는 모두들 한마음이 된다. 미국인들은 확실히 개방적이지만 전쟁 빚은 어쩔 셈이냐고 우리는 입을 모은다. 금주법은? 싱클레어 루이스는? 에이미 맥퍼슨*은? 남녀공학은? 모든 논의가 끝날 무렵 우리 중 아무도 미국에 가본 적이 없다는 사실이 드러난다. 그런데도 모두들 뚜렷한 주관을 가졌고 다행히 모두가 서로의 관점에 동조한다.

의문: 도덕적 용기가 남다른 사람이 여기서 갑자기 실험 정신을 발휘해 파격적인 의견을 제시한다면 흥미롭지 않을까? 예를 들면 미국인들이 우리보다 예의범절이 뛰어나다거나 그들의 이혼법이 훨씬 더 발전된 형태라거나, 등등. 이런 심리적 폭탄이 어떤 영향을 미치는지 보고 싶지만 로버트가 없는 자리라면 더 좋을 것 같다.

다과 시간을 알리는 소리에 내 지적인 사색이 중단된다.

늘 그렇듯 남들은 우리보다 훨씬 더 좋은 음식을 먹는다는

---

* 1920~30년대에 복음 교회를 설립한 오순절주의 복음주의자.

사실에 새삼 놀란다.

갑자기 레이디 복스가 화두로 떠오른다. 모두들 그녀가 아주 선량한 사람이라고 칭찬하더니 곧이어 못마땅한 성품을 보여주는 일화를 하나씩 내놓는다. 노란 옷의 아가씨는 지난주에 런던에서 레이디 복스를 만났는데 얼굴에 새로 산 태닝 크림을 10센티미터쯤 치덕치덕 발랐더라고 한다. 충분히 있을 법한 얘기다. 그러고 나자 마음이 푸근해지면서 사람들 사이에 돈독한 유대가 형성된다. 안타깝지만 부인할 수 없는 인간의 본성이 살짝 드러난 것 같다. 그러고 나니 테니스도 더 잘 풀리는 듯. 이건 전적으로 내가 성황리에 끝난 중고품 판매 행사에서 레이디 복스가 보인 특이한 행동을 재미있게 얘기한 덕분일 것이다. 더블 폴트의 횟수는 줄었지만 여전히 누구든 나와 한 팀이 되면 패할 수밖에 없다는 (우연의 일치로 볼 수도 없다는) 확신을 떨쳐내기엔 부족하다.

집으로 돌아오는 길에 남편에게 이제 나는 테니스를 완전히 그만두어야 할 것 같다고 넌지시 말한다. 긴 침묵이 흐른다. 따뜻한 칭찬과 격려의 말을 고민하고 있나 싶어 은근히 기대하지만 마침내 입을 연 그는 이렇게 말한다. 당신이 테니스를 포기한다면 달리 무얼 할 수 있을지 모르겠는데. 사실은 나도 그렇다. 결국 우리는 대화를 포기하고 말없이 집으로 돌아온다.

6월 27일

요리사가 굴뚝 청소를 부르지 않으면 화덕이 어떻게 되든 책임질 수 없다고 으름장을 놓는다. 나는 얼마든지 굴뚝 청소를 부르라고 대꾸한다. 요리사는 내 말을 무시한 채 앞으로 어떻게 되어도 자기는 모른다고 다시 으름장을 놓는다. 나는 당장 굴뚝 청소부를 부르겠다는 확고한 의사를 거듭 표하지만 요리사는 계속 내 말을 무시하며 굴뚝 청소를 부르지 않으면 어떻게 될지 모른다는 말만 되풀이한다.

어째서인지 이 대화 때문에 하루 종일 열불이 난다.

6월 30일

굴뚝 청소부가 와서 하루가 엉망이 된다. 목욕물이 차갑고 식사도 차가우며 어째서인지 굴뚝 청소부의 활동 영역에서 멀리 떨어진 곳까지 여기저기 검댕이 묻어 있다. 한낮이 되자 12실링 6페니를 현금으로 내라고 하는데 그럴 수가 없다. 집 안에 있는 모든 사람들에게 물어보지만 아무도 그런 돈을 갖고 있지 않다. 결국 요리사가 뒷문에 정육업자가 와있는데 내가 내려가면 돈을 빌려주겠다 했다고 전한다. 외상 장부에 기록해도 괜찮다면 말이다. 나는 당연히 개의치 않는다. 굴뚝 청소부는 돈을 받은 뒤 오토바이를 타고 사라진다.

7월 3일

내 친구 로즈의 편지가 아침 식사에 활기를 더한다. 로즈는 프랑스 남부 해안, 푸른 바다와 붉은 암석들이 펼쳐진 지상 낙원 같은 곳에서 편지를 썼다. 그곳에서 아주 잘 쉬고 있다고, 마음이 맞는 매력적인 친구들과 즐거운 시간을 보내고 있다고, 그러니 나도 그리로 와서 2주쯤 함께 머물자고 전에 없이 강력하게 권유한다. 순간 동요한 나는 (아무래도 좀 경솔하게) 자식 없는 과부가 세상에서 가장 팔자가 좋은 것 같다고 소리친다. 로버트는 못마땅한 듯 침묵한다. 나는 퍼뜩 정신을 차리고 진심이 아니었다고 둘러댄다.

메모 안타깝게도 나의 진심을 설명해야 하는 상황이 자주 벌어지는데 그때마다 일부러 자기 분석을 어떻게든 피하고 있다. 하지만 지금은 이 문제를 굳이 파고들지 않을 생각이다. 아니, 나중에도 하지 않으련다.

나는 경비 걱정과 옷 걱정, 하인 걱정, 비키 걱정만 아니라면 로즈의 제안을 진지하게 생각해 보고 싶다고 남편에게 말한다. 그러곤 수사적인 질문을 던진다. 어째서 남프랑스를 레이디 복스가 독차지해야 하느냐고. 로버트는 글쎄, 하더니 오랫동안 아무 말도 하지 않는다. 나는 부아가 난다. 머릿속으론 이미 이혼 법정까지 갔을 때 마침내 그가 다시 입을 연다. 글쎄……. 그러더니 〈웨스턴 모닝 뉴스〉를 집어 든다. 이런 토론 자세는 곤란하지만 차마 말하지 못한다. 그래도 포기하지 않고 어떻게든 싸워보겠다는 각오를 다진다. 이 각오를 실천에 옮기려는데 헬렌 윌스가 창문으로 들어온다. (저 빌어먹을 고양이, 저것도 물에 빠뜨렸어야 하는데, 하고 로버트가 입버릇처럼 말한다.) 그러고 나자 이번엔 알코올램프가 말썽이다. 어느새 꺼져서 심지를 갈아줘야 한다. 로버트는 바로 종을 울리려 하지만 내가 직접 얘기하겠다며 말리고는 잊지 않으려고 손수건으로 매듭을 만든다. (굳이 덧붙이자면, 안타깝게도 나중에 부엌에 가선 기억에 과부하가 걸려 매듭을 왜 만들었을까 한참 고민했다. 병에 든 마멀레이드가 너무 오래돼서 설탕처럼 변했다는 얘기를 하려고 했나? 아니면 귀리죽이 평소보다 덜 풀어졌나? 어쨌든 끝내 떠올리지 못했다.)

로즈의 편지를 처음부터 다시 읽어 보니 일생일대의 기회가 틀림없다. 어느새 여행은 견문을 넓혀 준다고 열정적으로 외쳐대는 내 목소리가 들린다. 문득 목사님 아내가 떠오른다. 목사님이 북웨일스로 2주 동안 휴가를 떠날 때면 그녀도 비슷한 주장을 펼치곤 했다.

마침내 로버트가 다시 말한다. 글쎄……. (이번엔 말투가 좀 더 누그러진 것 같기도.) 그러곤 욕실 선반에 놓아둔 제산제를 건드리지 않을 수 없느냐고 묻는다.

나는 틀림없이 마드무아젤이 범인일 거라며 가혹하게 헐뜯는다. 하지만 그걸 제안한 사람이 나인 것 같아서 이내 미안한 마음이 든다. 어쨌든 나는 얼른 덧붙인다. 그런데 남프랑스 여행은? 로버트는 질린 표정으로 말없이 식당을 나간다.

나는 로즈의 편지를 제외하고 다른 우편물을 살펴본다. 나머지는 모두 달갑지 않은 것들이다. 지급 청구서들, 나의 잇몸 상태를 묻는 공격적인 광고 전단, 우리 주 여성회 총무의 모임 참석 요청서, 처음 보는 이름의 귀족 신사가 보낸 편지. 따뜻한 서신이지만 알고 보니 자기가 후원하는 자선 단체에 최소 5실링쯤 기부할 수 없느냐는 내용이다. 남프랑스 문제는 한동안 미뤄 두었다가 저녁에 비키가 잠자리에 들고 나자 공부방으로 마드무아젤을 찾아간다. 탁자에서 그녀를 기다리고 있는 저녁 식사를 보고 경악한다. 치즈와 피클, 잼 롤리폴리* 한 조각이 접시 하나에 옹기종기 놓여 있고(마치 현대미술의 정물화를 보는 것 같기도) 옆에는 커다란 찬물 한 주전자가 자리하고 있다. 마드무아젤은 이런 걸 좋아하느냐고 내가 묻는다. 그녀는 그렇다고 하며 자기에겐 음식이 전혀 중요하지 않다고 덧붙인다. 며칠 동안 먹지 않아도 아무렇지 않게 지낼 수 있다고. 아주 어릴 때부터 그랬다고.

여기서 절로 고개를 드는 의문: 마드무아젤은 내가 정말 그런 말을 믿을 거라고 생각하나? 그렇다면 대체 내 지능을 어떻게 평가하는 걸까?

우리는 비키에 관해 상의한다. 비키가 따지기를 좋아하는 것 같다고 넌지시 말하자 마드무아젤이 득달같이 하는 말, "세 튕 프티 쾨르 도르.**" 내가 또 그런 것 같기도 하다고 수긍하자 마드무아젤은 대번 우리 비키의 부인할 수 없는 고집과 아집을 지적하더니 심지어 이렇게 말한다. "플뤼 타르, 스 스라 윙 에스프리 포르…… 엘 이라 루앵, 세트 프티트.***"

뒤이어 나는 남프랑스 얘기를 꺼낸다. 마드무아젤은 열렬히 공

---

* 납작한 반죽에 잼을 발라 돌돌 말아서 구운 영국식 디저트.
** 그래도 착한 아이예요.
*** 커서 강한 사람이 될 거예요…… 아주 강해질걸요.

감하며 무슨 일이 있어도 가야 한다고 성화한다. 그러면서 (굳이 쓸데없이) 덧붙이길, 내가 지난 몇 달 사이에 몇 년은 더 늙은 것 같다고, 그리고 나처럼 집에만 매여 살면 결국 미쳐버릴 거라고 한다.

그녀의 예리한 표현에 감탄을 금치 못한다.

_{의문} 이런 표현은 로버트에게도 꽤 힘을 발휘하지 않을까? 로버트는 온전히 모국어로 전달하지 않으면 편견에 찬 의견도 그럭저럭 받아들이는 경향이 있다.

응접실에 가보니 로버트는 〈타임스〉를 끼고 잠이 들었다. 로즈의 편지를 다시 한번 읽은 뒤 봉투 뒷면에 남프랑스에 가게 된다면 어떤 옷을 준비할지, 비용은 얼마나 들지 적어 본다. 재정 상황이 아주 밝지는 않지만 최근에 받은 유산 덕분에 평소보다는 훨씬 더 밝은 편이다. 마드무아젤과 요리사, 상인들에게 떠나기 전에 지시할 사항도 미리 적어 본다.

7월 6일

남프랑스의 생트 아가트에 있는 로즈에게 가기로 하고 편지를 썼다. 이제 주사위는 던져졌고 루비콘 강을 건넜다. 물론, 영국 해협을 무사히 건너야 하겠지만. 남편은 전반적으로 이번 작전에 너그럽게 반응하며 어차피 지금 내게 만족을 줄 수 있는 건 이 여행밖에 없겠다고, 그래도 날씨가 아주 더울 거라는 로즈의 말을 믿지 말고 따뜻한 내의를 충분히 챙기라고 조언한다. 마드무아젤은 함께 기뻐해 주다가 도를 넘어 이렇게 소리친다. "세 라 생트 비에르주 키 아 투 아랑주!*" 여행사 광고 같은 대사에 화들짝 놀란다.

여성회 모임에 가서 총무에게 다음번 위원회 회의에 참석하지 못할 것 같다고 이른다. 그녀는 얼른 날짜를 바꿀 수 있다고 대꾸한다. 나는 사양하지만 그녀는 굳이 작은 달력을 내밀며 나에게 편한 날을 고르라고 애원한다. 나머지 회원 열한 명 중 누구든 참석할 수 없게 되어도 똑같이 날짜를 바꿀 거라면서. 별 수 없이 나는 날짜를 고른다.

(전국 여성회 연합의 연설자들은 여성회 회원들이 모두 평등한 책임과 평등한 특권을 갖는다고 열성적으로 연설하지 않았는가. 부디 그들이 우리 위원회의 내부 행정을 들여다볼 일이 없기를 바란다.)

● 성모 마리아께서 도와주신 거예요!

7월 12일

마을을 돌며 여행 소식을 전하고 조언을 듣는다. 교구 목사님은 프랑스 어디서든 물을 끓이거나 거르지 않고 그냥 마시는 건 미친 짓이라고 귀띔한다. 목사님 아내는 로버트처럼 날씨에 대한 불신을 드러내며 예거*를 꼭 입으라고 조언한 뒤 작은 여행용 구급약 상자를 빌려 주겠다고 한다. 말라리아 약을 가져가니 마니 하는 토론이 이어지다가 결국 목사님이 **어떤** 경우에든 "정직이 최선"이라고 단호하게 말하며 모호한 결론을 내린다.

바버라에게 고맙다는 편지를 받을 때만 어쩔 수 없이 찾아가는 블렌킨솝 노부인은 예전처럼 바들바들 떠는 노쇠한 모습이 되어 내가 다녀올 때까지 자기가 살아서 반겨줄 수 있다면 좋겠지만 그러지 못할 것 같다고 에둘러 말한다. 그런 말씀 마시라고, 부인께서 얼마나 정정하신데 그러냐고 우아하게 대꾸하려는데 모드 블렌킨솝이 끼어들어 산통을 깬다. 그녀가 대뜸 말하길, 웬일! (내가 듣기론 이런 말이었는데, 아마 이보다 살짝 더 유행하는 표현이었을 것이다) 이게 다 뭐야? 쫙 빼입고 해변 휴양지에 가신다? 살림

---

* 영국의 고급 겨울 의류 브랜드.

다 내팽개치고? 여성 해방이 따로 없네. 나는 아무도 그렇게 얘기하지 않는다고 대꾸하려다가 예의가 아닌 것 같고 불쌍한 블렌킨솝 부인의 심기를 건드리고 싶지도 않아서 입을 다문다. 아무래도 이제는 블렌킨솝 부인을 확실한 피해자로 여기게 된 것 같다. 나는 모드 블렌킨솝을 무시하고 블렌킨솝 노부인에게 어떤 책을 가져가면 좋을지 조언해 달라고 청한다. 다른 짐도 있으니 크기와 무게를 고려해야 하지만 두툼한 문고판 두 권쯤은 넣을 수 있고 외투 주머니엔 가는 길에 읽을 책을 한 권 넣을 수 있다고 귀띔한다.

블렌킨솝 노부인은 대뜸 성경만큼 좋은 책이 어디 있겠냐고 한다. 아무래도 곧 다가올 하직을 계속 생각하고 있었던 모양이다. 그래도 그런 제안은 교구 목사님의 몫으로 남겨 놓았더라면 좋았을 텐데. 하지만 나도 그렇게 생각한다고 둘러대고는 더 얘기하지 않는다. 모드 블렌킨솝은 내가 싫어하는 독단적인 태도로 책 따위는 가져가지 말라고, 특히 영국 해협을 건널 때는 절대 책을 보지 말라고 권한다. 움직이는 배에서 활자를 보면 금방 뱃멀미가 난다는 건 익히 알려진 사실이라면서. 차라리 시를 암송하거나 구구단을 외우며 딴 데로 정신을 돌리는 게 좋단다. 구구단을 외울 생각은 눈곱만큼도 없지만 굳이 얘기하지 않기로 한다.

블렌킨솝 노부인은 어느새 성스러운 입장을 내려놓고 이렇게 말한다. 셰익스피어를 가져가요. 셰익스피어 작품에는 모든 게 담겨 있다니까. 《리어왕》만 해도 그렇지. 모드 블렌킨솝은 형식적으로 동조하지만 솔직히 그녀는 《리어왕》을 한 글자도 읽어본 적이 없다고 내기를 해도 좋다. 로딘 스쿨에서는 (추정컨대) 《리어왕》을 억지로 주입하기보다는 크리켓과 하키를 즐기는 데 주력했을 테니까.

어느새 우리의 대화는 문학으로 옮겨 간다. 블렌킨솝 노부인은 요즘 쓸모없는 책들이 많이 나오는 것 같다며 왜 여기저기 성교 장면이 그렇게 자주 등장하느냐고 묻는다. 모드 블렌킨솝은 어쨌든 책에는 먼지가 너무 많이 낀다며 블렌킨솝 노부인이 베이비 오스틴을 타고 다니지 않을 때 위안이 되어주는, 애꿎은 〈시간과 조수〉를 홱 가져가 버린다. 내가 가려고 일어서자 블렌킨솝 노부인은 포옹을 해준다. (예전처럼 발작을 일으킬 기미가 보이지만 모드 블렌킨솝의 기세에 눌린 것 같기도.) 모드 블렌킨솝은 익숙하게 그리고 아주 공격적으로 내 등짝을 때린다.

집으로 걸어가는데 그 유명한 파란색 벤틀리가 나를 앞질러 가더니 레이디 복스가 우아하게 손을 흔들며 운전사에게 차를 세우라고 지시한다. 운전사가 차를 세우자 레이디 복스가 말한다.

어서 타요, 어서. 신발에 흙이 좀 묻었으면 어때? (마치 내가 목동이 된 기분이다.) 마을을 한 바퀴 도는 걸 보니 좋은 일이 있나 보네. 늘 그러잖아요. 그렇게 날마다 걸어 다니다니 참 대단한 것 같아요. 나는 아주 분명하게 대꾸한다. 곧 남프랑스에 가게 됐고 저명한 친구들과 어울릴 거라고. (아주 틀린 말은 아니다. 로즈가 여자작과 다른 흥미로운 지인들을 여럿 소개해 준다고 약속했으니까.)

그러자 레이디 복스가 되묻는다. 그래요? 아니, 왜 하필 지금 같은 계절에? 아니, 바다로 돌아서 가지 않고? 요트를 타면 굉장할 텐데. 아니, 차라리 프랑스 말고 스코틀랜드에 가지 않고?

나는 대답 대신 모퉁이에 내려 달라고 한다. 내가 내리자 레이디 복스는 운전사에게 출발하라고 손짓하더니 잠시 후 다시 차를 세우고 상체를 내밀며 말한다. 원한다면 **저렴한 호텔**을 알아봐 줄까요? 나는 원치 **않는다**고 대꾸하고 우리는 드디어 헤어진다.

어느새 나는 극적인 상상에 젖는다. 벤틀리가 커다란 버스와 충돌해 산산이 부서지고…… 운전사는 무사히 탈출하지만 레이디 복스의 운명은…… 아, 섣불리 결정할 수가 없다. 아주 어릴 때부터 타인의 죽음을 바라는 건 사악한 짓이라는 인식이 뿌리 깊이 박힌 탓이다. 그래도 장애가 남을 만큼의 부상은 바라도 괜찮지 않을까? 하지만 어차피 부질없는 짓이라 그만두기로 한다.

7월 14일

어젯밤 늦게까지 어떤 책을 가져갈지 고민했다. 로버트는 왜 책을 꼭 가져가야 하느냐고 묻는다. 비키는 《소피의 불행》이라는 어린이 책을 내민다. 그러곤 그 책을 내 여행 가방 맨 밑에 넣는 바람에 나중에 마드무아젤이 꺼내느라 애를 먹는다. 결국 《작은 도릿》과 《데이지 목걸이》, 그리고 외투 주머니에 가져갈 책으로 《제인 에어》를 고른다. 키츠의 책, 심지어는 제인 오스틴의 책과도 떨어질 수 없는 사람이 되고 싶지만 그럴 수가 없다.

7월 15일

메모: 떠나기 전에 로버트에게 토요일에 글래디스의 급여를 주라고 다시 한번 이를 것. 내 방을 싹 청소하라고 얘기할 것. 세탁물 주의 사항을 일러줄 것. 마드무아젤에게 비키의 이와 글리코티몰린 세정제, 실크 외투의 안감에 관해 일러주고 헬렌 윌스를 침대에 들이지 말라고 당부할 것. 정육점에 편지 쓸 것. 머리 감을 것.

7월 17일

정신없이 부산하게 준비를 마친 뒤 로버트가 런던행 이른 기차를 타는 곳까지 데려다주었다. 여행 가방을 닫느라 한바탕 진을 뺐다. 결국 닫았지만 열 때 또 한 번 씨름하게 될 것 같다. 비키가 명랑하게 애정 어린 작별 인사를 건넨다. 그러더니 해맑게 묻기를, 차 마시고 저녁에 돌아와서 책 읽어줄 거지? 나는 막판에 가슴이 무너진다. 며칠 지나야 돌아온다고 충분히 설명했는데 못 알아들었다니. 어쨌든 마음이 몹시 아프다. 마드무아젤은 고개를 돌리고 이렇게 외친다. "아! 라 포브르 셰르 미뇬!*" 메모: 프랑스 사람들은 너무 자주 터무니없는 감상주의에 빠지는 듯.

요리사와 글래디스, 정원사가 현관문에 서서 즐겁게 지내다 오라고 기원해 준다. 요리사는 아무래도 엄청난 강풍이 오는 것 같다고, 자기는 예전부터 물에 빠져 죽는 공포에 시달렸다고 덧붙인다. 그 말을 뒤로하고 우리는 출발한다.

늘 그렇듯 역에 너무 일찍 도착한다. 시간이 남아돌아서 남편에게 괜히 묻는다. 아이들에게 무슨 일이 생기면 전보를 치겠냐고.

● 아! 어린것이 가엾기도 하지!

그럼 24시간 안에 돌아올 수 있다면서. 로버트는 그저 여권은 잘 챙겼느냐고 묻는다. 나는 여권이 내 작은 보라색 화장품 가방에 들어 있다는 것을 확실하게 알고 있다. 일주일 전부터 거기에 넣어 두고 매일 두세 번씩 확인했으니까. 마지막으로 확인한 건 45분 전 내 방을 나서면서다. 그런데 어째서인지 다시 핸드백을 열고 열쇠를 꺼내 작은 보라색 화장품 가방의 자물쇠를 열고 여권이 들어 있는지 확인하고픈 충동에 시달린다.

의문: 의료계에서는 이런 행동이 정신 착란의 증상으로 알려져 있지 않나? 런던에서 존슨 박사가 보인 독특한 행동과 어렴풋이 연결되는 것 같지만 끝까지 파헤치기엔 너무 괴로울 것 같다.*

기차가 들어온다. 나는 로버트에게 작별 인사를 건넨 뒤 정신 나간 질문을 던진다. 정말 같이 가지 않겠느냐고. 로버트는 현명하게도 못 들은 척한다.

의문: 언젠가 상대가 이런 충동적인 제안을 진지하게 받아들인다면 난감한 상황이 벌어지지 않을까? 그러고 보니 이런 제안이 진심인지 따져 보지 않을 수 없다. 또 그러고 보니 정면으로 마주하기엔 너무 괴로운 문제인 듯. 이런 생각은 완전히 밀어놓는 게 좋겠다.

---

* 문학적 업적으로 '박사'의 칭호를 얻은 영국의 시인 겸 평론가인 새뮤얼 존슨은 자신의 강박적 행동을 정신이상의 초기 증상으로 보았다.

같은 칸의 승객에게로 관심을 돌린다. 의심이 많아 보이는 반백의 여자가 대뜸 내게 일러준다. 객실 밖에 열려 있는 화장실의 문이 고장 났는지 자꾸 열린다고. 나는 어머, 하고 여자의 걱정에 공감한 뒤 문을 닫는다. 이제 문은 닫혀 있다. 우리가 초조하게 지켜보는 사이 문이 다시 열린다. 얼마 후 여자는 다시 문을 닫는다. 결과는 아까와 비슷하다. 기차를 타고 가는 내내 이런 과정이 되풀이된다. 인간의 가슴에 자리한 희망은 마르지 않는 샘과 같지 않나 진지하게 고민해 본다. 여자는 아까보다 더 의심 가득한 얼굴이 되었다. 그러다 결국 절망에 빠진 말투로 정말이지 이건 좀 아니지 않느냐고 하더니 우울한 침묵에 빠져든다. 문은 의기양양하게 열려 있다.

워털루 역에서 내려 빅토리아 역으로 택시를 타고 가면서 여권을 준비하려고 꺼내다가 화장품 가방에 도로 넣는 편이 안전하다고 판단하곤 도로 넣는다. (어렴풋이 존슨 박사가 다시 떠오르지만 얼른 떨쳐 낸다.) 그로스베너 가든의 나무들이 세찬 바람에 격렬하게 흔들리는 광경을 보니 더럭 겁이 난다.

빅토리아 역에서 영국 화폐를 프랑스 화폐로 바꾼다. 작은 환전소의 거만한 청년은 100프랑짜리 지폐보다 작은 돈을 내줄 수 없단다. 짐꾼에게도 돈을 줘야 하는데 100프랑짜리로 어떻게 하느냐고 따져도 꿈쩍하지 않는다. 마침 딘 앤드 도슨이라는 상호가 찍힌 파란색과 금색의 옷을 입은 유능한 사내가 나를 구해 준다. 기적처럼 잔돈을 바꿔 주고는 좌석을 예약했느냐고 묻더니 나를 자리로 안내해 주며 런던에서 가장 유명한 여행사의 직원이라고 자신을 소개한다. 나는 절대 다른 여행사는 이용하지 않겠다고 따뜻하게 (진심을 담아) 단언하고는 둘 다 예의를 갖춰 헤어진다. 수하물표 절반을 찢어 메모한다. 훌륭한 직원을 둔 딘 앤드 도슨에 진심 어린 칭찬의 편지를 보내자고. (하지만 결국 하지 않을 게 분명하다.)

포크스턴 항구까지 가는 기차에서 열심히 창밖을 내다본다. 강풍에 커다란 나무들이 땅으로 고개를 숙였다. 문득 요리사의 말이 떠올라 불길한 예감에 휩싸인다. 다른 이들에게 들은 여러 조언이 동시에 떠오르면서 배에 타면 (마드무아젤의 추천대로) 곧장 여성 휴게실로 가서 모자를 벗고 납작하게 누워 있을지 아니면 (거트루드 고모의 엽서에 적힌 조언대로) 무슨 일이 있어도 시원한 바람을 맞으며 딴생각에 빠질지 갈등한다. 결국 이마저도 사치였다는 사실이 드러난다. 배에 탄 지 5분도 안 돼서 여성 휴게실은 발 디딜 틈 없이 가득 찼다. 모두들 모자를 벗고 납작하게 누워 있다.

다시 갑판으로 돌아가 여행 가방에 걸터앉아 딴생각을 해보기로 한다. 불로뉴로 휴가를 떠나는 학교 선생 부부가 나를 사이에 두고 비바람 따위는 아랑곳하지 않은 채 대학의 청강에 관해 대화를 나눈다. 나는 (어느 정도는 이 부부에게 과시하고 싶은 마음에) 외투 주머니에서 《제인 에어》를 꺼낸다. 하지만 아무래도 모드 블렌킨솝의 말이 맞는 것 같다. 그렇다면 시를 암송하라는 조언도 따라야 하나? 축축한 한기가 뼛속까지 파고들면서 몸서리가 나고 아무 생각도 할 수 없다. 학교 선생이 대뜸 내게 묻는다. "**괜찮은 거죠?**" 그럼요, 하고 내가 대꾸하자 그는 학자 같은 밝은 웃음을 터트리곤 마터호른산 얘기를 떠들어 댄다. 어느새 나는 내가 기억하고 있는지조차 몰랐던 시를 암송하고 있다. 학창 시절에 배운 기묘하고 독창적인 두운시다. (죽어가는 사람들이 왜 어릴 적 기억을 떠올리는지 어렴풋이나마 이해할 수 있을 것 같다.)

  "포격하며 포진하는 코사크의 포병들
  파괴의 파멸적 파행이 파국을 낳고……"

여기까지 암송했을 때 폭풍이 나를 집어삼킨다. 학교 선생이 주변 사람들에게 권위적인 목소리로 외치는 소리가 들린다. "이분에게 길을 비켜 주세요. 아픈 사람입니다." 내가 어쩔 수 없이 여행 가방에서 일어설 때마다 그는 이렇게 명령한다. 하지만 정신이

혼미한 와중에도 나는 두운시를 포기하지 않는다.

"이성이 귀환하고 종교의 귀의가 귀환하네."

어느새 여기까지 왔다. 대단하지 않나?

마침내 불로뉴에 도착한다. 기차에서 예약한 좌석을 찾은 뒤 파리에서 환승해야 하는지 여러 직원에게 문의하지만 모두들 그럴 수도 있고 아닐 수도 있다고 대꾸한다. 나는 결국 포기하고 작은 브랜디 한 잔을 주문해서 마신다. 정신이 나는 것 같다.

7월 18일, 생트 아가트

무척 파란만장한 여정이었다. 현실의 여행과 소설 속의 여행은 너무도 다르다는 사실에 (자주 그러듯) 새삼 놀란다. 기차 여행이 등장하는 소설에는 어김없이 다음 중 한 가지가 나오지 않나?

⒜ 가슴을 설레게 하는 이성을 만나 아슬아슬한 감정의 소용돌이에 휘말린다.

ⓑ 심하게 훼손된 상태의 살해된 시체가 발견되지만 수사에 난항을 겪는다.

ⓒ 부부가 아닌 기혼 남녀가 사랑의 도피를 떠났다가 지독한 환멸을 마주하거나 고결한 금욕 상태로 돌아간다.

나의 긴 여정에선 이 가운데 어떤 일도 일어나지 않았다. 그렇다고 밤새 아무 일도 없었던 건 아니다.

이등칸이 만석이라 원했던 구석자리를 차지하지 못했다. 맞은편에는 젊은 미국인 신사와 나이 지긋한 프랑스인 커플이 파란 베레모를 쓴 수다쟁이 친구와 함께 앉았다. 수다쟁이는 주머니칼로 손톱을 다듬으며 포도주 무역에 관해 떠들어 댄다.

내 한쪽 옆에는 검은 옷을 입은 칙칙하고 나이 많은 여자가, 반대쪽 옆에는 그녀의 두 아들이 앉았다. 두 아들의 이름은 귀귀스트와 데데. (데데는 열다섯 살쯤 되었는데 스타킹 대신 어린애들이 신는 양말을 신었다. 조금 이상해 보이지만 편협한 생각을 경계하기로.)

11시쯤 되자 모두들 조용해지지만 파란 베레모는 테니스 챔피언 얘기를 꺼낸다. 그에 관해 할 말이 아주 많은 것 같다. 미국인 청년은 자기 동포의 이름이 나올 때마다 불편한 얼굴이 되지만 파란 베레모의 프랑스어를 알아들을 실력은 안 되는 모양이다. (천

만다행인 듯.)

하나둘 잠이 들기 시작했는데 파란 베레모는 지치지도 않는지 소시지 롤을 먹기 시작한다. 그때 기차가 어느 역에 정차하더니 통로에서 말다툼 소리가 단편적으로 들려온다. 누군가가 큰 개를 데리고 탔고 그 사람이 객실에 들어갈 수 있는지 없는지를 따지는 모양이다. 이따금씩 똑같은 말을 되풀이하는 남자 목소리가 들린다. "욍 시앵 네 파 쥔 페르손." 그러더니 마치 합창하듯 그 말에 동조하는 묵직한 목소리들이 이어진다. "메 농, 욍 시앵 네 파 쥔 페르손.""

어느새 나는 까무룩 잠이 들지만 한참 뒤 복도에서 들려오는 소리에 퍼뜩 깬다. "메 부아용? 네스파 시앵 네 파 쥔 페르손.""*"

끝내 문제가 해결되는 것을 듣지 못하고 다시 잠에 빠진다. 아침에 일어나 보니 아무 소리도 들리지 않는다. 개의 주인이 개를 데리고 역에 남았을지 아니면 개와 단둘이 어느 칸을 차지했을지 괜히 궁금해진다. 아주 지저분한 화장실에서 한참 줄을 서서 기다린 뒤 대충 씻는다. 열차가 아비뇽에 정차할 때까지 아침 식사

• 개는 사람이 아닙니다.

•• 그럼요, 개는 사람이 아니지요.

••• 하지만 이봐요, 개는 사람이 아니지 않나 말입니다.

를 구할 길이 없다는 소식에 기운이 빠진다. 나중에 미국인 청년에게 이 소식을 전해 주자 그 역시 깊은 고뇌에 젖는다. 그러더니 프랑스어로 자몽을 뭐라고 하는지 모른다고 걱정한다. 나도 모르지만 굳이 알 필요가 없을 거라고 청년에게 호언장담한다.

기차가 예정보다 늦어져서 아비뇽에 도착하니 10시가 다 되었다. 미국인 청년은 자기가 잠깐 내리면 그 사이에 기차가 떠나 버릴까 봐 또 한걱정이다. 미국의 아이오와주 데번포트에서도 그런 일이 있었다면서. 이번엔 그런 불상사를 피할 수 있도록 내가 커피 한 잔과 롤빵 두 개를 사다 주겠다고 제안하곤 성공적으로 임무를 완수한다(물론, 내 필요를 먼저 충족한 뒤에). 그리고 나자 모두들 한층 밝아지더니 귀귀스트가 면도를 하겠다고 선언한다. 그의 어머니가 소리친다. "메 세 푸.•" 나도 같은 생각이다. (침울한 데데를 제외하고) 모두가 귀귀스트의 의사에 반대한다. 기차가 흔들려서 얼굴을 벨 거라면서. 파란 베레모가 한술 더 떠서 목을 벨 수도 있다고 하자 모두가 비명을 지른다.

귀귀스트는 고집을 꺾지 않고 면도용품과 작은 컵을 꺼내더니 데데에게 컵을 들게 한다. 우리는 모두 잔뜩 긴장한다. 팔꿈치를

• 하지만 그건 미친 짓이야.

붙잡아 주는 어머니의 도움을 받아 귀귀스트는 결국 무사히 면도를 마친다. 문제는 딱히 달라 보이지 않는다는 것.

소란이 지나간 뒤 우리는 모두 적당히 반응해 주느라 애를 먹고, 그러고 나자 먼지가 자욱하고 무더운 대기 속에 침묵이 흐른다. 바위와 모래투성이의 풍경을 아지랑이가 뒤덮은 가운데 이따금 푸른빛과 초록빛이 섞인 바다가 설핏 보인다.

기차가 가끔 역에 정차해 각양각색의 사람들을 쏟아낸다. 나이 지긋한 프랑스인 커플이 어느새 사라지고(하지만 보온병을 놓고 내리는 바람에 귀귀스트가 창문에서 고래고래 소리쳤다) 뒤이어 파란 베레모가 끝까지 열변을 토하다가 작별을 고한다. 기차가 다시 출발하자 그는 승강장에서 뒤로 돌더니 허리 굽혀 인사한다. 귀귀스트와 데데와 어머니는 앙티브까지 가야 한다며 끝까지 남아 있다. 미국인 청년은 나와 함께 내리지만 로즈를 만나 수선 피우는 사이에 어디론가 사라져 버린다. 자수가 놓인 노란색 리넨 옷을 멋지게 입고 나온 로즈는 반갑다고 호들갑을 떨면서도 내 꼴이 엉망이라고 덧붙인다. (호텔에 가서 거울을 보니 정말 그렇다.) 얼굴에 묻은 검댕과 어째서인지 드레스 밑으로 5센티미터쯤 삐져나온 페티코트가 가관이지만 속 깊은 로즈는 굳이 언급하지 않았다.

목욕한 뒤 한숨 자라는 로즈의 말에 그러겠다고 한다. 하지만 차는 거절한다. 차를 마시면 영국 시골에 있는 기분이 들 것 같아서다. 그러곤 한심하게도 혹시 우리 집에서 편지가 오지 않았냐고 물어본다. 내가 집을 떠나기 전에 부치지 않았다면 그런 게 와 있을 리 없는데 말이다. 로즈는 로버트와 아이들의 안부를 묻는다. 다 같이 올 걸 그랬다고 대꾸하자 로즈는 한숨 자는 게 좋겠다고 다시 한번 권한다. 나도 그 편이 좋을 것 같아서 침대로 간다.

7월 23일

따분하고 익숙한 환경에선 하루는 고사하고 한 시간도 느릿느릿 흘러가는데 휴양지에선 시간이 정신없이 날아가는 것 같다. 메모: 그러니까 할 일 없이 빈둥거릴 때 하루가 길어진다는 말은 틀렸다. 오히려 끊임없이 뭔가를 해야 할 때 하루가 더 길어지는 듯.

매력적이고 재미있는 친구를 사귀는 데 일가견이 있는 로즈는 재능 있는 (때로는 유명한) 사람들에게 에워싸여 있다. 모두들 날마다 바위 해변에서 만나 바다 수영을 즐긴다. 이곳의 기온과 환경은 영국 해협이나 대서양과 완전히 달라서 어느새 나는 꽤 적극적으로 수영을 즐기고 있다. 그러나 다이빙을 하는 여자작이나 독특하고 인상적인 후방 낙법으로 바다에 뛰어드는 그녀의 친구에게는 상대가 되지 않는다. 사실은 두 사람을 따라 하고 싶어서 혼자 있을 때 다이빙을 한 번 시도했다가 지중해 바닥을 찍을 뻔했다. 다시 올라올 수 있을까 싶었는데 나를 보고 있던 다정한 구경꾼(유명한 여교장)에게 내가 얼마나 들어갔느냐고 물었더니 그녀는 나긋하게 대꾸했다. 그냥 물에 떠 있던데요. 우리는 더 얘기하지 않았다.

7월 25일

비키가 애정이 듬뿍 담긴 짤막한 편지를 보냈다. 마드무아젤의 편지는 좀 더 길고 알아보기 어렵지만 내가 즐겁게 지내고 있기를 바란다는 내용으로 가득하다. 뭉클해져서 둘에게 따로따로 그림엽서를 보낸다. 나중에 로빈이 학교에서 보낸 편지도 도착하지만 항상 그렇듯 모르는 소년들의 얘기만 잔뜩 적혀 있다. 그중 두 아이에게 방학에 우리 집으로 오라고 했으며, 또 다른 소년이 자기 집에서 일주일을 함께 보내자고 해서 수락했다고 한다. 맨 끝에는 아주 직설적인 추신을 달았다. 혹시 초콜릿 샀어요?

나는 당장 초콜릿을 산다.

7월 26일

거울을 보니 이곳에 도착한 날보다 10년은 더 젊어 보여서 기분이 좋다. 동풍이 불어 (잠시 동안) 파도가 일렁이는 바다에서 (내가 판단하기로는) 사투를 벌였는데도 이렇게 생기가 넘치다니. 오늘 같은 날 바다에서 수영을 시도하는 사람은 로즈의 여자작 친구뿐이었다. 그녀는 멀리 있는 커다란 바위를 가리키며 거기까지 헤엄치겠다고 호언장담했다. 나도 가보겠다고 했다. 그러나 반도 못 가서 나는 절대 그 바위까지 갈 수 없다는 것을 깨달았다. 그 순간 속으로 기도를 올렸다. 부디 로버트의 두 번째 아내가 우리 아이들에게 잘해주기를. 여자작은 차분하게 헤엄치며 내게 괜찮으냐고 물었다. 나는 네, 괜찮아요, 하고는 꼬르륵 가라앉았다. ^{의문:} 혹시 벌을 받았나?

계속 헤엄쳤지만 바위는 자꾸 멀어졌다. 이렇게 지체 높은 사람과 함께 헤엄치다가 유명을 달리했다는 기사가 난다면 멋지지 않을까? 이런 생각을 하며 머릿속으로 지역 신문에 어떻게 나오면 좋을지 상상해 보았다. 우리 교구지에는 어떻게 실릴까 그려보는 순간, 작은 바위에 부딪쳐 다시 물속으로 가라앉았다. 그런데 어째서인지 파도의 거품 위로 다시 떠올랐다. (거품에서 태어난 비너

스와는 딴판이었을 테지만.)

물에 빠져 죽는 순간에는 지나온 삶이 주마등처럼 스쳐간다고 하던데, 괴로운 기억 때문에 하마터면 다시 가라앉을 뻔했다. 무작위로 떠오른 한 가지 기억에도 이처럼 고통스러운데 어떻게 지나온 삶을 모두 떠올린다는 건지⋯⋯. 그런 생각을 하는 순간, 나와 바위 사이의 거리가 완전히 사라졌다는 사실을 깨달았다. 줄곧 내 옆을 헤엄치며 걱정스런 표정을 짓던 여자작은 안전하게 바위에 도달했고 다행히 나도 손끝으로 날카로운 돌출부를 붙잡고 있었다. 무릎에서 피를 철철 흘리며. 흔히 하는 말로 이제 살았구나 싶었다.

^{메모} 여기에 어떤 목적이 있는지, 그렇다면 그게 무엇인지 알아내야 할 듯.

이 굉장한 성취를 당당히 받아들이기로 하고 바이런 경이 헬레스폰트 해협을 헤엄쳐 건넌 일을 넌지시 언급했다. 그렇게 급하게 말하지 않았더라면 더 좋았을 텐데. 그리고 그렇게 숨을 헐떡이며 물을 왕창 뿜어내지 않았더라면⋯⋯.

이쯤에서 사소하지만 굉장히 거슬리는 문제를 제기하고 싶다. 바다에서 헤엄칠 때 손수건 대용으로 사용할 만한 물건이 있을까? 그런 물건이 그토록 시급하게 필요한 적이 있었나 싶다. 아주 가깝고 소중한 사람의 장례식 말고는 없는 듯. 어쨌든 도무지 만족스러운 답이 떠오르지 않는다.

나는 추워서(이건 진심이었다) 더는 헤엄칠 수 없으니 바위투성이 해변으로 걸어서 돌아가겠다고 했다. 여자작은 놀랍도록 멀쩡한 모습으로 굳이 나를 말리려 들지 않았다. 나는 홀로 걸음을 옮겼다.

7월 27일

돌아갈 날이 코앞으로 다가오자 모두들 좀 더 머물지 그러냐고 다정하게 묻는다. 나는 남편과 아이들의 핑계를 댄다. 그러곤 조그맣게 덧붙인다. 하인들과 세탁물, 여성회, 욕조 페인트칠, 당좌대월도 문제라고. 인사치레라곤 해도 모두들 너무나 서운해해서 나는 과감하게 선언한다. 내년에 다시 오겠다고. 물론, 그럴 가능성은 아주 희박하지만.

출발할 때부터 그림엽서를 보내려 했던 모든 이들에게 엽서를 쓰며 마지막 밤을 보낸다.

7월 29일, 런던

돌아가는 여정은 올 때보다 한결 낫다. 로즈의 가장 지체 높은 친구들 가운데 한 사람과 일등칸에 함께 탔기 때문이다. (파리 같은 곳에서 우연히 레이디 복스를 마주치길 간절히 바라지만 그런 행운은 일어나지 않는다. 그래도 돌아가면 내가 어떤 사람들과 어울렸는지 어떻게든 알려줄 생각이다.)

여전히 물살이 거친 해협을 건널 때 또다시 두운시 "오스트리아 군대"를 암송해 보지만 역시 성공하지 못한다. 배가 늦어지고 기차는 더 늦어진다. 빅토리아 역에 도착할 무렵엔 잉글랜드 서부로 가는 마지막 열차가 패딩턴 역을 떠난 지 오래다. 런던에서 하룻밤 묵어가는 수밖에. 장거리 전화로 로버트에게 이 소식을 전하려 하지만 늘 그렇듯 전화 상태가 좋지 않아서 "뭐?" 하는 소리밖에 들리지 않는다. 로버트에게는 내 말소리가 더 안 들리는 모양이다. 우리는 금세 전화를 끊는다. 로즈에게 돈을 빌렸는데도 돈이 하나도 없다. 여기저기 쓰다 보니 예산을 초과해 버렸다. 하지만 내 클럽 총무에게 사정을 털어놓자 다행히 내 말을 믿어 준다. 그러나 당혹스런 얼굴로 덧붙인다. "하룻밤만이에요."

7월 30일

길고 특별한 휴가를 다녀오면 현실에 다시 적응하기가 너무도 어렵다.

7월 31일

늘 그렇듯 치과와 병원 예약으로 방학의 시작을 실감한다. 생트 아가트에서 찍은 사진들이 도착하지만 다른 사람들은 나만큼 관심을 보이지 않는다. 어쩌면 당연한 일일 테지만. (수영복은 내가 생각했던 것보다 더 잘 어울리는데, 머리칼 상태가 영 별로다. 아마도 소금물 때문인 듯.) 멋지고 훌륭한 친구들, 아니, 하다못해 카메라 교본에 나오는 것처럼 아름다운 바다와 하늘 따위의 자연 풍광은 뒷전이고 내 모습만 유심히 살피는 나를 발견하고 괜히 씁쓸해진다.

비키와 마드무아젤, 교구 목사님의 아내에게 선물을 주자 모두 감탄하며 고마워한다. 하지만 생트 아가트에서 63프랑을 주고 산 파랑 꽃무늬 무명 드레스는 이제 내게 어울리지 않는다. 그을렸던 피부가 다시 병자처럼 누렇게 변한 탓이다. 평소 옷에 관해선 늘 관대한 마드무아젤조차도 무명 드레스를 못마땅한 눈으로 바라보며 이렇게 말한다. "티앵! 옹 디레 욍 발 마스케.•" 우리 동네에서는 가장무도회가 열린 적도 없고 앞으로도 열리지 않으리라는 것을 그녀도 나도 잘 알고 있다. 그렇다면 파란 무명 드레스는 입을 일이 없다는 뜻이다. 나는 조용히 그것을 옷장 깊숙이 집어넣는다.

요리사가 말하길, 헬렌 윌스가 또 새끼들을 낳으려 한단다. 로버트가 아는지 모르는지는 아직 알 수 없다.

로빈이 초대한 아이들의 엄마들과 로빈을 일주일 동안 초대한 아이의 할머니 등 모르는 사람들과 편지를 주고받느라 많은 시간을 허비한다. 어째서인지 적절한 날짜와 기차 시간을 서로 맞출 수 없어서 애를 먹는다. 특히 할머니는 끊임없이 편지와 전보를 보내는데 일일이 답장해야 할 뿐 아니라 로빈을 초대해 주셔서 얼마나 감사한지 모른다는 인사도 매번 덧붙여야 한다. 번번이 새로운 표현을 생각해 내기도 어려운데, 로빈이 무사히 다녀오고 나면 또 한 번 편지를 써야 하니 그때 사용할 표현은 남겨 놓아야 할 듯.

• 어머나! 꼭 가장무도회 옷 같아요.

8월 1일

로빈이 돌아왔다. 더 자랐지만 얼굴은 창백해졌다. 게다가 포마드 머릿기름을 한 병 사서 머리에 잔뜩 바르고 왔다. 싸구려 약국에서 나는 냄새가 진동한다. 혼내고 싶지 않아서 조용히 있으려는데 비키가 굉장하다며 기쁨에 겨워 소리친다. 로빈도 같은 의견이란다. 둘이 하도 신나서 소리를 질러대는 통에 나는 정원으로 나가자고 제안한다. 로빈이 배가 고프다면서 점심을 걸렀다고 한다. 하지만 양심적으로 거의 걸렀다고 덧붙인다. 알고 보니 점심을 "거의 걸렀다"는 건, 오는 길에 샌드위치 한 통과 체리 시더렛이라는 몹쓸 음료수 두 병, 밀크 초콜릿 한 판, 바나나 두 개, 셜록이라는 소년이 작년판 〈올해의 팝〉을 받은 대가로 준 작은 치즈 비스킷 샘플 한 통밖에 안 먹었다는 뜻이다.

로빈과 비키가 서로 애정을 드러내는 모습을 보니 늘 그렇듯 마음이 뭉클해진다. 하지만 몇 차례 방학을 겪어본 경험으로 그런 상태가 24시간이나 가면 다행일 것이다.

의문: 엄마가 되면 냉소적으로 변하는 걸까? 예술과 문학, 도덕의 인습은 아니라고 하지만 솔직히 그런 것 같다는 확신을 떨칠 수 없다.

그렇긴 해도 비키가 요리사에게 꼭 로빈 오빠 같은 사람과 결혼

할 거라고 속닥거리는 얘기를 듣고 어찌 감동하지 않으랴. 요리사는 너그럽게 응석을 받아 준다. 그럼요, 그 소스 그릇은 놓으세요, 착하기도 해라. 그런데 로빈 도련님의 아내는 어쩌고요? 그 말에 로빈은 자기도 비키와 똑같은 사람은 찾을 수 없을 것 같다고 장단을 맞춰 준다. 비키가 저렇게 착한데 그런 사람이 또 어디 있겠냐면서.

8월 2일

아이가 하나 더 늘면 집안에 엄청난 변화가 생기는 것 같다. 남편은 굴러다니던 구슬 하나를 밟은 뒤 바닥에 구멍이 뚫리고 정체를 알 수 없는 빈 상자와 찢어진 스펀지 반쪽을 계단에서 발견하고는 집이 엉망진창이라고(이건 좀 너무하지 않나?) 투덜거린다. 마드무아젤은 건초 다락에서 로빈과 비키, 개, 헬렌 윌스가 함께 날뛰는 상황을 "토이보이*"라고 지칭한다. 매우 의미심장한 표현인 듯.

식사 시간, 특히 점심시간은 도무지 평화롭게 넘어가지 않는다. 출산을 준비할 때 읽은 훈육 이론들은 아이들에게 끊임없이

* 대혼란

하지 말라고 하거나 잘못을 지적하는 것이 현명하지 않다고 했다. 참으로 기가 차고 괴롭지만 사랑하는 아이들에게 무언가를 하지 말라고 하거나 잘못을 지적하거나 그와 비슷한 제재를 가하는 나를 시시때때로 발견한다. 앤젤라가 누구네 집은 이러더라, 저러더라, 아무도 노력하지 않았는데 저절로 그러더라, 하며 입에 침이 마르도록 떠들어댄 일이 떠오른다. 그녀가 우리와 함께 아는 친구들이나 친척들에게 가서 **우리 집**을 어떻게 묘사하는지 들어 보고 싶다. 아니, 듣지 않는 편이 나을지도.

아직 남프랑스에 머물고 있는 로즈가 활기 넘치는 편지를 보냈다. 하늘은 여전히 푸르고 바위들은 여전히 붉고 수영은 늘 그렇듯 완벽하다고 한다. 마치 억겁의 시간을 넘어 기억조차 희미해진 세상의 소식을 들은 것처럼 묘한 기분이 든다. 날씨가 궂어서 아이들이 시끄럽게 굴지 않고도 몰두할 수 있는 다양한 실내 활동을 찾아야 하는데 언제나 그렇듯 쉽지 않은 일이다. 곧 우리 집에 오기로 한 로빈의 학교 친구(이름은 헨리)가 도착한 뒤에도 이런 상황이 계속된다면 어떻게 해야 좋을지 모르겠다. 로빈에게 친구가 무얼 좋아하느냐고 물어본다. 뭐, 아무거나, 하고 아이는 대꾸한다. 크리켓을 좋아하느냐고 묻자 아마도 그럴 거라고 한다. 책은 좋아하니? 로빈은 모르겠단다. 나는 더 묻지 않고 육해군 백화점에 편지를 써서 피크닉 비스킷을 큰 통으로 주문한다.

R. 시드넘 상회와 네덜란드의 잘 모르는 상사 두 곳에서 내게 실내 구근 식물에 관한 소책자를 보냈다. R. 시드넘 상회는 유독 낙관적이다. 구근 식물은 키우기 어렵기로 유명하지만 그건 22쪽의 지시를 따르지 않은 탓이라고 지적한다. 22쪽을 펼치자 특별한 조언이 나온다. R. 시드넘의 특별 구근 식물 재배를 위해 만든 R. 시드넘의 특제 혼합토를 쓰는 것 말고는 방법이 없다는 것이다.

로버트에게 얘기하자 시큰둥하게 반응하며 지난 11월의 경험을 들먹인다. 당장 적당한 대답이 떠오르지 않는다. 아마도 일요일에 교회나 다른 생뚱맞은 곳에서 떠오를 것이다.

8월 3일

로빈이 언제 어디서 어떻게 저녁을 먹어야 하는가를 놓고 아버지와 아들 사이에 첨예한 대립이 일어난다. 로빈은 제 또래 소년들은 모두 아래층에서 늦은 시간에 제대로 된 저녁을 먹는다고 단호하게 주장한다. 로버트는 그 부모들이 멍청한 거라고 잘라 말한다. 애들 앞에서 해선 안 될 말인 것 같지만 속으로만 삭일 뿐이다. 썩 흡족하지 않은 타협이 이뤄지고 결국 로빈은 느지막이 식당에 와서 수프를 먹은 뒤 잠시 버티다가 디저트로 마무리한다. 로버트가 줄곧 못마땅한 얼굴로 침묵하고 있어서 내가 둘에게 제각기 다른 주제로 말을 건다. (아내이자 어머니로 사는 건 때로 아주 피곤한 일이다.)

게다가 비키는 어른들의 저녁 식사가 호화로운 야밤의 연회라도 되는 줄 아는지 자기를 끼워주지 않는다고 삐쳤고 마드무아젤은 이 반항적인 태도를 은근히 지지하는 것 같다. 날마다 비키가 고집스럽게 왜 자기는 저녁 식사 시간 전에 잠자리에 들어야 하느냐고 묻는 통에 기가 질린다. 벌써 똑같은 대답을 몇 번째 하는지 모르겠다. 여섯 살은 너무 어리다고.

날이 춥고 으스스하다. 내가 불평하자 로버트는 꽤 따뜻한 날씨인데 내가 충분히 움직이지 않는 탓이라고 단언한다. 자주 깨닫듯 남자들은 삶의 소소한 문제에 절대 공감해 줘선 안 된다는 이상한 규칙을 갖고 있는 것 같다.

날마다 풀밭이 너무 축축해서 아이들이 앉아도 될지, 아이들에게 울 스웨터를 입혀야 할지 고민한다. 춥지 않느냐고 물으면 아이들은 짜증스러운 표정을 지으며 다양한 표현으로 **더워 죽겠다**고 대꾸한다. 이 괴이한 현상을 과학이나 심리학으로 설명할 수 있는지 찾아보고 싶다. 다음에 지식인 모임에 가면 논의해 보는 것도 좋을 듯. 물론, 지금은 그런 모임이 아득하게 느껴지지만.

요리사는 주방 일손이 달린다며 사람을 더 구해야 한다고 투덜거린다. 터무니없는 요구요, 불필요한 지출이다. 게다가 지금 같은 시기엔 사람을 구하기도 어렵다. 짐짓 밝은 목소리로 알았다고, 어떻게 해보겠다고 말하는 나 자신에게 넌더리가 난다. 정말이지 하인들은 우리 모두를 비열하게 만든다.

8월 7일

지역 꽃 품평회가 열렸다. 우리는 레인코트를 입고 축축한 풀밭을 돌아다니며 수군거린다. 그래도 이 정도면 괜찮은 편이라고, 지난주 워밍턴 서부의 날씨를 보라고! 미국 배우 루스 드레이퍼가 멋지게 상연했다는, 시골 바자회에 관한 촌극이 떠오르지만 애써 떨쳐 낸다. 목사님 아내는 양파와 베고니아, 그 밖의 다른 농산물과 함께 천막 안에 전시해 놓은 학생들의 자수 작품들 쪽으로 나를 데려간다. 연보라색 팬지가 수놓인 분홍색 면 캐미솔을 감상하고 있을 때 낯선 소년이 내게 다가오더니 같이 가달라고 한다. 저기 어린 소녀에게 문제가 생겼다는 것이다. 바이킹 그네에서 내리지 못하고 있으니 잠깐만 와달라고 한다. 내가 걸음을 옮기자 목사님 아내가 뒤따라오며 (생각 없이) 떠들어 댄다. 더위 때문일 거예요. 난 예전부터 그런 그네가 굉장히 위험하다고 생각했다니까요. 옛 고향에서도 그런 그네가 부서져서 무시무시한 사고가 일어났어요. 일곱 명이 죽고 수많은 구경꾼이 다쳤지 뭐예요. 그런 얘기를 들은 뒤 비키를 보니 어찌나 안심이 되는지. 비키는 그저 핼쑥한 얼굴로 고집스레 그네 줄을 붙잡고 있을 뿐이다. 어서 내려오렴, 자자, 착하지, 아가, 하고 밑에서 어르는 두 사내를 무시한 채. 마드무아젤은 안절부절못하며 두 손을 깍지 끼고 왔다 갔다 하면서 프랑스어로 중얼중얼 기도를 올린다. 로빈은 멀찌감치 구석으로 물러나 빨간 끈으로 묶여 있는 거대한 짐마차 말에 몰두한 척 딴청을 부린다. (엄마들은 가끔 아이가 제 아빠와는 다르다고 믿고 싶어 하지만 우리 로빈은 썩 그렇지 않은 것 같다.)

나는 비키에게 아주 짧게 경고한다. 당장 내려오지 않으면 일주일 내내 일찍 자야 할 거라고. 그런데 하필 취주악단이 "희망과 영광의 땅"을 요란하게 연주하는 바람에 내 우아한 목소리가 고함으로 바뀐다. 세 번이나 소리친 뒤에야 효과가 조금 나오는 것 같다. 하지만 이 무렵엔 이미 많은 사람이 몰려들었다. 마침내 그네가 완전히 멈추자 박수갈채가 쏟아진다. 비키는 울긋불긋한 얼굴로 체크무늬 외투와 트위드 모자 차림의 사내에게 안겨 내려온다. 사내가 "자, 에이미 존슨[*]이 내려왔습니다!" 하고 소리치자 또 한 번 박수갈채가 터진다.

비키는 금세 마드무아젤에게 이끌려 간다. 목사님 아내가 말한다. 애들은 다 똑같다니까요. 혹시 속이 안 좋거나 아파서 그런 거 아닐까? 그러곤 어쨌든 자기와 함께 가서 꽃장식 수레 심사를 도와 달라고 한다.

친한 이웃들과 새 이웃 미스 팬커톤을 마주친다. 미스 팬커톤은 마을에 작은 집을 사서 이사한 사람인데 아직 찾아가 보지 못했다. 코안경을 썼고 옥스퍼드 대학에 다녔다고 한다. 내가 그녀에게 들은 말이라곤 이런 행사를 보니 도스토옙스키가 떠오른다는 것뿐이다.

무슨 뜻인지 알 수도 없고 알고 싶지도 않다. 하지만 어쩐지 미스 팬커톤이나 도스토옙스키와 이대로 인연이 끊어질 것 같지 않다. 그녀는 내게 이렇게 단언했다. 난 세상에서 인습을 가장 싫어하는 사람이에요. 격식 따위는 전혀 중요하지 않죠. 기질이 맞

● 세계 최초로 대륙 횡단 비행에 성공한 영국 출신의 여성 비행사.

는 사람은 단번에 알아볼 수 있고 그러고 나면 무엇도 나를 막을 수 없답니다. 난 그때그때 충동을 따르거든요. 아침 식사 시간에 남의 집에 불쑥 찾아가기도 하고, 누가 저녁 식사 후에 커피를 마시러 우리 집에 와도 개의치 않아요.

아침 식사 자리에 미스 팬커톤과 도스토옙스키가 등장하면 로버트가 어떻게 반응할지 상상이 되지 않는다. 나는 서둘러 대화를 끝낸다.

로버트와 교구 목사님, 이웃 대지주가 말들을 보고 있다. 목사님과 이웃 대지주는 그저 날씨 얘기를 주고받고 로버트는 아무 말도 하지 않는다.

8시가 다 돼서 집에 돌아오자 이상하게도 몹시 피곤해서 정신을 차릴 수 없다. 꽃 품평회 무도회에 간다는 요리사와 하녀를 마주치자 더 기운이 빠진다. 요리사는 활기차게 말한다. 감자는 화덕에 있고 나머지는 다 식탁에 차려 놓았어요. 고양이가 버터 냄새를 맡고 들어오지나 않았는지 모르겠네요. 마드무아젤이 아이들을 재우는 사이 나는 설거지를 한 뒤 위층으로 올라가《탱글우드 이야기》를 읽어준다.

수사적 의문: 왜 직업이 없는 여성은 남편과 아이들이 있는데도 "한가하다"고 자주 묘사되는 걸까? 마땅한 답을 찾을 수 없다.

8월 8일

미스 팬커톤이 찾아와 끔찍한 오후를 보냈다. 그녀는 손으로 짠, 뒤보다 앞이 더 넓은 파란색 스웨터와 아주 짧은 스커트, 믿을 수 없을 만큼 작은 검정 베레모 차림으로 와선 커다란 담뱃대를 들고 담배를 피우며 소파 팔걸이에 걸터앉는다.

^{메모} 소파 팔걸이는 그런 무게를 예상하지 못했다는 듯 여러 번 삐걱거리며 나를 화들짝 놀라게 한다. 손볼 수 있는지 살펴볼 것. 그리고 미스 팬커톤이 다시 온다면 다른 곳에 앉도록 유도할 것.

대단히 문학적이고 학구적인 대화가 이어진다. 이 대화에서 나의 대사는 주로 "아직 못 읽었다"거나 "장서 목록에 넣어 두었지만 아직 구비하지 못했다"는 것이다. 그 시간이 얼마나 길게 느껴지던지. 이윽고 미스 팬커톤이 대화의 방향을 틀어 개인적인 부분을 파고든다. 그러곤 말하길, 내가 성취를 모르는 삶을 살고 있다나. 스스로도 자주 그렇게 느끼지만 미스 팬커톤의 입으로 들으니 속이 부글거린다. 그녀는 모르는 건지 상관하지 않는 건지 비난조로 묻는다. 양육과 부엌일 말고는 아무 데도 관심을 갖지 않는 가축 같은 삶을 사는 건 직무 유기라는 사실을 모르겠어요? 그러곤 흥분하며 덧붙인다. 생각해 봐요. 지난 2년 사이에 읽은 책

217

이 뭐가 있죠? 나는 기어들어가는 목소리로 《신사는 금발을 좋아해》를 읽었다고 대꾸한다. 기억나는 게 그것밖에 없어서다. 때마침 로버트와 다과가 함께 들어온다. 어색하고 묘한 막간. 그사이 미스 팬커톤은 N.U.E.C.와(뭔지 모르겠지만 그냥 아는 척 넘어간다) 인도 상황에 관해 떠들어 댄다. 로버트는 대꾸하지 않거나 어쩔 수 없을 때만 아주 짤막하게 반박한다. 마침내 미스 팬커톤이 자리에서 일어서며 아무래도 자기는 내 묵은 때를 모두 벗겨내기 전에는 나를 놓아줄 수 없을 것 같다고, 그러니 조만간 자기를 보러 오라고 당부한다.

8월 9일

헨리라는 아이가 도착했다. 값비싼 옷을 차려입은 부모가 커다란 빨간색 차로 아이를 내려놓고는 집과 정원, 나와 우리 아이들을 흘끗 보며 못마땅한 얼굴로 떠난다. (참고로 그들이 예상보다 일찍 도착하는 바람에 정원에서 야수 놀이에 몰두해 있던 나와 로빈과 비키는 모두 꼴이 엉망이었다.)

헨리는 회색 플란넬 정장에 빨간 넥타이를 매고 티 한 점 없이 깔끔한 모습으로 왔지만 부모가 떠나자마자 다 벗어 던지고 금세 불량한 모습이 되어 마치 제 집에 온 양 거칠고 요란한 목소리로 떠들어 댄다. 로버트는 대체 왜인지 헨리의 이름을 기억하지 못하고 자꾸 프랜시스라고 부른다. (두 이름 사이에 어떤 연결고리가 있는지 아무리 생각해도 모르겠다.)

두 소년은 아래층으로 내려와 저녁을 먹는다. 놀랍게도 헨리는 식사가 시작할 때부터 끝날 때까지 모터보트와 비행기, 잠수함에 관한 정보를 줄줄이 쏟아 놓는다. 정말이지 방대한 지식을 가졌다. 그러나 로빈과 함께 침대로 가서 어린아이처럼 파란 줄무늬 잠옷을 입고는 복도의 불빛이 들어오게 문을 열어 놓아 달라고 부탁하는 모습을 보니 어쩐지 마음이 놓인다.

나는 아래층으로 내려가 로버트에게 (어떤 대답이 나올지 너무도 잘 알기에 아주 조심스럽게 에둘러서) 묻는다. 혹시 다음 주에 마드무아젤과 나, 아이들이 바닷가에서 하루를 보낼 수 있도록 차로 태워다 줄 수 있느냐고. 딱히 기대하지 않지만 기대하는 척하며 슬쩍 덧붙인다. 혹시 한두 사람을 초대해서 피크닉을 즐기면 좋지 않겠느냐고. 로버트는 경악하며 꼭 그래야 하느냐고 되묻는다. 하지만 좀 더 논의한 뒤 날씨가 좋으면 그렇게 하겠다고 대꾸한다. (그가 지금부터 매일 기우제를 지낸다고 해도 놀랍지 않을 듯.)

8월 10일

우체국 창문으로 미스 팬커톤이 보이는 순간 나는 잠시 카운터 밑에 숨을지 뒷문으로 나가버릴지 진지하게 고민한다. 하지만 아이들 때문에 어쩔 수가 없다. 그리고 솔직히 말하면 여우체국장의 흥미로운 얘기도 포기할 수 없다. 지난주 월요일 퀸스헤드 술집의 W 부인이 신청한 별거 명령에 대해 판사가 이례적인 판결을 내놓았다는 것이다. W 씨가 예전에 테인머스 마을의 풍경을 손으로 그려 넣은 접시를 침실 저편으로 던졌다는 건(우체국장의 표현을 빌리면, "정말 이쪽 끝에서 저쪽 끝으로 던졌다니까요.") 누구나 아는 사실이라고 그녀는 말한다. 여기까지 들었을 때 드디어 미스 팬커톤이 침입한다. 양치기 개 두 마리와 껑충한 소년들과 함께.

소년들은 놀러 온 조카들이라고 한다. 로빈과 헨리, 비키와 사이좋게 지내라고 하자 모두가 질색하는 표정을 주고받는다. 하지만 안타깝게도 비키는 키가 가장 큰 조카를 보고 빙긋 웃는다. 그 아이는 전혀 눈치채지 못한 것 같은데. 미스 팬커톤은 갑자기 헨리에게 달려들며 말한다. 어머, 아드님인가 봐요. 눈이 꼭 닮아서 누구든 알아보겠네. 굳이 아무도 반박하지 않는다. 하지만 내가 보기에 헨리는 딱히 잘생긴 얼굴이 아니라서 기분이 상한다.

우체국장이 (아마도 분위기를 무마하기 위해서) 끼어든다. 2실링짜리 우표집 달라고 하셨죠? 있긴 한데 항상 3실링짜리를 가져가시잖아요. 나는 그렇긴 하지만 지금은 2실링밖에 없다고 설명한다. 그녀는 괜찮다고, 1실링은 해럴드가 우편배달 할 때 받아오면 된다고 다독인다. 나는 좋다고 대꾸한다. 뒤에서 미스 팬커톤이 토머스 하디 소설의 한 장면 같다고 떠들어 대지만 못 들은 척 넘긴다.

그런 뒤 우리는 모두 함께 우체국을 나선다. 팬커톤의 조카 중 가장 어린 녀석이 불쑥 말하길, 예전에 자기 집에서 물이 욕실 바닥을 지나 식당까지 흘러 들어갔단다. 비키가 아, 하고 대꾸한다. 얼마간 정적이 흐른다. 이윽고 미스 팬커톤이 다른 조카에게 개 꼬리를 비틀지 말라고 하자 조카가 어이없다는 듯이 되묻는다. 왜요? 미스 팬커톤이 다시 말한다. 노엘, 그만해.

메모 아이들이 끼어 있으면 대화가 알 수 없는 방향으로 흘러가는 것 같다. 발달 단계 가운데 어디쯤에 이르러야 대화의 지속성을 추구할 수 있게 될까 궁금해진다. 하지만 그런 단계는 끝내 오지 않는 것 같다는 불안한 생각이 들기도 한다. 미스 팬커톤과 이 문제를 논의해 볼까 잠시 고민하다가 마음을 접는다. 어차피 그녀는 어느새 H. G. 웰스에 관해 떠들어 대고 있는데, 딱히 방해하고 싶지 않다. 미스 팬커톤은 웰스와 버나드 쇼를 비교하는 건 말도 안 된다고(어차피 나는 둘을 비교할 생각조차 해본 적이 없는데) 열을 올린다. 그때 그녀의 조카 하나와 헨리가 서로 정강이를 걷어찬다. 그만하라고 하자 팬커톤의 조카가 부들부들 떨며 말한다. 쟤한테 내 이름은 노아가 **아니라** 노엘이라고 알려 주세요. 오해는 풀렸지만 어차피 그 조카는 아이들에게 노아로 남았다. 분명 앞으로 수년 동안 그럴 것이다. 멋진 별명을 떠올린 헨리는 박수를 받는다.

미스 팬커톤이 이런 상황을 마뜩찮게 여기는 것 같아서 나는 화제를 돌리려고 황급히 그들을 다음 주 해변 피크닉에 초대한다. ^{의문} 자연스럽게 나온 듯 보이는 제안과 초대의 동기를 면밀히 들여다보면 유익하지 않을까? ^답 분명 유익하겠지만 대개는 고통이 따를 것 같다. 하지 않는 편이 좋을 듯.

우리는 교차로에서 팬커톤네와 헤어진다. 하지만 이미 미스 팬커톤은 피크닉 초대를 받아들였다. 게다가 그녀는 이렇게 덧붙인다. 그때쯤 글을 쓰는 친한 친구와 내 오빠가 오기로 했거든요. 함께 가면 좋겠지만 일이 너무 커지는 게 아닌지 모르겠네요. 나는 아니라고, 걱정 말라고 대꾸한다. 피크닉 접시 대여섯 개와 법랑 컵 대여섯 개를 사야 하나 말아야 하나 고민했는데 이제 확실히 정해진 것 같다. 새 보온병도 하나 사지 않으면 곤란할 듯. 미스 팬커톤은 정말 재미있을 것 같다며 자기들이 먹을 샌드위치는 직접 준비하겠다고 한다. 내가 기겁하며 극구 말리자 그녀가 묻는다. 정말요? 나는 똑같은 강조의 어조로 말끝을 내려 대꾸한다. 정말요. 그런 뒤 우리는 헤어진다.

로빈은 내가 왜 그들을 피크닉에 초대했는지 모르겠다고 투덜거린다. 나도 마찬가지라고 말하고 싶지만 참을 수밖에. 헨리는 유압식 승강기의 원리를 내게 설명해 준다.

점심 먹기 전에 씻으라고 아이들을 올려 보낸다. 늦지 않게 빨리 씻고 내려오라고 몇 번이나 소리치지만 결국 글래디스가 10분이나 늦게 종을 울린다. 부아가 나지만 양고기 구이와 민트 소스를 먹는 내내 지적할까 말까 갈등하다가 과일 샐러드가 나오는 순간 까맣게 잊어버린다. 요리사가 바나나를 빼고 로건베리를 넣는 엄청난 실수를 저지른 탓이다.

8월 13일

요리사에게 피크닉 도시락 얘기를 꺼낸다. 대략 열 명쯤 될 것 같다고. "열 명"이라고 딱 잘라 말하기보다는 "대략" 열 명쯤이라고 얘기해야 인원이 좀 더 적어 보일 것 같아서다. 하지만 요리사는 아랑곳 않고 대뜸 말한다. 샌드위치 재료가 어디 있어요? 제 눈에는 전혀 안 보이는데. 정육업자도 글피에나 올 테고 그때도 아이리시스튜에 들어갈 양 목살만 가져올 거예요. 아무래도 이제 요리사에게 좀 더 강경한 태도를 보여줄 때가 된 것 같다. 그래서 말도 안 되는 소리 말라고, 당장 농장에 닭고기를 주문하고 샌드위치용으로 차갑게 조리하라고 단호하게 이른다. 그래놓곤 그녀 못지않게 나도 놀란다. 요리사는 못 하겠다고 (그래도 누그러진 목소리로) 대꾸한다. 나는 여세를 몰아서 통조림 양념 고기와 삶은 달걀도 추가로 주문하라고 지시한다. 요리사의 완패. 나는 의기양양하게 부엌을 나선다. 그때 복도에서 마주친 비키가 (부엌에 들리고도 남을 만큼) 낭랑한 목소리로 묻는다. 엄마가 응접실 난로 쇠살대에 담배꽁초를 던져서 저절로 불이 붙은 거 알아요?

8월 15일

피크닉 가는 날. 기이하고 골치 아픈 상황이 연이어 펼쳐졌다. 출발부터 좋지 않았는데, 이건 간밤에 로빈과 헨리가 바깥 정자에서 자고 싶다는 이상한 충동에 이끌린 탓이다. 마드무아젤과 나는 정자를 꾸며 주었다. 심지어 마드무아젤은 탁자에 작은 꽃병도 놓아 주었다. 혹시 아이들이 들어오고 싶을까 봐 서재 창문을 열어놓고 잤는데, 아니나 다를까 새벽 2시에 녀석들은 들어오기로 결심한다. 헨리는 담요 여러 장으로 몸을 감싸고 위층으로 올라가다가 발이 걸려 넘어지고 로빈은 복도의 의자에 걸려 헬렌 윌스를 밟는다.

　로버트와 나는 잠에서 깬다. 로버트는 잔뜩 짜증이 났다. 마드무아젤이 가운을 걸치고 작은 회색 숄로 머리를 감싼 채 계단참으로 나오다가 잠옷 차림의 로버트를 보고는 비명을 지르며 후다닥 도망친다. (프랑스 사람들은 어떤 면에선 아주 조신한 반면 어떤 면에선 정반대인 것 같다.)

　변명하려는 헨리와 로빈을 간신히 말려 침대로 보낸다. 복도를 지나 내 방으로 돌아갔을 때 비키가 깨는 소리가 들리더니 "나도 가면 안 돼?" 하며 떼를 쓰기 시작한다. 본능이 내게 지시한다. (뭐라고 집어 말할 순 없지만 모성 본능보다 더 강한 본능이다.) 그냥 마드무아젤에게 맡기고 잠을 자라고. 나는 망설임 없이 그 본능을 따른다.

　다시 잠자리에 들지만 어쩐지 하루의 시작이 썩 좋지 않다는 생각에 자다 깨기를 반복하다가 결국 글래디스가 (10분 늦게) 나를 깨운다. 매번 시간을 어겨서 곤란하지만 로버트가 눈치채지 못한 것 같아서 굳이 지적하지 않는다.

하늘은 잿빛인데 비가 올 것 같진 않고 기온이 크게 떨어지지도 않았다. 모든 준비가 끝나자 미스 팬커톤이 (레인코트와 초록색 니트 모자, 커다란 노란색 장갑 차림으로) 커다란 포드 승용차를 타고 나타난다. 조카들과 개들, 두 남자까지 끼어 탔다. 두 남자는 (나중에 알고 보니 밴쿠버 출신인) 팬커톤 오빠와 글을 쓴다는 친구다. 이 친구는 키가 아주 크고 창백한 사내인데 미스 팬커톤은 마치 소유주라도 되는 듯한 태도로 그를 "재스퍼"라고 소개한다. (어쩐지 로버트와 재스퍼가 서로 좋아하지 않을 거라는 예감이 든다.)

가볍게 날씨 얘기를 주고받은 뒤 차의 자리를 정하는 데 많은 시간을 허비한다. 아이들은 모두 남보다는 가족이나 친척과 함께 앉고 싶어 하는데, 헨리는 빌려온 차가 훨씬 더 좋아 보인다며 운전석 옆에 앉게 해달라고 조른다. 상황을 더욱 복잡하게 만드는 건 개들이다. 로버트가 하루 동안 개들을 별채에 가둬 놓자고 제안하지만 미스 팬커톤은 마음이 아파서 안 될 것 같단다. 그러더니 바구니들 사이에 똥을 쌀 수도 있다고 덧붙인다. (실제로 두 마리 모두 결국 마드무아젤의 발밑에 똥을 쌌다. 마드무아젤은 절망한 얼굴로 내게 혹시 휴대용 오드콜로뉴를 챙겼느냐고 묻는다. 그럴 리가.)

늘 그렇듯 피크닉 바구니들은 몹시 무겁고 보온병들이 불편한 각도로 튀어나와 자꾸 우리 다리에 부딪친다. (나는 아주 적절하게 존 길핀*의 말을 인용하지만 아무도 귀담아 듣지 않는 듯.)

　15킬로미터쯤 달렸을 때 비가 오기 시작하더니 그칠 기미가 보이지 않는다. 차들이 멈춰 서자 우리는 두 파로 나뉜다. 미스 팬커톤이 이끄는 한쪽은 우리가 비를 벗어나고 있다고 주장하고 밴쿠버 출신 오빠가 이끌고 로버트가 열렬히 지지하는 다른 한쪽은 우리가 빗속으로 들어가고 있다고 주장한다. 쉽게 예상할 수 있듯이 미스 팬커톤이 승리해서 우리는 계속 나아간다. 하지만 어째 갈수록 빗속으로 점점 더 들어가는 기분이다. 목적지에 이르자 빗속으로 너무 깊숙이 들어가서 과연 빠져나갈 수 있을까 싶다.

　로버트가 방갈로 세 채를 빌려 그 안에서 점심을 해결한다. 아이들은 신나서 이리저리 뛰어다닌다. 미스 팬커톤은 로버트에게 우애결혼**이 어쩌고저쩌고 떠들어 대지만 로버트는 대꾸하지 않는다. 재스퍼는 내게 제임스 엘로이 플레커***를 어떻게 생각하느냐고 묻는다. 제임스 엘로이 플레커가 정확히 무얼 하는 사람인지 기억나지 않아서 그저 여러 면에서 아주 훌륭한 사람이라고(분명 그럴 테니까) 대꾸한다. 재스퍼는 흡족한 표정을 지으며 토마토 샌드위치

●　영국의 시인 윌리엄 쿠퍼의 희극 시에 등장하는 주인공.
●●　피임과 이혼의 자유를 인정하고 우애와 성적 만족을 중심으로 하는 시험적 결혼의 형태.
●●●영국의 소설가 겸 극작가.

를 먹는다. 아이들이 터무니없는 옛날 수수께끼를 내자 미스 팬커톤은 짜증난 얼굴로 비가 그쳤나 봐야겠다고 한다. (그치지 않았다.) 어떻게든 그녀와 아이들을 떼어 놓아야 할 것 같아서 로버트에게 다급하게 속삭인다. 비가 오든 말든 아이들을 내보내야 한다고.

아이들은 밖으로 나간다.

미스 팬커톤은 활기를 되찾더니 대뜸 재스퍼에게 묻는다. 영국 가정생활에 빅토리아 시대의 유물이 여전히 남아 있다는 내 말이 무슨 뜻인지 **이제** 알겠지? 그 말에 밴쿠버 출신 오빠가 (당연히도) 질색하며 빗속으로 달려 나간다. 재스퍼는 그래, 그래, 하고는 한숨을 쉰다. 나도 얼른 사라진 접시를 찾는 척하며 딴청을 부린다.

멱을 감고 흠뻑 젖은 아이들이 사방에 물을 떨어뜨리고 다닌다. 우리는 아이들의 물기를 닦아준 뒤(마드무아젤은 다들 폐렴에 걸려 죽을 거라고 호들갑을 떤다) 다시 차로 향한다. 개 한 마리가 사라졌다가 물에 빠진 생쥐 꼴로 나타나선 비키와 헨리, 조카 한 명의 무릎을 차지한다. 이제는 말릴 힘도 없다. 마침내 우리는 출발한다.

미스 팬커톤과 재스퍼, 팬커톤의 오빠, 조카들, 개들까지 모두 들어와서 몸을 말리고 차를 마시라고 권하지만, 모두들 양심 때문인지 사양한다. 나도 더 고집하지 않고 내심 고마워하며 그들이 떠나는 모습을 지켜본다. (손님 접대의 의지가 전적으로 편의에 따른다고 생각하면 심히 유감스럽지만 실제로 그런 것 같다는 의혹을 떨칠 수 없다.)

로버트는 내내 극도의 인내심을 발휘한다. 그저 흠! 하고 넘어갈 뿐 더 나쁜 말은 하지 않았으니까. 다만 그 한마디가 매우 의미심장하다.

8월 16일

아침 식사 자리에서 로버트가 대뜸 묻는다. 그 추잡해 보이는 자식은 대체 무얼 해서 먹고 살아? 재스퍼 얘기라는 것을 바로 알아차리지만 내가 내줄 수 있는 정보라곤 글을 쓴다는 사실뿐이다. 로버트는 그런 일을 딱히 존중하지 않는 듯하다. 한술 더 떠서 어제의 비가 그 자식을 끝장냈으면 좋겠다고 말한다. 이 동네를 떠났으면 좋겠다는 건지 지구상에서 사라지길 바란다는 건지 모르겠지만 묻지 않는 편이 나을 듯. 그건 그렇고, 혹시 어제 같은 상황에서 마리아 에지워스의 소설 《기쁨의 파티》와 거기 나오는 로자먼드가 떠오르지 않았느냐고 내가 묻는다. 대답이 없다. 결국 우리의 대화는 늘 그렇듯 단순하게 돌아간다. 커피가 조금 쓰다느니, 이 근방에선 정말 맛있는 베이컨을 구할 수 없다느니, 등등. 로빈이 불쑥 들어오는 바람에 그마저도 끊어진다. 녀석은 대뜸 이렇게 말한다. "헬렌 윌스가 새끼 낳을 때가 되지 않았어요? 요리사가 그럴 거라고 하던데."

그 말에 제 아빠가 짤막하게 무어라 외쳤는데, 부디 로빈이 못 알아들었길.

8월 18일

세찬 비가 내렸다. 아이들이 변장 놀이를 하겠다기에 허락해 주고 내 옷장에서 괜찮은 옷 몇 벌을 내주었다. 덕분에 30분쯤 조용히 책상 앞에 앉을 시간이 생겼다. 빵집에 그저 그런 흑빵을 주문하고 편지지들 사이에서 발견한 그림엽서에 로즈에게 편지를 쓴다. 어디서 났는지 모르지만 케임브리지의 아름다운 풍경이 담긴 엽서다. 로빈의 학교장 아내에게도 주로 스타킹에 관해 편지를 쓴다. 뭐, 나중에는 무용 대신 권투를 배우게 될지도 모를 일이지만. 마지막으로 아직 정원에 볼거리가 남아 있을 때 한 번 더 차를 마시러 오라고 우리 부부를 초대한 레이디 프로비셔에게 답장을 쓴다. (정원에 볼거리가 싹 사라졌을 때 가서 평화롭게 훌륭한 차를 마시면 훨씬 더 좋겠다고 쓰고 싶지만 이번에도 예의를 위해 진실을 희생한다.)

그런 다음 커다란 사각형의 얇은 파란색 봉투를 집어 든다. 바버라 커루더스의 편지는 글씨를 알아보기도 어렵고 이번에는 기이한 보라색 장식 때문에 더더욱 읽을 마음이 나지 않는다. 그래도 읽어 보려고 마음을 가다듬는 순간, 초인종이 울린다.

레이디 복스인가 싶어 최근 남프랑스에 다녀온 얘기를 하려고 서둘러 연습한다. (다녀온 기간은 정확하게 명시하지 않을 생각이다.) 내가 얼마나 저명한 사람들과 어울렸는지, 특히 여자작과 얼마나 즐거운 시간을 보냈는지 따위를 머릿속으로 되짚어 본다. 심지어 급할 때 쓰려고 책상 서랍에 넣어 놓은 휴대용 머리빗과 거울, 작은 파우더까지 십분 활용한다. (한참 뒤에야 알게 된 사실이지만 파우더를 너무 많이 발랐다. 스코틀랜드의 시인은 자신의 결점을 남들처럼 알아차릴 수 있는 능력을 주십사 노래했건만 예전에도 여러 번 느꼈듯 그런 능력을 갖지 못해서 참 다행인 것 같다.)

문이 열리더니 미스 팬커톤이 들어오고 재스퍼가 (마지못해 끌려온 듯) 뒤따라 들어온다. 미스 팬커톤은 군인이 쓸 법한 망토를 걸치고 전에 썼던 베레모를 썼다. 전혀 어울리지 않는 조합인 데다 어쨌든 망토에서 가구로 빗방울이 떨어질 것 같아서 벗으라고, 부디 벗으라고 한사코 권한다. 그녀는 동작을 크게 해가며 망토를 벗는다. (동네 영화관에서 《삼총사》를 보고 온 게 아닐까 싶다.) 안타깝게도 꽤 묵직해 보이는 망토의 끝자락이 재스퍼의 눈을 때린다. 미스 팬커톤은 별 일 아닌 듯이 넘겨 버리지만 재스퍼는 몹시 괴로운 듯 깊은 실의에 빠져선 한동안 커다란 노란색 손수건을 눈에 대고 있다. 눈을 물로 씻어 보겠냐고 물어볼까 잠시 고민한다. 하지만 그러려면 위층 욕실로 데려가야 할 텐데 위층 욕실은 지저분할 게 분명하다. 그사이 프루스트 이야기를 지껄여 대는 미스 팬커톤에게 지적인 호응을 해주느라 정신이 없다.

내가 넋을 빼앗긴 사이 어느새 대화는 이름 얘기로 넘어갔다. 미스 팬커톤이 말하길, 꽃 이름은 전부 다 이상한 것 같단다. 정신을 차려 보니 내가 장미를 뜻하는 로즈라는 이름은 예쁘지 않느냐고, 내 친한 친구의 이름이 로즈라고 생각 없이 지껄여 대고 있다. 미스 팬커톤은 그런 얘기가 아니라고 대꾸한다. 지당한 말씀. 재스퍼는 여전히 다친 눈을 문지르며 근엄하게 말한다. 명명법의 진가를 진정으로 이해하는 사람들은 러시아인들뿐이에요. 또 정신을 차려 보니 내가 너무도 무심하고 경솔하게 지껄이는 소리가 들린다. "이반 이바노비치"라고. 내가 저능한 상태에 빠진 건 아닐까 문득 궁금해진다. 게다가 아무래도 미스 팬커톤에게 도스토옙스키 얘기를 꺼낼 구실을 던져준 것 같다. 도스토옙스키에 관해선 듣고 싶지도 않고 상대할 능력도 없는데 말이다.

그때 예기치 못한 사건이 일어난다. 로빈과 헨리, 비키가 들어온 것이다. 로빈은 내 모피외투와 지난여름에 산 각진 빨간색 밀짚모자 차림으로 으스대며 걸어 들어오고, 헨리는 파란 가운과 마드무아젤의 스카프 여러 장을 걸치고 낡은 모피 장갑을 낀 채 전혀 어울리지 않는 주황색 학생 모자를 썼다. 비키는 알몸에 무릎까지 오는 작은 초록색의 실크 반바지만 달랑 입고 머리엔 처음 보는 검은색 펠트 모자를 비스듬히 썼다.

모두 당황해서 아무 말도 못하고 있는데, 비키가 아주 침착하게 걸어와선 우아하게 "안녕하세요?" 하고 인사하더니 재스퍼 그리고 미스 팬커톤과 차례로 악수한다. 이왕 망신살이 뻗친 터, 내친 김에 나는 아이들이 변장 놀이를 하고 있었다고 실토한다.

분위기가 몹시 껄끄러워지고 비키 혼자 쾌활하게 최근에 다녀온 피크닉을 회상하지만 아무도 호응하지 않는다. 이 정도의 망신으론 부족했는지 결국 비키가 복도에서 주워 쓴 검은색 모자가 사실은 재스퍼의 것이었다는 사실이 밝혀진다. 나는 연신 사과하지만 아이들은 킬킬거린다. 미스 팬커톤은 부자연스러울 정도로 눈썹을 한껏 치올리며 자리에서 일어나더니 무심하게 그리고 거만하게 책장을 살핀다. 재스퍼는 걱정하지 말라고, 괜찮다고 말하며 아주 조심스럽게 모자를 받아 들곤 손가락 두 개로 톡톡 먼지를 턴다.

미스 팬커톤이 라디오에서 나오는 브람스 협주곡을 놓칠 수 없다며 그만 가야겠다고 하자 그제야 나는 안도의 한숨을 내쉰다. 그런 건 절대 놓쳐선 안 된다고 황급히 맞장구치며 로빈에게 문을 열라고 지시한다. 모두가 복도를 지나갔을 때 하필 글래디스가 오후 차 시간을 알리는 종을 울린다. 별 수 없이 나는 차를 권한다. 다행히 미스 팬커톤은 고맙지만 점심과 저녁 사이엔 아무것도 먹지 않는다고 대꾸한다. 재스퍼는 그저 내 말을 못 들은 척한다.

결국 두 사람은 비가 쏟아지는 밖으로 나간다. 재스퍼는 검은 펠트 모자를 쓴 채 우아하고 조그만 우산 밑으로 피신하지만 미스 팬커톤은 비를 아랑곳하지 않고 한 번 더 장군처럼 군용 망토를 휘둘러 쓴다. (재스퍼는 움찔하며 멀찍이 물러선다.) 로빈이 아주 못마땅한 투로 내게 묻는다. 엄마는 저 사람들이 **좋아요?** 나는 그저 무시하고 차 마실 시간이니 손을 씻으라고 이른다. 늘 그렇듯 꼭 손을 씻어야 하는가 하는 논쟁이 벌어진다.

가끔 〈타임스〉에 편지를 써서 이 논제에 관해 부모와 자식 사이에 의견 일치를 본 사례가 있는지 알아보고 싶다. 그래 봐야 생각뿐이지만. 철저하게 파헤친 수많은 연구들보다 훨씬 더 공감을 끌어낼 수 있는 주제인 것 같다.

8월 25일

R. 시드넘 상회의 태도에 마음이 상한다. 구근 식물을 빨리 주문하라고 재촉하는 소책자를 보내 놓고 아이들 방학이라 몹시 바쁜 상황에서도 불편을 감수하며 주문했더니 물건이 "준비되면" 보내겠다는 엽서가 왔다. 추천 상품 여섯 포기와 페이퍼 화이트 열두 포기, 조기 개화종 열두 포기, 수염뿌리와 이끼와 숯 4갤런을 주문했는데 모두 취소할까 진지하게 고민한다. 그런데 막상 그럴 수도 없는 것이, 짝이 맞지 않는 화분들과 흠집 난 법랑 대야, 커다란 붉은색의 유리 잼 그릇, 사용하지 않는 할머니의 버들 무늬 족욕통 따위를 보완하려고 최근 울워스 마트에서 색색의 화분을 사놓았다.

　헨리가 떠났다. 즐겁게 지내다 간다고 인사했는데 부디 진심이길 바란다. 로빈도 친구의 집으로 떠났다. 기차로 솔즈베리까지 가면 친구의 삼촌이 마중 나오기로 했다.

^{의문} 다른 사람들은 어떻게 친척들에게 자주 이런 도움을 받는 걸까? 윌리엄과 앤젤라 부부는 모르는 아이들을 솔즈베리나 다른 곳에서 데려와 달라는 부탁을 흔쾌히 들어줄 것 같지 않은데.

비키와 마드무아젤, 나는 현관에서 손을 흔들며 작별 인사를 한다. 늘 그렇듯 비가 주룩주룩 내리고 있다. 비키는 혼자 남는다는 생각에 울적한 모양이다. 불난 집에 부채질을 하듯 마드무아젤이 집 안으로 들어오면서 다시 한번 외친다. "옹 디레 윙 통보!"[*]

두 번째 우편배달로 히말라야에서 바버라의 편지가 도착한다. 문득 지난번 편지도 아직 못 읽었다는 사실을 깨닫고 기겁한다. 시간도 없고 글씨를 알아보기도 어려운 데다 현지 하인들 얘기만 가득한 것 같아서 미뤄 두었다. 가책을 느끼며 이번 편지를 뜯어보니 짤막할 뿐 아니라 현지 하인들 얘기도 없어서 편안한 마음으로 읽기 시작한다. 게다가 아주 흥미로운 소식이 담겨 있는데, 바버라가 빙빙 돌려 표현하긴 했지만 오해의 여지는 없을 것 같다. 마드무아젤에게 얘기하자 대번에 눈물을 훔치며 하는 말, "아, 콤세 투샹!"[**] 좀 과한 반응인 듯.

---

* 꼭 무덤 같네!
** 아, 너무 감동적이에요!

로버트에게 소식을 전하자 정반대의 반응을 보이며 짤막하게 대꾸한다. "그럴 수도." 마침 목사님 아내가 찾아온다. 내게 아들일지 딸일지 물어보고 나와 함께 당장 블렌킨솝 노부인에게 가서 축하해 주자고 제안하러 온 게 분명하다. 나는 편지에서 바버라가 비밀로 해달라고 부탁했다는 점을 다시 일러준다. 그러자 목사님 아내는 아참, 그렇지, 하며 자기가 깜빡했다고 덧붙인다. 그러면서 블렌킨솝 부인도 틀림없이 알고 있지 않겠느냐고 한다. 그래도 바버라는 우리가 안다는 사실을 어머니가 알게 하고 싶지 않을 거라고 내가 말하자 그녀는 수긍하며 토마스 아 켐피스*의 말을 인용해 신중해야 한다고 결론 내린다. 이어 우리는 히말라야의 교육 시설과 (우리 둘 다 못났다고 생각하는) 커루더스의 코, 그리고 쌍둥이 잉태의 장단점에 관해 논의한다. 차 마실 시간이 다가오자 목사님 아내는 사양하며 책 얘기를 늘어놓는다. 자기는 늘 손에 단단한 무언가를 들고 있는 게 좋단다. 내가 미스 팬커톤 얘기를 꺼내자 그 여자는 잘 모르겠다고, 그래도 아직 이렇다 저렇다 판단하기엔 이르다고 맞장구친다. 그런 뒤 한 번 더 차를 사양하곤 이제 가야 한다고 고집한다. 하지만 결국 가지 못하고 차를 마신 뒤 나와 함

---

* 15세기 독일의 성직자.

께 잔디밭을 왔다 갔다 하며 마을회관 부지 매입과 관련해 레이디 복스가 터무니없는 행동을 했다고 떠들어 댄다. 언제나 그렇듯 그런 얘기로 우리는 우정을 더욱 돈독히 다진 뒤 마침내 헤어진다.

8월 28일

피크닉을 갔다. 요리사가 깜빡하고 설탕을 넣지 않았다. 로빈을 초대한 집의 안주인에게 아이가 잘 도착했다는 엽서가 왔지만 아이의 행동이나 인상에 관해선 아무런 언급이 없어서 괜히 불안하다.

8월 31일

다른 사람들은 모두 수개월 전에 읽은 비타 색빌웨스트의 《에드워드 시대의 사람들》을 이제야 읽었다. 즐겁고 흡족한 경험이었다. 아주 오래전에 비타 색빌웨스트와 함께 로열 앨버트 홀에서 무용 수업을 들은 적이 있지만 그런 얘기를 하면 모두들 내가 자랑한다고 생각할 테니(사실이 그렇다) 말하지 않는 편이 좋을 것 같다.

어차피 나는 무용에 딱히 소질이 없고 로열 앨버트 홀에서 공연한 것도 대단한 일은 아니니까 잊는 편이 좋을 듯. 로빈에게서 짤막한 편지를 받고 기뻐한다. 그런데 막상 열어 보니 집에서 기르는 동물들 얘기만 잔뜩 적혀 있다. 배를 타고 나가서 다이빙을 할 계획이라고도 하는데, 구체적인 날짜는 적지 않았다. 아이의 이야기에 일일이 호응하며 답장을 쓰지만 나는 현대적인 엄마이니 다이빙을 언제 하느냐고 묻는 건 삼가기로 한다.

9월 1일

역에서 소포가 도착했다는 엽서가 왔다. 주문한 구근 식물과 수염뿌리, 이끼, 숯이 도착한 모양이다. 로버트에게 오늘 오후에 가져오면 안 되겠냐고 넌지시 묻자 시큰둥한 반응을 보인다. 그러곤 내일 로빈과 학교 친구를 마중하러 갈 때 가져오겠다고 한다.

메모 남자는 식탁 앞에 앉는 일과 잠자리에 드는 일을 제외하곤 거의 모든 일을 미룬다는 것이 여자와의 큰 차이점이다. 싸구려 문구점에서 자주 세일하는 '지금 당장 하라'는 표지판을 사서 남편에게 내밀어 볼까 싶지만, 다시 생각해 보니 가정의 화합에 도움이 되지 않을 듯.

구근 식물을 어떻게 키울지 진지하게 고민해 본다. 그러곤 다락 바닥에 식물과 화분들을 놓을 신문지를 펼쳐 놓는다. 어떤 방법을 썼는지, 그에 따라 어떤 결과가 나왔는지 꼼꼼히 기록했다가 나중에 참고하기로 결심한다. 기록할 공책을 찾다가 작은 초록색 수첩을 발견한다. 첫 두 쪽에 밑도 끝도 없는 메모가 적혀 있는데 내 글씨가 틀림없다. 'sh에 Kp. p. 두 번의 p. w. 실패 없이 할 것.' 또는 'H에게 12X8인치가 아니라고 말할 것.' '물세탁 가능한 f. c.를 찾을 것.' 이런 식이다. 해석해 보려고 한참 끙끙거리다가 결국 포기하고 두 장을 뜯어낸 뒤 "구근 식물"이라고 쓰고 내일 날짜를 적는다.

9월 2일

로버트가 로빈과 미키 톰프슨이라는 친구를 역에서 데려왔다. 그런데 안타깝게도 구근 식물 찾아오는 걸 깜빡했단다. 미키 톰프슨은 매력적인 소년이다. 잘 웃기도 하고 웃을 때마다 들어가는 보조개가 얼마나 예쁜지 모른다.

메모 엄마들은 늘 자기 자식이 다른 아이들보다 낫다고 생각한다는데, 사실은 전혀 그렇지 않다. 속상하지만 미키는 외모로나 매력으로나 예절로나 분명히 로빈과 비키보다 월등하다.

9월 4일

미키 톰프슨은 여전히 쾌활한 성격과 깍듯한 예절, 기운 넘치는 모습으로 매력을 발산하고 있다. 이것저것 물어보다가 녀석이 고아라는 사실을 알았다. 솔직히 나는 전혀 놀라지 않았다. 부모의 보살핌을 받지 못하면 오히려 아이들의 교육에 이롭다는 것을 자주 느꼈으니까. 구근 식물은 아직 역에서 돌아오지 못했다.

9월 10일

피크닉과 해수욕을 다녀오고 얼음을 찾아 플리머스 카페에도 다녀왔지만 일기를 쓰지 못했다. 마드무아젤은 배탈이 난다느니 폐병에 걸린다느니, 심지어 뇌에 문제가 생긴다느니 끊임없이 잔소리를 해댔지만 어느 것 하나 현실이 되지 않았다.

9월 11일

미키 톰프슨이 떠났다. 하지만 내 관심은 그보다 역에서 돌아오는 로버트에게 쏠려 있다. 이번엔 구근 식물과 수염뿌리와 이끼와 숯을 찾아온다. 오후 내내 구근 식물을 심으면서 비키와 로빈에게 많은 조언을 듣고 작은 초록색 수첩에 상세히 기록해 둔다. 조심조심 다락 안쪽의 어두운 구석으로 전부 옮겨 놓으려고 하는데 갑자기 비키가 놀라운 소식을 가져온다. 헬렌 윌스가 벌써 그 자리를 차지하고 새끼 여섯 마리를 새로 낳았다는 것이다.

한바탕 소요가 일지만 나는 아빠가 웬 소란이냐고 묻기 전에 진정하는 편이 좋겠다고 에둘러 말한다. 아이들은 그러겠다고 하는데 도무지 믿을 수가 없다. 인도적 양심에 따라 헬렌 윌스와 가족의 평화를 깨지 않으려 구근 식물은 다른 구석에 놓는다.

9월 20일

엽 주의 여성회 총무에게서 편지가 왔다. 내가 얼마나 바쁜지 잘 알지만(모르는 게 분명하다) 칙과 리틀마치, 크림펑턴의 여성회가 다음 달 연설자를 확보하지 못해서 어려움을 겪고 있다고 한다. 누군 가의 아들이 파타고니아에서 휴가차 다니러 온다느니, 켄트주 브롬리에 사는 딸이 (위중하진 않지만) 아프다느니 하는 정보가 이어지고, 회장도 멀리 있어서(회장의 나이 많은 친척의 하녀가 휴가차 집을 비운 탓에 회장이 그 집에 갈 수밖에 없어서) 총무는 어찌해야 할지 도통 모르겠단다. 그래서 말인데 혹시 (표현이 조금 이상하긴 하지만) 정말 최악의 상황이 온다면 내가 세 지역의 여성회 회의를 돌며 연설을 해줄 수 있느냐는 것이다. 날짜와 시간, 칙과 리틀마치 사이의 버스 노선, 리틀마치에서 크림핑턴행 기차역까지 나를 2인승 자동차로 태워다 줄 의사의 여동생 등의 정보가 적힌 쪽지를 따로 첨부했다. 크림핑턴에 도착하면 언제나 친절하고 사회 운동에 호의적인 레이디 막달렌 크림프와 함께 크림핑턴 홀 저택에서 하룻밤을 묵게 될 거라고 총무는 의기양양하게 덧붙였다. 그리고 추신으로 이렇게 적었다. 여행 이야기는 언제나 인기 있지만 내가 좋아하는 주제라면 무엇이든 상관없다고. 참고로 칙 사람들은 민속에 관심이 많고 리틀마치 사람들은 수공예를 좋아한다고. '하지만 내가 원하는 주제가 있다면 무엇이든' 좋다고. 두 번째 추신으로 혹시 크림핑턴의 시 낭송 대회 심사도 함께 봐줄 수 있느냐고 묻는다.

한참 고민하다가 어차피 다음 주에는 로빈이 학교로 돌아갈 테니 허전한 마음을 달랠 겸 승낙하기로 한다. 마드무아젤에게 곧 연설을 위해 짧은 순회를 하게 될 거라고 가볍게 흘리자 그녀는 몹시 감동한다. 비키가 묻는다. "순회라면 서커스 같은 거야, 엄마?" 의도는 순수했지만 참으로 기막힌 유추인 것 같다. 내가 대꾸한다. "아니, 서커스하고는 완전히 달라." 그러자 마드무아젤이 거들먹거리며 끼어든다. "서커스보다는 선교에 가깝지." 나는 전혀 동의하지 않지만 뭐라 말할 새도 없이 글래디스가 세탁물 문제로 나를 부른다. 흰 외투를 입은 세탁소 직원이 뒷문에 서 있다. 문제는 똑같은 면 시트 두 장을 맡겼는데 한 장만 왔다는 것이다. 세탁소 직원이 노발대발하는 바람에 요리사와 정원사, 마드무아젤, 비키, 세탁소에서 함께 온 듯한 모르는 소년까지 모두 모여든다. 소년을 제외하곤 모두가 글래디스의 말에 사사건건 "맞아요" 하며 편을 들어서 결국 나는 빠지기로 한다. 한참 실랑이를 벌인 듯 45분쯤 지나서야 정원사가 어슬렁어슬렁 다시 일을 시작하고 세탁소 차가 떠나는 소리가 들린다.

다락으로 올라가 구근 식물 화분들을 살펴보지만 아무것도 나오지 않았다. 물을 더 줄지 말지 고민하다가 안전하게 조금만 주기로 한다. 모든 과정을 빠짐없이 기록하기로 마음먹었으니 이 역시 작은 초록색 수첩에 적어 놓는다.

9월 22일

레이디 복스가 우리 부부를 오늘 저녁 식사에 초대했다. 하인에게 직접 초대장을 들려 보내고 답장을 기다리게 한다. 마치 어명이라도 내리는 것처럼. 게다가 급하게 초대해서 미안하다는 말도 없다. 로버트도 외출한 터라 나는 신속하고 과단성 있게 답한다. 우리는 이미 저녁 약속이 있다고.

^{의문:} 이렇게 말하면 기껏해야 교구 목사관에서 저녁 내내 수다를 떠는 약속이라고 생각하려나? 아니면 블렌킨솝 노부인과 모드 블렌킨솝과 함께 그저 리솔*을 먹으며 코코아나 마실 거라고 생각할까? 어쨌든 대안이 떠오르지 않는다.

M. D. 힐러드(《시간과 조수》에 가끔 글을 기고하지 않나?)의 매력적인 책《흥미로운 가족》을 소리 내어 읽고 있는데 전화벨이 찌렁찌렁 울린다. 나는 전화를 받으러 황급히 식당으로 달려간다. ^{메모:} 전화벨이 울릴 때마다 ⓐ 큰돈이 생겼다는 소식이거나 ⓑ 끔찍한 재앙의 소식일 거라고 생각하는 어리석고 미성숙한 습관을 고칠 것.

수화기를 집어들자 누가 들어도 레이디 복스가 틀림없는 목소

---

* 고기나 생선을 넣어 튀겨낸 파이.

리가 들려온다. 마치 공작새 같은 목소리. 좀 못된 비유이긴 하지만 딱히 부당하다고 할 수도 없을 듯. 그녀는 대뜸 묻는다. 아니, 이게 다 무슨 소리야? 오늘 밤엔 꼭 와야 하니까 거절할 생각은 하지 마요. 그리고 대체 무슨 일이 있다는 거예요? 회의라도 있다면 모를까. 설사 회의가 있더라도 이번엔 취소해요.

갑자기 터무니없는 핑곗거리가 마구 떠오른다. 주지사 부부가 비공식적으로 친목을 다지기 위해 우리 집에 저녁을 먹으러 온다고 하면 어떨까? 로즈의 여자작 친구가 우리 집에 묵고 있는데 집에 혼자 있기도 싫고 (그럼 레이디 복스는 당장 데려오라고 할 테니까) 그렇다고 그 집에 함께 가기도 싫다고 한다면? 아니면 로버트와 내가 요즘 너무 자주 밤늦게까지 즐긴 탓에 피곤해서 나갈 수 없다고 할까? 하지만 입이 떨어지지 않는다. 그러다 어느새 소심하게 지껄이고 있는 내 목소리를 듣고 진저리가 난다. 로빈이 이틀 뒤에 학교로 돌아가야 하는데 함께 보낼 시간이 별로 없어서 나가고 싶지 않아요. (로버트는 절대 동의하지 않을 테지만 나는 솔직히 그렇기도 하다. 그리고 어차피 이런 얘기가 로버트의 귀에 들어갈 일은 없을 테니까.) 어쨌든 레이디 복스는 오래전부터 나를 완벽한 엄마로 못 박고 싶어 했는데, 아니나 다를까 내 말을 듣고는 기회를 덥석 문다.

《흥미로운 가족》을 다시 펼쳐 들지만 속이 부글거린다.

9월 24일

하루 종일 학교 준비물을 열심히 들여다보며 짐을 싸고 밀어 놓기를 수없이 되풀이한다. 로빈은 모두에게 (마치 재고 조사 중인 싸구려 전당포 같은 상태의) 자기 방 물건을 하나도 건드리지 말라고 진지하게 명령한다. 우리는 모두 크리스마스 방학까지 건드리지 않겠다고 이러저러하게 다짐하지만 아무래도 불가능할 것 같다.

　로버트와 함께 차를 타고 떠나는 로빈이 어쩐지 어린애 같고 쓸쓸해 보인다. 게다가 비키도 울부짖는다. 나는 비키에게 뚝 그치라고 타이른다. 그러자 마드무아젤이 하는 말, "아, 엘라 탕 드 쾨르!●" 마치 나는 전혀 그렇지 않다는 듯이.

10월 1일

남편에게 여성회 일로 칙과 리틀마치, 크림핑턴을 순회하게 됐다고 얘기한다. 남편은 시큰둥하게 몇 마디 웅얼거릴 뿐이다. 나는

● 아, 마음이 참 여리기도 하지!

247

(내가 느끼기로는) 많은 시간을 들여 연설 자료를 찾아보고 재미있고도 유익한 일화를 생각해 본다. 그리 쉬운 일은 아니다.

　작은 가방을 꾸린 뒤 여성회 휘장을 찾아 책상과 침실, 응접실을 샅샅이 뒤지지만 결국 마드무아젤이 양말 서랍 구석에서 발견한다. 로버트가 역까지 차로 데려다준다. 내가 없는 동안 부디 구근 식물들을 잘 돌봐 달라고 신신당부한다.

10월 2일

어젯밤 칙에서 성공적으로 행사를 마친 뒤 버스를 타고 리틀마치로 향한다. 칙에서는 아마추어 연극을 주제로 연설했다. 박수갈채를 받고 이름을 알아들을 수 없는 의장에게 감사 인사를 들은 뒤 한 번 더 박수를 받았다. 그러곤 나를 재워줄 부총무를 따라 그녀의 집으로 향했다. 우리는 여성회 활동에 관해 상의하기도 하고(블랙풀에서 연례회를 하는 건 좀 아닌 것 같은데, 브리스틀이나 플리머스에서 해야 하지 않을까요?) 월례회 프로그램을 짜는 데 따르는 고충과 최근 칙에서 열린 성대한 민속춤 경연 대회에 관해서도 얘기를 나눴다. 이 대회에서 여성회 회원들이 개더링 피즈

코스˙를 적어도 세 번쯤 췄는데, 칙에서 이 춤을 가장 잘 추는 두 사람은 할머니들이라고 부총무는 자랑스럽게 말했다. 나는 놀라움과 감탄을 표했다. 계속해서 우리는 마을회관과 오즈월드 모슬리 경,˙˙ 마섬유에 묻은 잉크 얼룩 지우는 방법으로 화제를 옮겨 갔다. 작고 예쁜 집에 사는 비혼 여성 부총무는 나를 아늑한 침실로 안내해준 뒤 그제야 내가 마지막에 크림핑턴에 간다는 사실을 떠올렸다. 그러더니 그곳의 여성회 회원 두 명이 연루된 흥미로운 추문과 한 명이 알 수 없는 이유로 위원회에서 제명된 사건을 떠들어 대기 시작했다. 어느덧 11시가 되자 그녀는 자기가 이런 추문을 얘기한 사실을 아무한테도 말하지 말라고, 자기도 비밀을 지키겠다는 약속을 했다고 신신당부했다. 그런 뒤 우리는 헤어졌다.

낡아서 덜컹거리는 버스가 점심때쯤 리틀마치에 도착한다. 마중 나오기로 한 의사의 여동생은 할머니다. 그녀는 개를 데리고 나와서 사냥 얘기를 떠들어 댄다. 여성회 모임은 오후 3시에 예쁜 오두막에서 열리는데 사무적이고 효율적인 분위기에 나는 감탄한다. 의장인 의사의 여동생이 나를 소개하다가 안타깝게도 막판에 내 이름을 잊어버리는 바람에 내가 황급히 알려준다. 그

- Gathering Peascods, 둥글게 서서 추는 잉글랜드 민속춤.
- ●● 영국의 극우 파시스트 정치인.

너는 "아, 참, 그렇지." 하고 다시 소개한다. 이곳에선 스위스에 다녀온 이야기를 들려준다. 내 연설이 끝나자 앞줄에 앉은 노파가 벌떡 일어나서 하는 말, 난 스위스에서 14년 가까이 살아서 그곳을 구석구석 알고 있거든요. 그래서 무척 흥미롭게 들었답니다. (나는 루체른 일대에서 겨우 6주를 보낸 게 전부다. 그것도 10년 전에.)

우리는 차와 함께 훌륭한 빵을 먹고 지역 찬가 몇 곡을 부른 뒤 행사를 마친다. 이제는 집처럼 편하게 느껴지는 의사 여동생의 2인승 자동차에 다시 올라탄다. 내가 이곳 여성회를 칭찬하자 그녀는 미소를 지으며 다시 사냥 얘기를 늘어놓는다.

저녁 시간이 조용히 지나가고 의사가 들어온다. 그는 개 두 마리를 키우는 노인인데, 역시 사냥 얘기를 떠들어 댄다. 10시가 되자 우리는 모두 흩어져 잠자리에 든다.

10월 3일

의사와 의사 여동생, 개들, 2인승 자동차와 일찌감치 헤어졌다. 하지만 오후에나 열리는 크럼핑턴 행사에 너무 일찍 가고 싶지 않아서 기차를 탄다. 어째서인지 기차는 수없이 정차한다. 환승역에서도 하염없이 기다린 탓에 결국 기운을 차리려고 보브릴을 마신다.

멋진 운전사가 멋진 차를 타고 마중 나왔다. 나와 가방을 보곤 못마땅한 표정을 짓지만 별 수 없이 나와 가방 모두 크림펑턴 홀까지 태워간다. 집사가 문을 열어 주더니 판돌이 깔린 커다랗고 썰렁한 홀을 지나 역시 커다랗고 썰렁한 응접실로 나를 안내한 뒤 가버린다. 저 멀리 응접실 구석의 쇠살대 안에서 아주 작은 불이 가물거린다. 나는 작은 도금 탁자들과 커다란 의자들, 소파들, 도자기 잔과 반짝이는 찻주전자 여러 개가 전시된 장식장들, 은색 액자에 담긴 수백 장의 사진이 놓인 거대한 책상을 지나 그 벽난로로 향한다. 집사가 다시 불쑥 나타나더니 〈타임스〉지를 작은 쟁반에 받쳐 건네 준다. 이미 기차에서 꼼꼼히 읽었지만 다시 펼쳐서 처음부터 읽어야 할 것 같다. 심상치 않은 표정으로 불을 살펴보기에 석탄을 더 넣어 주려나 기대하지만 그는 이내 가버리고 레이디 막달렌 크림프가 나타난다. 아흔다섯 살쯤 되었고 귀가 완전히 먹었다. 검은 옷에 커다란 모피 망토를 둘렀는데, 이곳에선 꼭 필요한 옷차림인 듯. 그녀가 나팔 모양의 보청기를 꺼내자 나는 대수롭지 않다는 듯이 얘기한다. 그녀는 미소를 지으며 고개를 끄덕이지만 내 말을 한 마디도 못 알아들은 게 분명하다. 영양가 없는 얘기니 차라리 못 듣는 편이 나을지도. 얼마 후 그녀는 내가 묵을 방에 가보자고 한다. 우리는 천천히 400미터쯤 걸어 2층에 이른다. 드넓은 침실 한가운데 네 개의 기둥이 달린 구식 침대가 자리하고 있다. 레이디 막달렌이 가고 나자 나는 작은 놋쇠 그릇에 담긴 미지근한 물로 손을 씻고는 기온이 한참 떨어졌을 때 파우더를 바르면 코와 턱이 유난히 새파랗게 보인다는 사실을 (다시 한번) 머릿속에 새긴다.

식당에 가면 불이 있을 거라고 막연히 기대해 보지만 막상 가보니 흡사 왕릉에 들어온 것 같다. 레이디 막달렌이 나와 함께 마호가니 원탁에 앉으며 묻는다. 점심은 찬 음식인데 괜찮겠냐고. 나는 나팔 모양 보청기에 대고 "그럼요." 하고 (새빨간 거짓말을) 외쳐야 하나 고민하다가 그저 고개를 끄덕인다. 우리는 토끼 고기 파테*와 커피 블랑망주, 마리 비스킷을 먹는다.

대화가 매끄럽게 이어지지 않아서 나는 결국 벽을 장식한, 가발 쓴 신사들과 가슴을 드러낸 여자들의 여러 초상화를 감상한다. 오렌지와 채소들 사이에서 피를 흘리며 죽어 있는 새를 그린 불쾌한 스케치도 걸려 있다. (예술 감각이 남다른 내 친구 로즈가 보면 뭐라고 할지 궁금하다.) 그 후 우리는 응접실로 자리를 옮긴다.

• 고기나 간을 곱게 다져 양념한 요리. 빵이나 비스킷에 발라 먹는다.

벽난로에는 이제 깜부기불만 남았다. 레이디 막달렌이 자기는 모임에 참석하지 않을 테지만 부회장이 나를 챙겨줄 거라고, 시 낭송 대회도 재미있게 즐기길 바란다고 말한다("우리 회원들 가운데 아주 영리한 사람들이 있어요. 특히 한 명은 재미있는 사투리를 쓴답니다"). 나는 고개를 끄덕이며 미소를 지은 뒤 계속 몸서리를 치며 차를 타고 마을로 향한다. 행사는 독서실에서 열린다. 어찌나 따뜻한지 내게는 천국과도 같다. 나는 커다란 석유난로에 최대한 가까이 자리를 잡는다. 몸집이 크고 파란 옷을 입은 부회장은 모든 일을 척척 해낸다. 우리의 아이들이 무엇을 읽는가 하는 주제로 연설하자 모두가 따뜻하게 받아준다. 그런 뒤 다과 시간이 이어진다. 차가 너무 뜨거워서 입을 데었지만 그마저도 반가울 따름이다. 이어 시 낭송 대회가 열리자 나는 다시 정신을 바싹 차린다. 회원들이 연이어 작은 연단에 올라 차례로 열심히 시를 낭송한다. 첫 참가자는 썩 잘하지 못한다. "우리 여성회"라는 처음 듣는 시를 낭송하는데, 알고 보니 자작시다. 그런 다음 "건가 딘"이 낭송되고 우리는 깃발을 내리지 않겠다는 매우 열정적인 시가 이어진다. 그런 뒤 나이 지긋한 회원이 "탄광"*을 발표한

- 원제는 "The Mine". 18세기 영국의 시인이자 정치가인 존 사전트의 극시를 말하는 것으로 보인다.

253

다. 아주 극적이고 인상적이지만 전혀 지적이지 않은데, 아무래도 사투리 때문인 것 같다. 결국 "깃발"이 1등, "탄광"이 2등을 차지하고 상이 수여된다. 그런데 아, 안타깝게도 사투리로 쓴 시는 언제나 흥미롭다고 평하고 나서야 "탄광"은 사투리가 아니라 고어로 쓴 시라는 것을 알게 된다. 어쩌랴, 주워 담기엔 이미 늦었는데.

길게 이어지는 행사가 오히려 고마울 따름이다. 그래도 언젠가는 떠나야 하는 법. 결국 나는 북극 같은 크림핑턴 홀로 돌아간다. 레이디 막달렌과 함께 벽난로 앞에 웅크리고 앉아 저녁 시간을 보낸다. 나팔 모양 보청기의 도움을 받아 짤막한 얘기를 주고받지만 대개는 그저 고개를 끄덕이며 미소를 지을 뿐이다. 그러다 마침내 거대한 네 기둥 침대로 들어가 충분히 두껍지 않은 이불을 덮어쓰고 충분히 따뜻하지 않은 탕파를 끌어안는다.

10월 5일

집에 돌아온 지 24시간 만에 지독한 감기가 시작된다. 로버트가 말하길, 여성회는 어디나 세균이 득실거린다나. 부당하고 터무니없는 소리다.

10월 13일

감기와 기침 때문에 집 안에서만 지냈다. 로버트와 요리사, 글래디스도 나를 멀리했지만 요리사와 글래디스는 결국 전염되었다. 마드무아젤은 비키가 내 옆에 오지 않도록 데리고 있다가 내가 불쌍했는지 비키를 응접실 창밖으로 데려와선 극적으로 나를 손짓해 가리켰다. 마치 역병에라도 걸린 기분이었다. 이런 상황이 점차 줄고 매일 쓰는 손수건의 양이 정상으로 돌아갔다. 그리고 바펙스와 계피, 장뇌화유, 콜드크림도 모두 다시 욕실의 약장으로 들어갔다.

모르는 후원자가 내게 새 문예지를 한 부 보냈는데, 이번 호에는 유명한 작가들이 다른 유명한 작가들에게 쓴 개인적인 메시지만 가득 실린 것 같다. 당사자들이라면 몰라도 일반 독자에겐 그리 재미있지 않다. 게다가 수록작들이 놀랍도록 심오해서 나의 오랜 친구 〈시간과 조수〉를 다시 펼쳐 들자 마음이 편안해진다.

10월 17일

뜻밖에도 레이디 복스의 집에서 열리는 야회("밤 9시 30분, 무도회")

에 초대받는다. 로버트가 와서 도와줬으면 좋겠다고 하니 도저히 거절할 수가 없다. 게다가 온 동네가 벌써 다 넘어간 것 같아서 누가 초대장을 받았는지 못 받았는지는 전혀 중요하지 않은 것 같다. 새 드레스를 사기로 결심한다. 하지만 내 드레스를 도맡았던 런던의 의상실에서 밀린 지불금을 잊었느냐고 꽤 날카롭게 묻는 바람에(잊기는커녕 그 생각만 하면 자다가도 벌떡벌떡 일어나는데) 별 수 없이 근처에 맡기기로 한다. 플리머스에 가서 작은 분홍색과 파란색의 꽃다발이 곳곳에 박힌 아름다운 검은색 호박단을 산다. 마드무아젤은 내가 자주 입은 오래된 보라색 벨벳 다회복에서 호니턴 레이스를 떼어 세탁한 뒤 새 호박단에 달면 잘 어울릴 거라고 나를 다독인다. 검은색 야회용 구두도 한 켤레 샀지만 무도회에서 편안하게 신으려면 매일 저녁 적어도 한 시간씩 신고 있어야 할 것 같다.

그나마 이번엔 대고모의 다이아몬드 반지를 낄 수 있게 되어 얼마나 다행인지 모른다.

로버트가 그날의 무도회는 **젊은** 사람들을 위한 거라는 충격적인 말로 나를 경악하게 한다. 나는 흥분하며 묻는다. 젊은 사람의 기준이 뭐냐고. 이 민감한 문제에 대해 레이디 복스의 의견을 따를 생각은 하지도 말라고. 로버트는 어쨌든 젊은 사람들만 춤을 추면 된다고 거듭 말한다. 결국 이 얘기는 그만두기로 하고 나는 무도회에서 어떤 다과가 나올까 묻는다. 9시 30분이라면 제대로 된 식사로 손님 접대를 하기엔 아주 부적절한 시간이니까. 로버트는 집에서 평소처럼 제대로, 가능한 한 알차게 저녁을 먹고 가자고, 그래야 끝까지 버틸 수 있다고 제안한다. 나도 그게 좋겠다고 맞장구친다.

10월 19일

레이디 복스의 야회가 사실은 가장무도회라는 소문이 돌면서 온 동네가 혼란에 빠진다. 목사님 아내는 정원사 아내의 자전거를 타고 달려왔다. 급해서 빨리 오려고 빌렸다면서. 그녀는 자신 같은 지위의 여자가 가장무도회에 참석하는 게 괜찮을지 모르겠다고 걱정한다. 아예 얼굴을 분장한다면 모를까. 하지만 그러면 나중에 지울 때 오랜 시간이 걸릴 거라고 한다. 그러곤 내게 어떻게 할 거냐고 묻는다. 검은색 호박단이 이미 완성됐으니 나 역시 딱히 뭐라고 말해줄 수가 없다. 우리의 대화를 듣고 마드무아젤이 끼어든다. 검은 호박단을 조금 변형하면 훌륭한 드레스덴 차이나 양치기 소녀 드레스를 만들 수 있다는 것. 나는 간곡히 애원한다. 터무니없는 얘기도, 나를 터무니없이 변장하려는 생각도 하지 말라고. 그러자 그녀는 말도 안 되는 제안을 한다. 검은색 호박단으로 ⓐ 스코틀랜드 메리 여왕의 의상이나 ⓑ 마담 퐁파두르의 의상, ⓒ 클레오파트라의 의상을 만들 수도 있다고.

내가 비키를 데리고 산책이나 다녀오라고 하자 마드무아젤은 몹시 서운해하더니 한참이 지나서야 마음을 가라앉힌다.

목사님 아내는 안절부절못하며 응접실을 왔다 갔다 하다가 내게 묻는다. 다른 사람들에게 물어보면 어떨까요? 켈웨이네는 어때요? 전화해 볼까요?

바로 전화하자 메리 켈웨이는 가볍게 확인해 준다. 가장무도회가 **맞다**고, 자기는 러시아의 시골 처녀 복장을 할 생각이라고. 마침 몇 년 전에 배를 타는 모스크바 출신의 사촌이 가져다 준 진짜 러시아 시골 처녀의 의상이 있다는 것이다. 그러더니 혹시 필요하면 자기가 옷을 빌려주겠다고 제안한다. 친절한 제안이지만 목사님 아내가 어쩔 줄 몰라 하며 수선 피우는 바람에 나 역시 머릿속이 어수선해서 횡설수설 대꾸한다. 모두가 멍해 있을 때 마침 로버트가 들어오자 목사님 아내는 그에게 열성적으로 하소연한다. 그러자 로버트는 자기가 얘기하지 않았냐고 되묻는다. 레이디 복스의 집에서 묵고 있는 측근들은 변장할 예정이고, 그래서 한두 사람은 "가장무도회"가 명시된 초대장을 받았지만 대부분은 그러지 못했다는 것이다.

목사님 아내와 나는 정말이지 세상에 그런 짓을 할 사람은 레이디 복스밖에 없다고, 그 집 파티는 근처에도 가고 싶지 않다고 한참 쑥덕거린다. 그러고 나자 로버트와 내가 제안한다. 우리가 목사님 부부를 태우고 야회에 가겠다고. 목사님 아내는 고맙다고 하고는 집으로 돌아간다.

10월 23일

야회가 열렸다. 검은색 호박단과 호너턴 레이스 드레스는 그럭저럭 훌륭해 보인다. 유난히 두드러지는 흰 머리카락 두 가닥을 뽑고 나니 전체적으로 꽤 괜찮은 모습인 것 같다. 비키는 무려 내가 예쁘다고 말해준다. 그러더니 바로 묻기를, 왜 나이 많은 사람들은 늘 검은 옷을 입어? 그 말에 다시 기운이 빠진다.

레이디 복스는 아름다운 동유럽 의상을 입고 여기저기 주렁주렁 진주를 매단 채 비슷하게 보석으로 치장한 친구들에게 에워싸여 우리를 맞이한다. 하지만 우아하게 미소를 띤 채 상대를 보지도 않고 악수만 나눌 뿐이다. 문득 악수할 때 손에 힘을 주면 어떨까 상상해 본다. 그러면 자기 집에 초대된 손님 한 명은 알아보지 않을까? 하지만 결국 불경한 충동을 억누르고 광활한 응접실로 조용히 들어간다. 한쪽 끝의 무대에서 악단이 활발하게 연주하고 있다.

목사님 아내는 보라색 망사와 석류석으로 치장했다. 그녀는 친한 사람들을 만나자 목사님을 데려가서 얘기를 나누게 한다. 로버트는 레이디 복스에게 불려가고(혹시 외투 보관 같은 잡일을 맡기려는 걸까?) 불만 가득한 표정의 햄릿이 내게 인사를 건넨다. 알고 보니 미스 팬커튼이다. 그녀는 비난하듯 묻는다. 왜 변장하지 않았어요? 가장무도회에 올 때는 변장을 해야 축제 기분이 나지 않겠어요? 그런 것도 즐길 줄 알아야죠. 나는 재스퍼는 같이 오지 않았느냐고 묻는다. 솔직히 그가 오필리아 분장을 하고 왔다고 해도 놀라지 않을 것 같다. 재스퍼는 블룸즈버리*로 돌아갔단다. 재스퍼가 없으면 블룸즈버리가 돌아가지 않는다나. 나는 재스퍼 얘기든 블룸즈버리 얘기든 듣고 싶지 않아서 그저 이렇게 대꾸한다. 아, 당연히 그렇겠죠. 그러곤 러시아 시골 처녀 의상을 멋지게 소화한 메리 켈웨이와 얘기를 나누다가 결국 그녀의 남편과 춤을 춘다. 이

● 런던의 한 지구이며, 이곳에서 탄생한 문학가 및 예술가 집단의 이름이기도 하다.

웃들이 많이 보이는데 대부분은 변장하지 않았다. 모드 블렌킨솝이 웬 땅딸막한 파트너와 함께 빙글빙글 돌며 춤추는 뜻밖의 광경을 목격한다. 메리의 남편 말로는 사냥을 아주 잘하는 남자란다.

레이디 복스의 친구들은 모두 값비싼 의상으로 변장하고 거만한 모습으로 저희끼리 껑충거리며 춤을 출 뿐 아무에게도 소개를 하거나 받지 않는다.

얼마 후 야식이 준비되었다고 공지하는 사람은 다름 아닌 내 남편 로버트다. 우리는 모두 식당에 차려진 뷔페로 몰려가 훌륭한 샌드위치와 용도를 알 수 없는 요상한 컵을 받아 든다. 값비싼 옷을 차려입은 레이디 복스의 친구들은 어디로 갔는지 보이지 않는다. 로버트가 우울한 얼굴로 나를 한쪽 옆으로 끌어내 말하길, 아무래도 그들은 서재에서 샴페인을 마시는 것 같단다. 나는 (그나마 너그럽게) 그 샴페인에 독이 들어 있다면 좋겠다는 희망을 내비친다. 로버트는 그저 이렇게 대꾸한다. 쉿, 조용히. 하지만 속으로는 그도 나와 같은 생각일 것이다.

무도회를 통틀어 가장 놀라운 마지막 사건은 블렌킨솝 부인의 출현이다. 새까만 옷을 차려입고 죽어가는 표정으로 무대 아래, 정확히 말하면 우렁차게 울려대는 색소폰 아래 커다란 팔걸이의자에 앉아 있다. 자기가 왜 거기 있는지 전혀 모르는 얼굴이지만 색소폰 소리 때문에 제대로 대화하기가 어렵다. 그래도 몇 마디는 알아듣는다. 모드 블렌킨솝이 이러저러하다느니, 젊은이들이 즐기는 것을 방해할 수 없다느니, 자신은 앞으로 우리 곁에 그리 오래 머물지 못할 거라느니. 나는 미소 지으며 고개를 끄덕거리다가 너무 인정머리 없어 보일까 싶어 다시 인상을 쓰며 고개를 절레절레 흔든다. 마침 프로비셔가의 남자가 내게 춤을 청하더니 새와 고가구 얘기를 늘어놓는다. 레이디 복스의 친구들이 풍선을 들고 다시 나타나 마치 학예회에서 빵을 나눠주듯 풍선을 나눠주고 파티는 자정까지 계속된다.

자정 무렵 악단이 "올드 랭 사인"을 연주하자 레이디 복스가 다들 어서 모이라며 불러들인다. 모두가 둥글게 원을 만든다. 잠시 소란이 일더니 누군가가 팔걸이의자에 앉아 있던 블렌킨솝 노부인을 일으킨다. 그녀는 한 손으로 교구 목사님을, 다른 손으론 모르는 청년을 붙잡고 선다. 목사님 아내는 (참을 수 없다던) 미스 팬커톤과 손을 잡게 되어 넋이 나간 얼굴이 되고 로버트는 다홍색 옷을 입은 낯선 거구와 모드 블렌킨솝 사이에 잡혀 있다. 그런가 하면 나는 레이디 복스의 친구들 가운데 유독 역겨운 청년과 한 손을, 레이디 복스와 다른 손을 맞잡은 것을 깨닫고 기겁한다. 우리는 모두 익숙한 선율에 맞춰 셔플을 추며 노래한다. 올드 랭 사인, 올드 랭 사인,

올드 랭 사인…… 다른 가사를 아는 사람은 아무도 없는 것 같다. 이 활동이 끝나가자 대체로 안도하는 분위기가 감돈다.

레이디 복스는 우리가 그만 가야 한다는 사실을 모를까 봐 걱정했는지 악단에게 국가를 연주하라고 지시한다. 국가 연주가 끝나자 그녀는 우리에게 감사 인사를 받고 작별한다.

집으로 가서 거울을 보는 순간 부인할 수 없는 사실을 깨닫는다. 파티가 끝난 뒤의 모습이 시작할 때와는 사뭇 다르다는 것. 다른 여자들도 마찬가지라고 생각하고 싶지만 삶의 많은 것들이 그렇듯 잘 모르겠다. 어쨌든 그렇게 생각하는 건 속 좁은 일이기도 하니까.

로버트가 자지 않고 무얼 하느냐고 묻는다. 나는 일기를 쓴다고 대꾸한다. 로버트는 다정하지만 단호하게 말한다. 일기 쓰는 건 시간 낭비라 생각한다고.

잠자리에 들려는 순간 문득 궁금해진다. 정말 그럴까?

그건 후대만이 답할 수 있을 듯.

끝.

후대로서 답하다

세월이 우리를 기다리지 않는다는 건 만고불변의 진리다. 영어에도 같은 표현이 있다. "Time and tide wait for no man." 직역하면 "시간과 조수는 사람을 기다려 주지 않는다"이다. 짐작하다시피 작품 속에 자주 등장하는 주간지 〈시간과 조수〉의 원제는 이 표현에서 따온 것이다. 결국 우리는 속절없이 흐르는 세월 앞에 무력하게 스러진다. 그러나 쉬이 굴복하지 않고 나름의 방식으로 투쟁한다. 불로의 명약을 찾지는 못해도 시간과 조수가 집어삼킨 이들의 유산을 파헤치며 그들의 흔적을 되짚는다. 그러다 보면 가끔 세월뿐 아니라 물리적 거리마저 무색하게 만드는 우리의 자화상을 마주치기도 한다. 100여 년 전 머나먼 이국땅에서 탄생한 이 작품 속의 인물들처럼.

《어느 영국 여인의 일기, 1930》은 〈시간과 조수〉를 통해 처음 세상에 나왔다. 19세기 말부터 잉글랜드를 시작으로 스코틀랜드와 웨일스까지 확산된 영국의 여성 참정권 운동은 1918년 1차 세계 대전의 종식과 함께 국민투표법의 제정이라는 결실을 맺었다. 이로써 30세 이상 특정 계층 여성들이 처음으로 투표할 수 있게 되었다. 〈시간과 조수〉는 이러한 변화를 이끈 급진적 여성 운동의 주도자들이 1920년 진보적 정견과 페미니즘을 기치로 탄생시킨 주간지다. 초기에는 주로 정치와 예술을 다뤘지만 1928년 마침내 여성의 완전한 참정권이 확립되자 여성에서 일반 대중으로 초점을 전환하고 문학에 치중하기 시작했다. 2차 세계 대전 이후에는 진보에서 보수로 방향을 틀고 여러 소유주의 손을 거치며 주간지에서 월간지로 바뀐 뒤 창간 60여 년 만인 1979년에 폐간되었다.

　E. M. 델라필드는 1920년대 초부터 〈시간과 조수〉에 평론과 소품, 단편소설 등을 꾸준히 기고했고 1927년 12월부터 이사진에 합류하여 1943년 세상을 떠날 때까지 이 주간지의 문학적 발전과 확장에 중요한 기여를 했다. 중산층을 위한 가벼운 읽을거리를 써달라는 편집장의 요청을 받고 1929년 12월부터 매주 연재한 이 작품은 특히 지방 소도시의 독자들에게 큰 인기를 끌면서 이듬해 연재가 끝난 뒤 단행본으로 출간되었다. 그 후 런던과 미국, 전쟁

을 배경으로 활약한 영국 여인의 발자취를 따라 총 세 편의 일기 형식 소설이 더 발표되었고 그 가운데 두 편이 〈시간과 조수〉에 연재되었다.

영국으로 이주한 프랑스 백작 가문의 장녀로 태어난 E. M. 델라필드는 헨리 드 라 파스튀르 부인이라는 이름으로 알려진 소설가 어머니와의 연관성을 감추기 위해 영어로 초원이라는 뜻의 성 'Pasture'를 벌판이라는 뜻의 '필드(field)'로 바꾸어 필명을 만들었다. 이 교묘하고 재치 넘치는 작명 방식은 가볍고 코믹한 문체 속에 인간 본성에 관한 심오한 통찰을 배치한 특유의 작법과도 맞닿아 있는 듯하다.

이 일기의 주인공은 어색한 분위기를 무마하거나 집안의 평화를 유지하기 위해서, 때로는 그저 자기도 모르게, 거짓말을 지껄이기 일쑤고, 수다에 심취하면 어느새 남의 사생활 얘기까지 떠벌리고 있는 자신을 발견한다. 문학을 사랑하지만 여전히 이해하지 못하는 작품이 너무나 많다. 우아한 모임에서 그런 작품이 화제로 올라올까 봐 두렵다. 그보다 더 두려운 건 야외 활동이다. 테니스 시합도, 말도 무섭기만 하다. 춥고 습한 날씨에 귀족들은 왜 정원 산책을 즐기는지 도무지 이해할 수 없다. 그녀는 자신의 이런 빈틈을 자조하며 공감과 웃음을 자아낸다.

그러나 자조의 대상은 자기 자신에 국한되지 않는다. 이 여인의 시선으로 바라보는 주변 인물들이 지독히도 현실적으로 와닿는 까닭은 그녀가 우월한 위치에서 타인을 관찰하고 냉소하기보다는 한 사람의 인간으로서 자신이 속한, 한없이 부족한 '인간 종족'을 자조하고 연민하기 때문일 것이다. 이로써 그녀는 지극히 보편적인 인간이 되어 우리가 너무나 잘 알고 있지만 굳이 입 밖에 내지 않거나 의도적으로 외면해 버리는 인간의 흠절을 끊임없이 각성하게 한다. 정작 자신은 바쁜 현실에 치여 숙고해볼 시간이 나지 않거나 괴로워서 모른 체하고 싶은 문제들을 우리에게 던져주기도 한다.

아울러 이 여인은 100여 년이 지난 지금까지도 우리를, 특히 여성을 괴롭히는 구태를 꾸준히 건드린다. 표면적으로는 가부장제에 순응하고, 고정관념을 깨지 못하는 다른 여성들에게 동조하기도 하지만 끊임없이 개탄하기를 잊지 않는다. 남편의 고용주인 듯보이는 레이디 복스의 무심한 언행에 속수무책 당하면서도 뒤에서 반기를 들거나 복수를 꿈꾼다. 가진 것을 모두 내팽개치고 나설 용기도 없고 그럴 형편도 되지 않는 '보통' 여성들에게 그녀는 소심하게나마 저항하는 방법을 일깨운다. 이 작품이 처음 연재된 〈시간과 조수〉는 급진적 페미니즘의 맥락을 제공했지만 이 여인의 페미니즘은 소심하되 무해하고 유효 기간이 길다. 한 영문학자는 '일상 페미니즘(Everyday Feminism)'이라고 이름 붙이기도 했다.

이 소설은 자전적 이야기로 널리 알려져 있다. 실제로 E. M. 델라필드는 결혼 후 잠시 말라야 연방에서 살다가 잉글랜드 남서부의 데번주로 이주했다. 그곳에서 남매를 낳아 길렀고 남편은 지역 대지주의 토지 관리인으로 일했다. 그러니까 아마도 델라필드는 현실판 레이디 복스와 목사님 아내, 블렌킨솝 부인, 미스 팬커톤에게 에워싸여 살았을 것이다. 그러나 필명에서 엿볼 수 있는 특유의 세심함과 교묘함 때문인지 이 작품의 모델이 된 실제 인물들은 서로가 작품 속의 '누구'로 그려졌는지 알아챘을 뿐 자기 자신도 작품 속에서 그려지고 있다는 사실은 전혀 몰랐다고 한다.

그래서인지 작품을 번역하고 거듭 검토하는 과정에서 매번 새로운 층위의 의미를 발견했다. 처음에는 100여 년 전 영국의 지방 소도시에서 살았던 한 여성의 고민과 허영과 갈망이 지금 우리의 그것들과 다르지 않다는 사실에 놀랐지만, 여러 번 읽을수록 대화의 주제로 언급된 전쟁의 여파와 국제 정세, 영국의 정치 상황, 같은 해 미국에서 시작된 대공황 등이 새록새록 멀지 않은 얘기처럼 와 닿았다. 한편으론 그리 오래된 과거가 아니기 때문일 테지만 다른 한편으론 영국 여인이 자주 깨닫듯 역사가 되풀이되기 때문일 것이다. 그러니 일기를 쓰는 것이 과연 시간 낭비일까 하는 이 여인의 마지막 질문에 후대로서 답하려 한다. 전혀 그렇지 않다고. 결국 역사는 지금도 되풀이되고 있고 세상은 크게 변하지 않았기에 그녀의 일기는 여전히 우리를 각성하고 연대하게 한다고.

박아람

참고문헌

- Johnson, R. (2014) 'Introduction', in Delafield, E. M. The Diary of a Provincial Lady, London: Penguin books, pp. vii-xiii.

- Time and Tide (2022). [Online] Available at: 〈https://www.timeandtidemagazine.org〉 [Accessed: 12 April 2022]

- Macdonald, K. (2016). E M Delafield's The Diary of a Provincial Lady. Available at: 〈https://katemacdonald.net/2016/06/07/e-m-delafields-the-diary-of-a-provincial-lady/〉 [Accessed: 17 April 2022]

E. M. 델라필드 _{E. M. Delafield}

본명은 에드메 엘리자베스 모니카 대시우드, 결혼 전 성은 드 라 파스튀르로, 1890년 잉글랜드 남동부의 서식스주에서 태어났다. 아버지는 프랑스 혁명기에 잉글랜드로 이주한 백작 가문의 후손이며 어머니는 유명한 소설가였다. 1차 세계 대전 당시 데번 주 엑서터의 간호 봉사대에서 간호사로 일하면서 1917년 첫 소설 〈Zella Sees Herself〉를 발표했다. 1919년 토목기사인 아서 폴 대시우드 대령과 결혼한 뒤 잉글랜드의 데번 주 켄티스베어에 정착하여 지역 사회의 주요 인사로 활동했다. 진보적 정견과 페미니 즘을 기치로 내세운 영국의 주간지 〈시간과 조수〉에 꾸준히 기고했고 1927년 이 주간 지의 이사진에 합류했다. 1929년부터 〈시간과 조수〉에 연재된 자전적 소설 〈어느 영국 여인의 일기, 1930〉으로 큰 상업적 성공을 거뒀으며 이후 세 편의 속편을 더 발표했다. 1943년 50대의 비교적 젊은 나이로 생을 마감할 때까지 왕성한 작품 활동을 했다.

옮긴이 박아람

전문번역가. 영국 웨스트민스터 대학에서 문학 번역에 관한 논문으로 영어영문학 석 사 학위를 받았다. 주로 문학을 번역하며 KBS 더빙 번역 작가로도 활동했다. 앤디 위 어의 〈마션〉, 메리 셸리의 〈프랑켄슈타인〉(휴머니스트 세계문학), 라이오넬 슈라이버의 〈빅 브러더〉 〈내 아내에 대하여〉 〈맨디블 가족〉, J. K. 롤링의 〈해리 포터와 저주 받은 아이〉 〈이카보그〉, 조지 손더스의 〈12월 10일〉을 비롯해 60권이 넘는 영미 도서를 우리말로 옮겼다. 2018년 GKL 문학번역상 최우수상을 공동 수상했다.

03840

9 791197 916892

ISBN 979-11-979168-9-2